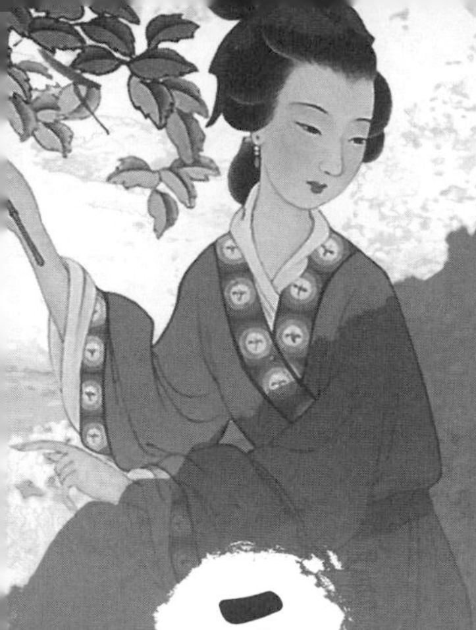

新大漢二十八皇朝

三 宮闈恩仇

徐哲身 著

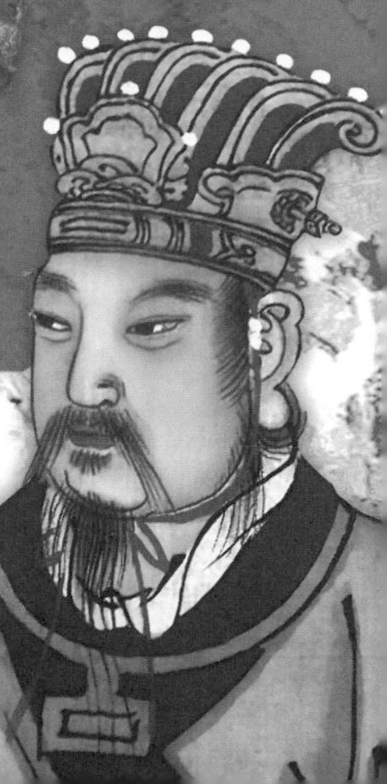

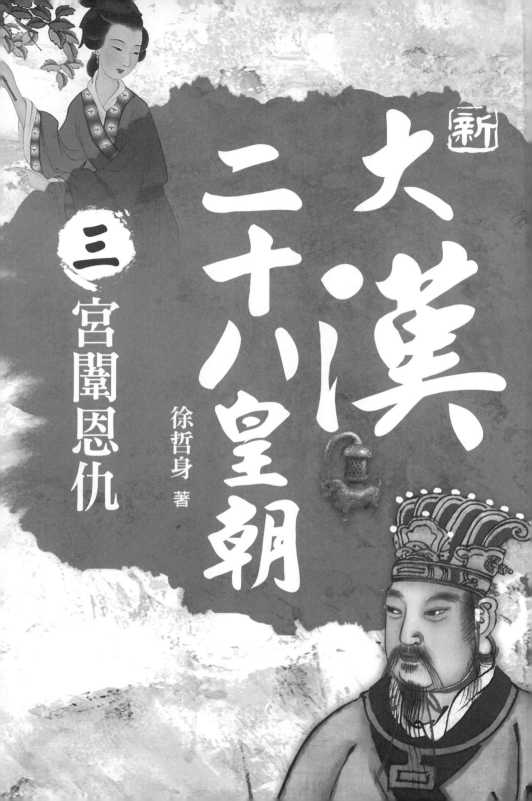

目錄

目錄

第六十一回　春色撩人

歷史小說是根據事實而做的，不可杜撰。正史根據事實，分了前漢後漢，這部《漢宮》，不能不也有個分際。自從本回起，就是後漢的開始了。為便於讀者醒目起見，先行表明一下。

卻說九十春光，綠肥紅瘦，風翻麥浪，日映桃霞。楊柳依依，頻作可憐之舞；黃鶯恰恰，慣為警夢之啼。梅子欲黃，荼蘼乍放，在這困人天氣的時候，誰也說是杜宇聲嘶，殘春欲盡，是人生最無可奈何的境界了。

那一片綠蔭連雲的桃杏林子裡面，不免令人想起杜牧之尋春較遲之嘆！那些初結蓓蕾的嫩蕊，卻還迎著和風，搖擺個不住，裡面曲曲彎彎露出一條羊腸小路，好像一條帶子，環屈在地上一樣。這時只有一群不知名的小鳥，在樹上互相叫罵，似乎怪老天忒煞無情，美滿的春天，匆匆地便收拾去了。

此時忽然又夾著一種得得得的步履聲音，從林裡面發將出來，那一群小鳥，怪害怕的登時下了動員令，撲撲翅膀便飛去了。停了半晌，才見一個十六七歲的少年，從裡面蹩了

出來，他一面走，一面仰起頭來，四處張望，不時地發出一種嘆息的聲音，料想著一定是觸景生情，中懷有感。

當下他懶洋洋地走出樹林，面前便是一條小溪，右面架著一座磚砌的小橋，他走到橋上，俯視溪水澄清，一陣微風，將那溪邊的柳絮，吹得似下雪般飛入水中，水裡魚兒便爭先恐後地浮上來唼喋。他蹲下身子，熟視了好久，直等那魚兒將楊花唼喋盡了，搖搖擺擺地一哄而散，他才悵悵地站了起來，背著手，仍是向橋那邊慢慢踱去。

沒幾步路，前面一道，卻是薔薇障在面前橫著，他繞著薔薇障一直走了過去，到了盡頭之處，便是一簇一簇的荼蘼花架。

前面在那眾綠叢中，隱隱地露出紅牆一角，他立定腳步，自言自語道：「我也太糊塗了，怎的好端端地跑到人家的花園裡來做什麼呢？」

他說罷，便回過身來，想走了出去。誰知花園裡甬道很多，走了半天，不獨沒有鑽出來，反而鑽到院牆的跟前去了。

他便立定腳，向四面認一認方向。可是他一連認了好幾次，終於沒有認出方向來，他暗暗地納悶道：「這真奇了！明明是從那面一條甬道走進來的，怎麼這會兒就迷了方向，轉不出去呢？假使被人家看見了，問我做什麼的，那麼，怎樣回答呢？豈不要使人家叫我是個偷花賊嗎？不好不好，趕緊想法子鑽了出去，才是正經。遲一些兒，今天就要丟臉。」

他想到這裡，心中十分害怕，三腳兩步地向外面轉出來。說也不信，轉了半天，仍然是外甥打燈籠——照舅，還是在方才站的那個地方。

他可萬分焦躁，額上的汗珠黃豆似地落個不住，霎時將那一件鵝黃的直擺滴得完全濕了。

他立在一棵楊柳樹的下面，呆呆地停了半晌，說道：「可不碰見鬼了麼？明明的看見一座小橋在那邊，怎麼轉過這兩個荼蘼架子，就不見那小橋呢？」

他沒法可想，兩隻眼睛不住地向四邊閃動，滿想找一條出路好回去。誰知越望眼越花，覺得面前不曉得有多少路的樣子，千頭萬岔，紆曲迴環，亂如麻縷，他氣壞了，轉過頭來，正想從南邊尋路，瞥見一帶短牆蜿蜒橫著，牆上砌著鹿眼的透空格子。

那短牆的平面上，挨次放著吉祥草萬年青的盆子。隱隱地望見裡面萬花如錦，奼紫嫣紅，亭臺疊疊，殿角重重，他不知不覺的移步近來，靠著短牆，向裡面瞧了一會兒，瞥見西南角上有幾個十五六歲的丫頭，在那裡尋花折柳的遊玩。

他心中一想，我轉了半天，終沒有轉了出去，倒不如去問問她們，教她們指點指點，或者可以出去。他想到這裡，壯著膽，循著短牆，一直往那幾個丫頭的所在繞來。

一刻兒，到了那幾個丫頭玩耍的所在，不過只隔著一層牆，所以一切都能看得清楚。他屏著氣，先靠著牆上面的籬眼向裡面瞧去，只見一個穿紅綃襖子的丫頭，和一個穿月白色衣裳的丫頭，坐在草地上數瓦子。還有一個穿醬紫色小襖的丫頭，大約不過十二三歲

的光景，頭上梳著分心雙髻，手裡拿一把宮扇，在那裡趕著玉色蝴蝶。那一隻蝴蝶，被她趕得忽起忽落，穿花渡柳的飛著。

她可是趕得香汗淋淋，嬌喘細細，再也不肯放手，一手執著扇子，一手拿出一條蛇綠的絹帕來，一面拭汗，一面趕著。

這時坐在地上的穿紅綃的丫頭，對穿白月色的丫頭笑道：「你看那個蹄子，是不是發瘋了，為著一隻蝴蝶兒，趕得渾身是汗，兀的不肯放手，一心要想撲住，這不是癩蛤蟆想吃天鵝肉麼？」

那穿月白色的也笑道：「她發瘋與你有什麼相干？你儘管去說她做什麼？今天讓她去趕夠了，但看她撲著撲不著？」

她兩個有說有笑的，那個撲蝶的丫頭，一句也沒有聽見，仍舊輕揮羅扇，踏著芳塵的去趕那蝴蝶，又兜了好幾個圈子。好容易見那隻蝴蝶落到一枝芍藥花上，豎起翅膀，一扇一合的正在那裡採花粉，她嘻嘻地笑道：「好孽障，這可逃不了我的手了。」

她躡足潛蹤地溜到那蝶兒的後面舉起扇子，要想撲過去。那一隻蝶兒，竟像屁股生了眼睛一樣，霎時又翩翩地飛去了。

她一急，連連頓足道：「可惜可惜！又將牠放走了。」

她仍然不捨，復又跟著那一隻蝶兒向西趕來，走未數步，她被一件東西一絆，站不住，一個跟斗栽了下去，正倒在一個人的肩上。

她睜眼一看，不是別人，正是那個穿紅綃的丫頭。她連忙爬了起來，對著那個穿紅綃的丫頭嗤嗤憨笑。那個穿紅綃的，正坐在地上弄瓦子，弄得高興，冷不提防憑空往她身上一栽。她可是嚇得一大跳，仔細一看，便氣得罵道：「瞎了眼睛的小蹄子，沒事兀的在這裡闖的是什麼魂？難道我們坐在這裡，你沒有看見嗎？」

那個撲蝶兒的笑道：「好姐姐！我因為那隻蝶兒實在可愛，想將牠撲來，描個花模子；可是我費盡力氣，終於沒有撲到，剛才委實沒有看見，絆了一個跟斗，不想就攢在你的身上。」

她聽了便用手指著罵道：「扯你娘的淡呢，誰和你囉嗦，馬上告訴小姐去，可是仔細你的皮。」

那個撲蝶的丫頭聽了這話，登時露出一種驚惶的神氣來，忙著央告道：「好姐姐！千萬不要告訴小姐，你若是一告訴，我可又要挨一頓好打了。」

她答道：「你既然這樣的害怕，為什麼偏要這樣的呢？」

他慌忙哀求道：「我下次再也不敢了。」

那個穿月白的丫頭笑道：「癡貨，你放心吧！她是和你開玩笑的，決不會回去把你告訴的。」

她聽得這句話，歡喜得什麼似的，跳跳跑跑的走開，一直向西邊牆根跑來。

她一抬頭，猛的看見一個人，在牆外向著籬眼望個仔細。她倒是一驚，忙立定腳，朝

著牆外這個人問道：「你是哪裡來的野男子？跑到我們家園裡面來做什麼呢？可是不是想來偷我們的花草的？」

坐在地上的兩個丫頭，聽她這話，連忙一齊站起來，向他一望，同聲問道：「你這野漢子，站在牆外做什麼勾當？快快地說了出來！如果延挨，馬上就喊人來將你捆起來，問問你究竟是幹什麼的？」

他站在牆外，看見她們遊戲，正自看得出神，猛的看見她們一個個都是怒目相向，厲聲責問著，六隻星眼的視線，不約而同地一齊向他的臉注視著，他可是又羞又怕，停了半晌答道：「對不住，我因為迷失路途，想來請姐姐們指點我出去。」

內一個丫頭笑道：「迷路只有陌上山裡可以迷路，從沒聽過迷到人家園裡來的。」

他急道：「我要是在山裡陌上，反倒沒有迷過路；可是你們園裡，我進來的時候，倒不曉得是個家園；後來看見有了許多的荼蘼架子，才知道是家園。我原曉得家園裡外人不能任意遊玩的，所以我忙要回去，誰知轉了好久，竟轉不出去了，千萬請姐姐們方便指個路。」

那撲蝶的小丫頭笑問道：「那個高鼻子的漢子，你姓什麼？叫什麼名字？告訴我們，馬上將你送出去。」

他連忙道：「我姓劉名秀，字文叔，我家就住在這北邊的春陵白水村。」

話還未了，那個穿紅綃的笑道：「這個癡丫頭真好老臉，好端端的問人的名姓做什麼，敢是要和他做親不成？」

那個撲蝶的小丫頭聽了這話，登時羞得滿面通紅，低著粉頸，只是吃吃地憨笑。

那穿月白的向她說道：「明姐，你去問問那個漢子。」

她連忙答道：「他方才不是說過迷路的嗎，又去問他做什麼呢？你出園引他出去吧！」

那穿月白的笑道：「你既然會說，你何不去引他出去呢？」

明兒笑道：「我又不認得他，怪難為情的，教我怎樣送法呢。雪妹，還是你送他出去吧！」

雪兒笑道：「誰願意去，你自己不去，又何苦來派別人呢？依我說，不如叫碧兒送他出去吧！」

明兒笑道：「正是正是。我倒忘記了她了，叫她去一定是肯去的。」忙向撲蝶的笑道：「碧妹！你送那高鼻子出去吧！」

碧兒笑道：「怎麼送法？」

明兒道：「你個癡丫頭，真個死纏不清，年紀長得這麼大了，難道送人都不會送嗎？」

碧兒急道：「你們又不說明白，教我將他送到哪裡去呢？」

雪兒道：「啐！誰和你纏不清，你不送就是了，扯你娘的什麼淡！馬上回去，明姐把你告訴小姐，少不得又要打得個爛羊頭。」

碧兒急得滿臉緋紅，幾乎要哭了出來，停了一會子，說道：「你們只是擺在自己的肚

皮裡，又不來告訴我，教我怎樣送法？還說我不肯呢。」

她說著，便向劉文叔問道：「那個高鼻子，你是到哪裡去的？」

劉文叔忙道：「我是要回到白水村去，你如肯送我出去，我就感激不盡了。」

碧兒聽了這話，便對她們哭道：「好姐姐，請你們送他去罷！我實在不知什麼白水村黑水村在哪裡。」

雪兒笑道：「呸！不送就不送，哭的什麼？誰又教你送他到白水村去呢，不過叫你將他引出花園就完事了。」

碧兒聽了這話，忙拭淚笑道：「我曉得了，去送去送！」

她便動身向北面走來，剛走了幾步，猛可裡聽得嬌滴滴的一聲呼喚道：「碧兒！」

她連忙止住腳步，回轉身來，對她們說道：「姐姐們聽見麼？這可不能再怪我不送那個高鼻子了，現在我要到小姐那裡去了。」

她說著，便順著花徑，彎彎曲曲地向東南角一座兩間的小書齋裡走去。

劉文叔在牆外聽見碧兒肯送他出去，心中自是歡喜。猛聽得有人將她喚去，他卻將一塊石頭依舊壓在心上，料想這雪兒、明兒一定是不肯送他出去的。沒奈何打起精神，等碧兒再來，好送出去。他想到這裡，那兩隻眼睛不知不覺地將碧兒一直送到書齋裡。

她進去了一會子，北邊一扇窗子，忽然有人推開，他便留神望去，只見窗口立著一個十五六歲的女子，打扮得和天仙一樣，更有那整齊的臉龐，淡淡的蛾眉，掩覆著一雙星眼，鼻倚瓊瑤，齒排貝玉，說不盡千般嬌豔，萬種風流，把個劉文叔只看得眼花繚亂，噤口難言，禁不住暗自喝采道：「好一個絕色的女子！有生以來，還是第一遭兒看見這樣的美人。只可恨近在咫尺，不能夠前去和她談敘談敘，一見芳澤，不知哪一位有福的朋友，能夠消受如此仙姿。」

他正自胡思亂想的時候，瞥見她的身旁，又現出一個人來，他仔細一看，卻就是剛才的碧兒。但見她和那個女子向自己指指點點的說個不停。劉文叔也曉得是說自己的，無奈只是一句不能聽見，只好癡呆呆地望著她們。

只見碧兒說了一陣，她閃著星眼，向自己望了一眼，這時窗門突然閉起，他怔怔的如有所失。

片晌，只見那碧兒跑了出來，對她們說道：「明姐，小姐教你送那個高鼻子出去呢。」

明兒笑道：「這可不是該應，偏偏就教著我，倒便宜了這癡貨了。」她說罷，立起來，向劉文叔道：「你那漢子，你先轉到後門口等我。」

劉文叔聽罷，連忙稱謝不置，順著短牆，向北走去。不一會，果然走到後門口，但見明兒已經立在那裡等他，劉文叔便伸手一揖。

明兒躲讓不迭的問道：「你這是什麼意思？」

劉文叔笑道：「一者，謝謝你引我出去；二者，我有兩句話要問你。」

明兒道：「有什麼話可問？」

劉文叔笑道：「請問這裡叫什麼地方？你們主人姓甚名誰？」

明兒笑道：「我當是什麼要緊的事呢，這樣的打拱作揖做鬼臉子；我對你說罷，我們這裡名叫楊花塢，我們家老主人去世了，只有老太太，兩個小主人，一個小姐；大主人叫陰識，二主人叫陰興。」

她說到這裡，便住口不說了。

劉文叔正想她說出她們小姐的芳名來，不想她不說了，連忙問道：「姐姐！我還要請問你，你家小姐芳名叫做什麼？」

明兒聽了這話，似乎有些不大情願的樣子，扭過頭，向他狠狠地瞅了一眼，冷冷地答道：「你問她做甚麼？閨閣裡面的名字，又不應該你們男子問的。」

劉文叔被她當面搶白了幾句，直羞得面紅過耳，片晌無言，那心裡仍舊盤算個不住；陡然想出一個法子來，便笑著對明兒道：「姐姐，你原不曉得，我問你家小姐芳名，卻有一個原因，我有個表妹，昨天到我們家裡，她沒事的時候，談起一個陰家女子來，說是住在楊花塢的，她請我帶一封信給她；我想你們楊花塢，大約也不是你們主人一家姓陰的，而且陰家的姑娘又不是一個，我恐怕將信交錯了，所以問問你的。」

明兒凝著星眼，沉思了一會子道：「你這話又奇了，這楊花塢只有我們主人一家，姓陰的更沒有第二家的；我家也只有一個小姐，名叫陰麗華。」

劉文叔還恐她不肯吐實，忙故意的失驚道：「果真叫陰麗華嗎？」

明兒笑道：「誰騙你呢？」

劉文叔道：「那就對了。」故意伸手向懷裡摸信。

明兒道：「你先將信給我看看，可對不對？」

他摸了一會，忙笑道：「我可急昏了，怎的連一封信都忘記了，沒有帶來，可不是笑話呢？」他便對明兒笑道：「煩你回去對你們小姐說一聲，就說有個人，姓君名字叫做子求，他有信給你呢。」

明兒笑道：「信呢？」

劉文叔笑道：「我明天準定送來，好嗎？」

明兒點頭，笑道：「好是好的，但是不要再學今天這個樣兒，又要累得我們送你出去了。」

劉文叔搖頭笑道：「不會的，不會的，一回生，二回熟，哪裡能回回像今朝這個樣子呢？」

她便領劉文叔繞著荼蘼架子，轉了好幾個圈子，一面走，一面向劉文叔說道：「你原不曉得，這荼蘼架子擺得十分奧妙，我常常聽他們說，當日老太太在日時候，最歡喜栽花，許多的好花栽到園裡，不上幾天，就要給強盜偷去了。後來沒有法子想，就造出這些荼蘼花的架子來捉強盜，說也奇怪，沒有來過的生人，撞到裡面，再也摸不出去的。」

劉文叔問道：「究竟是個什麼玩意兒？」

明兒笑道：「你不要急，我細細地告訴你。我們這個荼蘼花架立起來之後，一個月裡，一連捉到三個偷花的強盜。那些偷花的強盜撞進來，每每轉了一夜，轉得力盡精疲，不能動彈，到了早上，不費一些氣力，手到擒來，打得個皮開肉綻的才放了。後來這個消息傳出去之後，一班偷花的強盜奉旨再也不敢來了，都說我們主人有法術將他們罩住，不能逃去，其實說破了，一點稀奇也沒有。聽說這荼蘼架子擺的位置，是按著什麼八卦的方向，要出來，只需看這架子上記號，就能出去了。」

劉文叔又問道：「看什麼記號呢？」

明兒笑指那旁邊的架子說道：「那可不是一個生字嗎？你出去就尋那個有生字的架子，就出得去了。」

劉文叔點頭稱是。

一會子，走到小橋口，明兒便轉身回去。劉文叔折回原路，心中只是顛倒著陰麗華，他暗想道：「我不信，天下竟有這樣的美人，敢是今朝遇見神仙了嗎？」

沒一刻，進了白水村，早見他的大哥劉縯、二哥劉仲，迎上來同聲問道：「你到哪裡去了，整整的半天，到這時才回來？」

他正自出神，一句也沒有聽見，走進自己的書房，一歪身子坐下。

第六十二回　乘時而起

劉文叔走進書房，靠著桌子坐下，一手托腮，光是追想方才情景，這時他的兩個哥哥見他這樣，都十分詫異。

劉縯道：「他從來沒有過像今朝這樣愁眉苦臉的，敢是受了人家的欺侮了嗎？我們且過去問問看。」說著，二人走進書房。

劉仲首先問道：「三弟今天是到哪裡去的？」

他坐在桌子旁邊，紋絲不動，竟一個字都沒有聽見。

劉仲問劉縯道：「大哥！你看三弟今朝這個樣兒，一定和誰淘氣的。如果不是，為何這樣的不瞅不睬？」

劉縯點著頭，走到他的身邊，用手在他的肩上一拍，笑道：「三弟！你今天敢是和哪個爭吵，這樣氣沖斗牛的？愚兄等一連問你幾聲，為什麼連一個字都不答我們，究竟是什麼意思呢？」

他正自想得出神，不提防有人猛的將他一拍，他倒是嚇得一跳，急收回飛出去的魂

靈，定睛一看，但見兩個哥哥站在身旁問話，可是他也未曾聽得清楚，只當是問他田事的呢，忙答道：「瓜田裡的肥料已經派人布好，豆子田裡的草已經鋤去，還有麥田裡的潭已動手了，只有菜子還沒收，別的差不多全沒有事了。」

劉縯、劉仲聽了他這番所答非所問的話，不禁哈哈大笑。

他見他們笑起來，還只當是他們聽了自己說的話，贊成的呢，他便高興起來，又說道：「不是我誇一句海口，憑這六百多頃田，我一個人調度，任他們佃戶怎樣的刁鑽，在我的面前，總是掉不過鬼去的。」

他們聽了，更是大笑不止。

劉文叔到了此時，還不曉得他們為的是什麼事發笑的，復又開口說道：「大哥二哥聽了我這番話，敢是有些不對嗎？」

劉縯忙道：「你的話原是正經，有什麼不對呢？」

劉文叔忙道：「既然對的，又為何這樣的發笑呢？」

劉仲笑道：「我們不是笑的別樣，方才你走進門，我們兩個人就問你幾句，你好像帶了聖旨一樣的，直朝後面走，一聲也不答應我們，我們倒大惑不解，究竟不知你為著什麼事情這樣的生氣？我們又不放心，一直跟你到這裡，大哥先問你，我又問你，總沒有聽見你答應我們一句腔；後來大哥在你肩上拍了一下子，你才開口，不想你講出這許多驢頭不對馬嘴的話來，我們豈不好笑？」

他聽了這番話，怔怔的半天才開口說道：「我委實沒有聽見你們說什麼呀？」

劉縯忙道：「我看你今天在田裡，一定遇著什麼風了，不然，何至這樣的神經錯亂呢？」

劉仲道：「不錯，不錯，或者可能碰到什麼怪風也說不定，趕緊叫人拿薑湯醒醒脾。」

劉縯便要著人去辦薑湯。

他急道：「這不是奇談麼？我又不是生病了，好端端的要吃什麼薑湯呢？」

劉仲道：「你用不著嘴強，還是飲一些薑湯的好，你不曉得，這薑湯的功用很大，既可以辟邪去祟，又可以醒脾開胃。你吃一些，不是很好的嗎？」

劉文叔急道：「你們真是無風三尺浪，我一點毛病也沒有，需什麼薑湯蔥汁呢？」

劉縯道：「那麼，方才連問你十幾句，也沒有聽見你答一句，這是什麼意思呢？」

劉方叔沉思了一會，記得方才想起陰麗華的事，想得出神，所以他們的話一句沒有聽見。想到這裡，不禁滿面緋紅，低首無語。

劉縯、劉仲見他這樣，更加疑惑，便令人出去辦薑湯。一會子薑湯燒好，一個小廝捧了進來，劉縯捧著，走到他身邊說道：「兄弟！你吃一杯薑湯，精神馬上就得清楚。」

劉文叔心中暗笑，也不答話，將薑湯接了過來，輕輕地往地下一潑，笑道：「真個這樣的見神見鬼了，我方才因為想了一件事情，想得出神，所以你們問我，就沒有在意，你們馬上來亂弄了。」

劉縯笑道：「既然這樣，便不准你一個人坐在這裡發呆，要隨我們一同去談談才好呢。」

劉文叔被他們纏得沒法，只好答應跟他們一同走到大廳上。

那一班劉縯的朋友，足有四百多人，東西兩個廂房裡，以及花廳正廳上跑來跑去，十分熱鬧。有的鬚眉如雪，有的年未弱冠，胖的、瘦的、蠢的、俏的，形形色色，真是個珠覆三千。

劉文叔正眼也不去看他們一下子，懶洋洋的一個人往椅子上一坐，也不和眾人談話，只是直著雙目呆呆地出神。劉縯、劉仲也只當他是為著田裡什麼事沒有辦妥呢，也不再去理他，各有各的事情去了。

不多時，已到申牌時候，一班廚子紛紛地到大廳上擺酒搬菜，一會子安擺停當，那班門下客，一個個不消去請，老老實實地都來就坐。

劉縯、劉仲、劉文叔三個人，和五個年紀大些的老頭子，坐在一張桌子上。酒未數巡，忽有一個人擲杯於地，掩著面孔，號啕大哭，劉縯忙問道：「李先生！今天何故這樣的悲傷煩惱，莫非下人怠慢先生嗎？如果有什麼不到之處，請直接可以告訴鄙人。」

那人拭淚道：「明公哪裡話來，兄弟在府上，一切承蒙看顧，已是感激不盡，哪裡有什麼不到之處呢？不過我哭的並非別事，因為今天得著一個消息，聽說太皇太后駕崩，故而傷心落淚的。試看現在亂到什麼程度了，莽賊篡位，自號新皇帝，眼看著要到五年了，不幸太皇太后又崩駕歸西，這是多麼可悲可嘆的一件事啊！」

有個老頭子翹起鬍子嘆道：「莽賊正式篡位的那一年，差不多是戊辰吧？今年癸酉，卻整整六年了，怎麼說是要到五年呢？」

劉縯皺眉嘆道：「在這六年之內，人民受了多少塗炭，何日方能遂我的心頭願呢？」

劉仲道：「大哥！你這話忒也沒有勇氣了，大丈夫乘時而起，守如處女，出如脫兔，既想恢復我們漢家基業，還能在這裡猶疑不決麼？時機一到，還不趁風下桌，殺他個片甲不留，這才是英雄的行徑呢。」

眾人附和道：「如果賢昆仲義旗一樹，吾等誰不願效死力呢？」

劉文叔笑道：「諸公的高見，全不是安邦定國的議論。不錯，現在莽賊果然鬧得天怨民愁的了。但是他雖然罪不容誅，要是憑你們嘴裡說，豎義旗就豎義旗，談何容易？憑諸公的智勇，並不是我劉文叔說一句敗興的話，恐怕用一杯水，去救一車子火，結果絕對不會有一點效力的。要做這種掀天揭地的大事業，斷不是仗著一己的見識和才智所能成事的。老實說一句，照諸公的才幹，談天說地還可以，如果正經辦起大事來，連當一名小卒的資格還沒有呢。」

他將這番話一口氣說了到底，把一班門下客，嚇得一個個倒抽一口冷氣，面面相覷，半晌答不出話來。

劉縯忙喝道：「你是個小孩子家，曉得天多高，地多厚呢？沒由的在這裡信口雌黃，你可知道得罪人麼？」

劉文叔冷笑不語。

劉縯忙又向眾人招呼賠罪道：「舍弟年幼無知，言語衝撞諸公，務望原諒才好！」

眾人齊說道：「明公說哪裡話來，令弟一番議論，自是高明得很，我們真個十分拜服。」

劉仲道：「請諸公不要客氣，小孩子家只曉得胡說亂道的，稱得起什麼高明，不要折煞他罷。」

他們正自謙虛著，劉文叔也不答話，站起身來出了席，向劉縯說道：「大哥！我今天身體非常疲倦，此刻我要去睡了。」

劉縯笑道：「我曉得你是個生成的勞碌命，閒著一天，馬上就不對了，今天可是弄得疲倦了？」

他也不回答，一徑往後面書房裡走來。

進了自己的書房，便命小僮將門閉好，自己在屋裡踱來踱去，心中暗想道：「明天去，想什麼法子教那人兒出來呢？但是寫信這個法子不是不好，恐怕她一時翻起臉來，將這信送給她的哥哥，那麼我不是就要糟糕了麼？」

他停了一會子，猛的又想道：「那陰麗華曾朝他狠狠地望了一眼的，她如果沒有意與我，還能叫明兒將我送出來麼？是的，她定有意與我的。可是這封信，怎樣寫法呢？寫得過深，又怕她的學識淺，不能瞭解；寫得淺些，又怕她笑我不通。她究竟是個才女，或者是一個目不識丁的女子，這倒是一個疑問了。她是個才女，見了我的信，任她無情，總不至來怪罪我的；假若是個不識字的女子，可不白費了我一番心思，去討沒趣麼？」

他想到這裡，真個是十分納悶。

停了一會，忽然又轉過念頭道：「我想她一定是個識字的才女，只聽明兒講話大半夾著風雅的口吻；如果她是個不識字的，她的丫頭自然就會粗俗了。」

他想到這裡，不覺喜形於色，忙到桌子跟前，取筆磨墨，預備寫信給她，他剛拿起筆來，猛然又轉起一個念頭來，忙放下筆，說道：「到底不能寫信，因為這信是有痕跡的，不如明天去用話探試她罷。」

他又踱了一回，已有些倦意，便走到床前，揭開帳子，和衣睡下。

那窗外的月色直射進來，他剛要入夢，忽聽得窗外一陣微風，將竹葉吹得颯颯作響。他睜開睡眼一骨碌爬起來，便去將門放開，伸頭四下一看，也不見有什麼東西，只得重行關好門，坐到自己的床邊，自言自語道：「不是奇怪極了？明明的聽見有個女人走路的聲音。還夾著一種環佩的響聲，怎麼開門望望，就沒有了呢？」

他正自說著，猛可裡又聽得叮叮噹噹的環珮聲音，他仔細一聽，絲毫不錯，忙又開門走出去，尋找了一回，誰知連一些影子也沒有。

他無奈，只得回到門口，直挺挺立著，目不轉睛地等候著，不一會果然又響了，他仔細一聽，不是別的，原來是竹葉參差作響。他自己也覺得好笑，重行將門關好，躺到床上，可是奇怪得很，一閉眼睛就看見一個滿面笑容的陰麗華，玉立亭亭地站在他的床前，

他不由得將眼睛睜睜開來瞧瞧，翻來覆去一直到子牌的時候，還未曾睡著。幾次強將眼睛閉起，無奈稍一合攏來，馬上又撐了開來。

不多時，東方已經漸漸地發白。他疲倦極了，不知道在什麼時候合起眼來，真的睡著了。

再說那明兒回去，到了陰麗華的繡樓上，只見麗華手托香腮，秋波凝視，默默地在那裡出神。

明兒輕輕走過來笑道：「姑娘，我已經將那個高鼻子送出去了。」

麗華嫣然一笑道：「人家的鼻子怎樣高法呢？」

明兒笑道：「姑娘，你倒不要問這人的鼻子，委實比較尋常人來得高許多哩！」

麗華笑道：「管他高不高，既然將他送了出去就算了，還嚕嗦什麼呢？」

明兒笑道：「我還有一件事情，要來稟知姑娘，不知姑娘曉得嗎？」

麗華笑道：「癡丫頭，你不說我怎麼能曉得呢？」

明兒笑道：「我送那高鼻子出去的時候，他曾對我說過，他有個表妹，名字叫什麼君子求，她寫一封信要帶給你，我想從沒有聽見過一個姓君的是你的朋友呀！」

麗華笑道：「你說什麼，我沒有聽得清楚，你再說一遍。」

明兒道：「你有沒有一個朋友姓君的？」

麗華方才入神，忙問道：「他叫什麼名字？」

明兒道：「叫做君子求，他有一封信要帶給你。」

她聽了這話，皺著柳眉，想一會道：「沒有呀。」

明兒笑道：「既然沒有，為什麼人家要寄信給你呢？那個高鼻子說得千真萬真，準於明天將信送得來，難道假麼？」

她仔細的一想，芳心中早已料著八九分，可是她何等的機警，連忙正色對明兒道：「這個姓君的，果然是我的好友，但是她和我交接的時候，你們大主人與二主人皆不曉得，現在她既然有信來，你可不能聲張出去的，萬一被他們曉得，一定要說我不守規矩，勾朋結類的了。」

明兒哪裡知道就裡，連連地答應道：「姑娘請你放心，我斷不在別人面前露一言半句的。」

麗華大喜道：「既然如此，你明天早上就到園裡去守他收信，切切！」

明兒唯唯答應，不在話下。

岔回來，再表劉文叔一夢醒來，不覺已到午時，望日當窗，那外面的鳥聲，叫得一團糟似的。他披衣下榻，開門一望，只見炊煙縷縷，花氣襲人，正是巳牌的時候。

他懶洋洋地將衣服穿好，稍稍地一梳洗，便起身出門，到了五殺場上，看見劉縯帶著二千多名鄉勇，在那草地上操練呢，他也沒心去看，一徑走到豪河口的吊橋上。

劉縯見他出來，正要和他說話，見他走上吊橋，似就要出村去的樣子，不由得趕上來

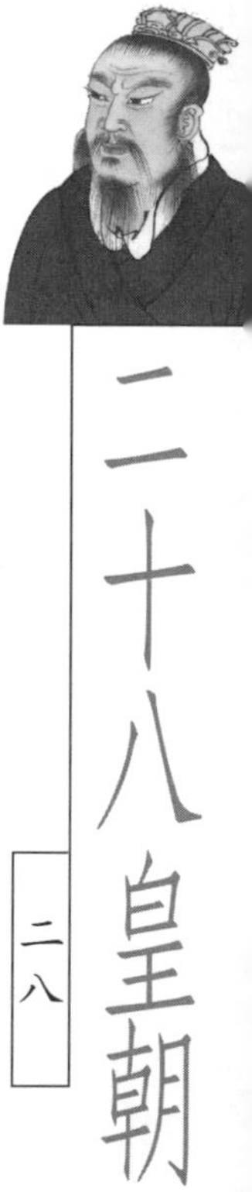

勸道：「兄弟，你昨天已經吃足辛苦了，今天又要到哪裡去？」

他冷冷地答道：「因為這幾天身上非常不大爽快，所以住在家裡氣悶煞人，還是到外面去跑跑的好。」

劉縯道：「遊玩你儘管遊玩，不過我勸你是不要操勞的為妙。田裡的各事，自然有長佃的是問，需不著你去煩神的，他們如果錯了一些兒，馬上就教他們提頭見我。」

劉文叔笑道：「話雖然這樣的說，但是天下事，大小都是一樣的，待小人宜寬，防小人宜嚴，要是照你這樣的做法，不消一年，包管要怨聲載道了。」

劉縯笑道：「你這話完全又不對了，古話云，賞罰分明，威恩並濟，事無不成的。如果一味敷衍，一定要引起他們小視了。」

劉文叔笑道：「你這話簡直是錯極了，用佃戶豈能以用兵的手段來應付他們？不獨不能發生效力，還怕要激成變亂呢！」

劉縯被他說得噤口難開，半晌才道：「兄弟的見識，果然比我們高明得多哩！」

劉文叔此刻心中有事，再也不情願和他多講廢話，忙告辭了。

出得村來，順著舊路，彷彷彿彿地走向南來。不一會，又到了那一條溪邊的小橋上面，可怪那些小鳥和水裡的魚兒，似乎已經認識了的樣子，一個個毫不退避，叫的、跳的、游的、飛的，像煞一幅天然的圖畫。

他的心中是多麼快活，多麼自在，似乎存著無窮的希望，放在前面的樣子，兩條腿子也很奇怪，走起來，兀的有力氣，不多一會，早到了她家的後園門口，只見後門口立著一個麗人，他心中大喜道：「這一定是麗華了。」

三步兩步地跑了過去，定睛一看，不是別人，卻是明兒。但見她春風滿面的，第一句就問道：「你的信送來了嗎？」

他故意答道：「送是送來，但是我們小姐說過的，不要別人接，需要你們家小姐親自來接信才行呢。」

明兒笑道：「你這人可不古怪極了！任你是什麼機密的信，我又不去替你拆開，怕什麼呢？」

劉文叔笑道：「那是不行的；因為我們的小姐再三叮嚀，教我這封函，千萬不可落到別人的手裡。我是抱定受人之託，忠人之事的宗旨。姐姐，請你帶你們的小姐出來，我好交信與她。」

明兒強他不過，只得向他盯了一眼，說道：「死人，你跟我進來吧！」

他聽了這話，如同奉了聖旨一樣，輕手輕腳地跟著她走進園去。

不多時，走到書房門口，明兒對他道：「煩你在這裡等等，我去帶小姐馬上就來。」

他唯唯答應，她便起身去了。

劉文叔在書案上翻看了一會，等得心焦，忙出書房，張目向前面望去。猛可裡聽見西南角上呀的一聲，他抬起頭來，凝神一望，只見樓窗開處，立著一個絕代佳人，他料想一

定是陰麗華毫無疑義了。但見她閃著秋波，朝劉文叔上下打量個不住，最後嫣然一笑，便閉了樓門。

這一笑，倒不打緊，把個劉文叔笑得有癢沒處搔，神魂飛越，在書房裡轉來踱去，像煞熱鍋上螞蟻一樣。等了一會，伸出頭來，望了一會，不見動靜，他滿心焦躁道：「明兒假使去報告她家主人，那就糟了！」忽然又轉過念頭道：「不會的，不會的，方才她朝我一笑，顯係她已得明兒的消息，才能這樣的。」

又等了半晌，突聞著一陣蘭麝香風，接著又是斷斷續續的一陣環珮的聲音，從裡面發了出來，他暗暗地歡喜道：「那人兒來了。」

不多時，果見明兒在前面領著路，但見她婷婷嫋嫋地來了。劉文叔這時不知怎樣才好，又要整冠，又要理衣，真是一處弄不著。

霎時她走到書房門口，停了停，便又走了進來，嬌羞萬狀，脈脈含情。劉文叔到了這時，一肚子話盡化到無何有之鄉，張口結舌，做聲不得。

明兒對他說道：「這是我們的小姐，先生有什麼信，可拿出來吧。」

劉文叔忙搶上前躬身一揖，口中道：「請屏退侍從，以便將信奉上。」

陰麗華宮袖一拂，明兒會意，連忙退出。她嬌聲問道：「先生有什麼信，請拿出來吧！」

第六十三回　誓扶漢室

劉文叔見她問話，低聲答道：「久慕芳名，昨於無意中得瞻仙姿，私懷幸慰！故以寄信為題，借此與玉人一親芳澤，雖死亦願矣。但素昧平生，幸勿責我孟浪，則銜感無限。」

陰麗華聽了這番話，只羞得粉面緋紅，低垂蠔首，半晌答不出一句話來。他也不便再說，倆人默默的一會子，劉文叔偷眼看她那種態度，愈是怕羞，愈覺可憐可愛。他情不自禁地逼近一步，低聲問道：「小姐不答，莫非嗔怪我劉某唐突嗎？」陰麗華仍是含羞不語。他恐怕馬上要有人來，坐失此大好的機會，大膽伸手將麗華的玉手一握，她也不退避。

劉文叔見了這種光景，加倍狂浪起來，一把將她往懷中一摟，接了一個吻，說道：「親親！你怎麼這樣的怕羞呢？此地也沒有第三個人在這裡，是否敢請從速一決。」她躲避不迭，不覺羞得一雙星眼含著兩包熱淚，直要滾了下來。

他見她這樣情形，忙放了手說道：「小姐既不願與某，可以早為誡告，某非強暴者

流，就此請絕罷！」

他撒開手便要出來，陰麗華忙伸出玉腕將他拉住，哭道：「我曾聽古人有云，女子之體，價值千金，斷不能讓男子廝混的。我雖然是個小家女子，頗能知些禮義，家兄為我物色至今，完全碌碌之輩，不是滿身銅臭，便是紈褲氣習，俗氣逼人，終未成議。昨日在此地見君，早知非凡人可比，但今朝君來，我非故意作態，一則老母生病未癒，二則家兄等俱在母側，倘有錯失，飛短流長，既非我所能甘受，與君恐亦不宜。」

他聽了這番話，知道她已誤會，忙答道：「小姐，你可錯疑我了。鄙人方才的來意，不過完全是徵求尊意，是否能夠下顧垂愛，別無其他的用意的，我非是那一種輕薄之輩，專以肉欲用事的。」

她回悲作喜道：「這倒是我錯怪你了，不知你還肯原諒我嗎？」

劉文叔笑道：「小姐，哪裡話來！小姐肯憐惜我，我就感激不盡了，何敢說個怪字呢。」

她道：「我們坐下來談罷！」

劉文叔唯唯地答應，便走向左邊的椅子上坐下。她便將明兒喊來，附耳談了幾句，明兒點頭會意，又將劉文叔瞟了一眼，方才出動。

她從容地坐下，方展開笑靨問道：「劉先生胸懷大志，將來定能做一番轟轟烈烈的大事業的。眼見中原逐鹿，生靈塗炭，莽賊竊竊神器，轉眼六年，芸芸眾生急待拯救，不知先生將用何種方針，去恢復漢家的基業呢？」

她說罷，凝著秋波，等他回答。

劉文叔聽她說出這番話，不禁十分敬愛，不由得脫口答道：「吾家基業現不必論，終有恢復之一日，丈夫處事，貴於行，而不貴乎言，言過其實，非英雄也。敝人的志願，仕宦當作執金吾，娶妻當娶陰麗華！」

他說到這裡，忙噎住不響，知道自己失言，登時面泛紅光。

她聽他剛說到一個陰字，便噎住了，自己還不明白嗎？也羞得面泛桃花，低首無語。劉文叔忙用了話岔開去。

二人又談了一會，劉文叔雖然是個年未弱冠的少年，但是他的知識卻過於常人，一舉一動都深有含蓄，比較他的兩個哥哥真有天淵之別，今日見了麗華，覺得她沒有一處不可愛。

看官，這個愛字，與情當然是個搭檔的，情與肉欲又差到多少路程呢？看官一定能夠瞭解的。

閒話少說，言歸正文。

劉文叔和她談了一陣子，只見陰麗華朱唇輕啟，口若懸河，句句動容，矢矢中的，他可是把那愛河的浪花直鼓三千尺，按捺不定，低聲問道：「我能夠常常到此地來聆教聆教嗎？」

她微笑不答，伸出纖纖玉腕拿起筆來，就在桌上寫了四個字。

他靠近來一看，乃是「關防嚴密」，他也提起筆來，在手心裡寫了六個字，「何時方可真個」，伸出手來向她示意。

她閃著星眼一看，不覺紅暈桃腮，嬌羞不勝，復提起筆來在玉掌上面寫了一行字，向劉秀示意。他仔細一看，原來是「明酉仍在此候駕」。

他看罷心中大喜，便向她說道：「蒙允感甚！但是現在因為還有許多事情要回去料理，明日屆時過來候駕，今天恕我不陪了。」

她含羞微笑道：「你今天出去，可要不要著人送你？」

他忙道：「不需不需！」

她將明兒喚了進來，說道：「你將劉先生送出園，快點回來，我在這裡等候你呢！」

明兒諾諾連聲地送著劉文叔走出書房，一直將他送到園門口。劉文叔依依不捨，回頭一望，只見她倚著花欄，還在那裡朝自己望呢，他可是站住不走了。

明兒道：「先生，你今天和我們小姐談些什麼話？」

他笑道：「不過談些平常的話罷了。」

明兒搖頭笑道：「你不要騙我，我不信。」她說著，斜瞟星眼，盯著劉文叔。

文叔笑道：「好姐姐！你不要告訴人家，我就說了。」

明兒忙答道：「我不去告訴人，你說吧！」

他笑道：「好丫頭，你們小姐許給我了。」
明兒詫異問道：「這話從何說起，怎的我們一些也不知道呢？」
他笑道：「要你們知道，還好嗎？」
明兒笑道：「呸！不要我們知道，難道你們還想偷嘴嗎？」
劉文叔禁不住笑道：「好個伶俐的丫頭，果然被你猜著了。」
明兒又問道：「敢是你們已經……」她說了半句，下半句說不下去了，羞得低著頭只是發笑。
劉文叔見她這樣子，不由得說道：「不瞞你說，雖然沒有到手，可是到手的期限也不遠了，明天還要煩你神呢！」
明兒道：「明天煩我做什麼？」
劉文叔笑道：「你和我走出園去，告訴你。」
二人便出了園，文叔便將方才的一番話完全告訴了她，把個明兒只是低頭笑個不住道：「怪不得兩個人在書房裡咕咕嘰嘰談了半天，原來還是這個勾當呢！好好好！我明天再也不替你們做奴婢了！」
劉文叔忙道：「好姐姐，那可害了我了，千萬不能這樣！總之，我都有數，事後定然重重地報答你，好嗎？」
明兒笑問道：「你拿什麼來謝我呢？」

劉文叔笑道：「你愛我什麼，便是什麼。」

明兒指著他羞道：「虧你說得出，好個老臉！」她說罷，翻身進去，將門閉起。

劉文叔高高興興地認明了方向，順著有生字的荼蘼花架走了出去。到小橋邊，又看了一回風景，才尋著原路回來。肚中已覺得餓了，忙叫童兒去拿飯來，胡亂吃了些。才放下飯碗，就有兩個老佃長進來稟話，見了劉文叔，兩個老頭子一齊跪下。

劉文叔慌忙下來將他們扶起來，說道：「罪過罪過！這算什麼！你們有話簡直就坐下來說就是了，何必拘這些禮節呢？」

一個老頭子捋著鬍子嘆道：「我們今天到這裡來，原來有一樁要緊事情要討示下。」

劉文叔道：「什麼事情？你們先坐下來，慢慢地說罷。」

兩個老頭子同聲嚷道：「啊也，我們佃戶到這裡來，斷沒有坐的道理，還是站著說罷。」

劉文叔忙道：「二位老丈，這是什麼話？趕緊坐下來，我不信拘那些禮節，而且我們又不是皇帝家，何必呢？」

兩個老頭子又告了罪，方才坐下。

劉文叔問道：「二位老丈，今天難道有什麼見教嗎？」

東邊花白鬍子的先答道：「小主人！你還不曉得？現在新皇帝又要恢復井田制了，聽說北一路現在都已實行了，馬上就要行到我們這裡來了。我想我們一共有六百多頃田，要是分成井田，可不要完全歸別人所有了嗎？」

劉文叔聽了這話吃驚不小，忙問道：「這話當真麼？」

那兩個老頭子同聲說道：「誰敢來欺騙主人呢？」

劉文叔呆了半晌，跺足嘆道：「莽賊一日不除，百姓一日不安！」

那老頭子又說道：「聽說有多少人，現在正在反對，這事不知可能成功？」

劉文叔嘆道：「這個殘暴不仁的王莽，還能容得人民反對嗎？不消說，這反對兩個字，又不知殺了多少無辜的百姓了！」

正說話時，劉仲走了進來，聽他們說了個究竟，氣得三光透頂，暴跳如雷，大聲說道：「怕什麼！不行到我們這裡便罷，如果實行到我們這裡，憑他是天神，也要將他的腦袋揪下來，看他要分不要分了。再不然，好在我們的大勢已成，趁此機會就此起兵，與莽賊分個高下。若不將吾家的基業恢復過來，誓不為人！」

劉文叔勸道：「兄長！你何必這樣的大發雷霆呢！現在還沒有行到這裡呢！凡事不能言過於行的，事未成機先露，這是做大事的人最忌的。」

劉仲被文叔這番話說得啞口無言，轉身出去。

那老頭子又向文叔說道：「昨天大主人到我們那裡去，教我們讓出一個大空場來，給他們操兵。我想要是在冬天空場盡多，現在正當青黃不接的時候，哪裡能有一些閒空地方呢？我當時沒有回答，今天請示，究竟騰出哪一段地方做操場？」

劉文叔沉思了一會，對兩個老頭子說道：「那日升谷旁邊一段地方，現在不是空著嗎？」

兩個老頭子同聲說道：「啊也，真的老糊塗了！放著現成的一段極大的空地，不是忘記了。」

劉文叔笑道：「那一段空地，就是有十萬人馬，也不見得怎麼擁擠的。你們今天回去，就命人前去安排打掃，以備明日要用！」

兩個老頭子唯唯地答應，告辭退出，一宵無話。

到了第二天一早上，那四處的鄉勇，由首領帶領，一隊一隊地向白水村聚集。不到多時，只見白水村旗幟飄揚，刀槍耀日。

劉縯、劉仲忙得不亦樂乎，一面招待眾首領，一面預備午飯，直鬧到未牌時候，大家用飽茶飯，各處的首領紛紛出來，領著自己的人馬，浩浩蕩蕩直向日升谷出發。

劉縯、劉仲騎馬在後面緩緩地行走。他的叔父劉良，也是老興勃發，令人扶他上馬，跟去看操。到了地頭，一聲呼號，一隊隊的鄉勇排開雁陣，聽候發令。那一班首領騎在馬上，奔走指揮，一時秩序齊整，便一齊放馬走到劉縯、劉仲的面前，等候示下。

劉仲首先問道：「秩序齊整了嗎？」

眾首領轟天價的一聲答應道：「停當了！」

劉縯便向司令官一招手，只見那個司令官捧著五彩的令旗飛馬走來，就在馬上招呼道：「盔甲在身，不能為禮，望明公恕罪！」

劉縯一點首，那司令官便取出紅旗，在陣場馳騁往來三次，然後立定了馬，將手中的紅旗一展。

那諸首領當中有三個人，並馬飛出陣場，司令官揚聲問道：「來者敢是火字隊的首領嗎？」

三人同聲答道：「正是！」

司令官便唱道：「第一隊先出陣訓練！」

那個背插第一隊令旗的首領，答應一聲，飛也似地放馬前去，將口中的畫角一鳴。那東南角上一隊長槍鄉勇，風馳電掣地捲出來，剎那間，只見萬道金蛇千條閃電般地舞著。司令官口中又喊道：「火字第二隊出陣對手試驗！」

那第二隊的首領也不及答應，就飛馬前來，將手中的銅琶一敲。霎時金鼓大震，一隊短刀鄉勇從正東方捲了出來，和長槍隊碰了頭，捉對兒各顯本領，槍來刀去，刀去槍迎，只殺得目眩心駭。

這時司令官又大聲喊道：「火字第三隊出陣合擊第一隊。」

第三隊的首領早就放馬過去，聽司令官一聲招呼，便將令旗一招。那一隊鐵尺兵疾如風雨般地擁了出來，幫著短刀隊夾攻長槍隊，只殺得塵沙蔽日，煙霧障天。

司令官將黃旗一展，霎時金鼓不鳴。那火字第三隊的人馬，風捲殘雲般退歸本位，露

出一段大空場來，靜悄悄的鴉雀無聲。

這時候，忽見西邊一人飛馬而來。劉縯、劉仲回首看時，不是別人，是劉文叔前來看操的。他首先一句問道：「現在操過第幾陣了？」

劉縯答道：「操過第一陣了！」

劉文叔道：「成績如何？」

劉縯點頭微笑道：「還可以。」

話還未了，只見司令官口中喊道：「土字第一隊出陣！」

那個首領背著一把開山斧，用手一招，東北上跑出一隊斧頭兵來，每人腰裡插著兩把板斧，一個個雄赳赳地挺立垓心。那首領一擊掌，那些斧頭兵連忙取斧頭要了起來，光閃閃的和雪球一樣。

司令官又喊道：「第二隊出陣對手！」

第二隊的首領忙將坐下的黃驃馬一拍，那馬嘶吼一聲，只見正北上一隊銅錘兵蜂擁前來，和第一隊的板斧相搏起來。此時只聽得叮叮噹噹，響聲不絕於耳。

戰夠多時，司令官取出黑旗，迎風一展，那兩隊土字兵慢慢地退回本位。

司令官口中喊道：「水字第一隊出陣！」

話還未了，只見正南的兵馬忽地分開。這時金鼓大震，那水字隊的首領用手一招，登時萬弩齊發。射到分際，司令官將旗一擺，復又一招，瞥見第二隊從後面翻了出來，每人都是腰懸豹皮袋，穿到垓心，一字兒立定，取出流星石子，只向日升谷那邊擲去，霎時渾如飛蝗蔽空一般。

司令官將白旗一豎，那流星一隊兵，就地一滾，早已不知去向。正西的盾牌手，翻翻覆覆地捲了出來。司令官又將藍旗一招，那正南方霍地穿出一隊長矛手，和盾牌手對了面，各展才能，藤牌一耍，花圈鐵簇，長矛一動，閃電驚蛇。

殺了多時，司令官將手中五色彩旗一齊舉起，臨風一揚，四處的隊伍騰雲價地一齊聚到垓心，互相排列著。就聽金鼓一鳴，那五色的兵隊慢慢延長開去，足有二里之遙。司令官兜馬上了日升谷，將紅旗一招，三隊的火字兵立刻飛集一起。

司令官將五色旗挨次一招展，那五隊兵霍地一閃，各歸本位。胡笳一鳴，各隊兵卒都紛紛散隊，各首領和司令官一齊到劉縯面前，打躬請示。

劉縯點頭回禮，向眾首領說道：「諸公辛苦了！今天會操的成績，我實在不望到有這個樣子，只要諸公同心努力，何愁大事不成呢！」

劉文叔忙問道：「誰是流星隊的首領？」

只見一個小矮子近來，躬身說道：「承問，在下便是。」

劉文叔滿口誇讚道：「今天各隊的訓練成績都是不差，惟看你們這一隊的成績，要算最好了！」

那個矮子只稱不敢。

劉良笑道：「文叔，你平素不是不大歡喜練有武功嗎？今天為何也這樣的高興呢？」

文叔笑道：「願為儒將，不為驍將；儒將可以安邦定國，驍將不過匹夫之勇耳。」

劉良驚喜道：「我的兒！看不出你竟有這樣的才幹！漢家可算又出一個英雄了！」

大家又議論了一會，只見日已含山，劉縯便令收兵回去。一聽令下，登時一隊隊地排立齊整，緩緩地回去。

劉良等回到白水村，劉縯便請諸首領到他家赴宴談心。大家剛入了座，劉文叔猛的想起昨日的話來，酒也不吃，起身出席，走後門出去。幸喜劉縯等因為招待賓客，未曾介意。

他趁著月光，出了白水村，一徑向楊花塢而來。

一路上夜色蒼茫，野犬相吠，真是個碧茵露冷，花徑風寒。一轉眼又到陰家的後園門口，他展目一看，只見雙扉緊閉，雞犬無聲，他不覺心中疑惑道：「難道此刻還沒人來？敢是陰小姐騙我不成？我想絕不會的。或者她的家中事牽住，也未可知，再則有其他緣故，也說不定。」

他等了多時，仍未見有一些動靜，自言自語地道：「一定是出了岔頭了，不然，到這晚，明兒還不來呢？」

他等得心焦，正要轉身回去，猛聽得呀的一聲，門兒開了，他可是滿肚子冰冷登時轉了熱，忙定睛一看，不是別人，正是明兒。

她向他一招手，他進了園，明兒輕輕地將門關好，領著他一徑向前而來。轉亭過角，霎時到了麗華的繡樓，輕輕地上了樓，走進房內，但見裡面陳設富麗堂皇，錦屏繡幕，那一股甜絲絲的香氣撞到他的鼻子裡，登時眼迷手軟，渾身愉快。

那梳妝臺上，安放著寶鴨鼎，內燒沉香，右邊靠壁擺著四隻高腳書廚，裡面安放牙籤玉軸，琳琅滿目，他走進幾步，瞥見麗華倦眼惺忪地倚著薰籠，含有睡意。

明兒向他丟下一個眼色，便退了出去，他輕輕地往她身旁一坐。

第六十四回　春風一度

斗移星換，夜色沉沉；簾捲落花，帳籠餘馨；海棠已睡，垂柳驕人。當此萬籟俱寂的時候，劉文叔坐在她的旁邊，用手在她的香肩上輕輕一拍，低聲喚道：「卿卿，我已經來了！」

她微開倦眼，打了一個呵欠，輕舒玉臂，不知不覺地搭在劉文叔的肩上，含羞帶喜地問道：「你幾時來的？」

劉文叔忙道：「我久已來了，不過在後園門口等了好久，才得明兒將我帶來的。」

她微微一笑，啟朱唇說道：「勞你久等了！」

文叔忙道：「這是什麼話？只怪我急性兒，來得忒早了。」

她問道：「你受了風沒有？」

文叔忙道：「不曾不曾！」

她伸出玉手，將文叔的手一握，笑道：「嘴還強呢，手冰凍也似的，快點倚到薰籠上來度度暖氣！」

文叔忙將靴子脫下，上了床，她便將薰籠讓了出來。文叔橫著身子，仰起臉來，細細地正在飽餐秀色。

她被他望得倒不好意思起來，笑道：「你儘管目不轉睛地朝我望什麼？」

文叔笑道：「我先前因為沒有晚飯吃，肚子裡非常之餓，現在看見你，我倒不覺得餓了。」

她聽了這話，驚問道：「你還沒有吃晚飯嗎？」

文叔笑道：「日裡我們家兄約會了四周的鄉勇在日升谷會操，我也去看操。到了晚上我回來的時候，剛才坐下來入席，猛的想起昨天的約來，忙得連飯都沒敢吃，生怕耽擱辰光；再則又怕你盼望，故而晚飯沒吃就來了。」

她嗤的一笑，也不答話，起身下床，婷婷嫋嫋地走了出去。

文叔不解她是什麼用意。一會她走進來，坐到床邊，對他笑道：「你餓壞了，才是我的罪過呢！」

劉文叔忙道：「不要煩神，我此刻一些兒也不餓。」

她笑道：「難道要成仙了麼？此刻就一些也不餓。」

話猶未了，但見明兒捧了一個紅漆盒子進來，擺在桌上，又倒了兩杯茶，便要退下，

她輕輕地問道：「太太睡了不曾？」

明兒笑道：「已經睡熟了。」

她又豎起兩個指頭問道：「他們呢？」

明兒笑道：「也睡了好久了。」

她正色對文叔說道：「君今天到這裡，我要擔著不孝、不義、不貞、不節的四個大罪名，但是貞姬守節，淑女憐才，二者俱賢。照這樣看來，我只好忍著羞恥，做這些不正當的事情，惟望君始終要與今朝一樣，那就不負我的一片私心了。」

劉文叔忙答道：「荷蒙小姐垂愛，我劉某向後如有變卦——」

他剛剛說到這裡，陰麗華伸出纖纖的玉腕，將他的口掩著，笑道：「只要居心不壞，何必指天示日，學那些小家的樣子做什麼呢？現在不需囉嗦了，明兒剛才已經將點心拿來，你不嫌粗糙，請過去胡亂吃一些罷。」

文叔也不推辭，站起來，走到桌邊坐下。她跟著也過來，對面坐下，用手將蓋子揭去。只見裡面安放著各種點心，做得非常精巧。她十指纖纖用牙箸夾了些送到他的面前。

文叔一面吃著，一面細細認著，吃起來色香味三椿，沒有一椿不佳，就是不知道叫什麼名字，也不好意思去問她，只好皺著眉毛，細細地品著味道。

她見文叔這樣，忙問道：「敢是不合口嗎？」

文叔笑道：「極好極好！」

她道：「不要客氣罷！我知道這裡的粗食物，你一定吃不來的。」

文叔道：「哪裡話來，這些點心要想再比它好，恐怕沒有了。」

她笑道：「既然說好，為什麼又將眉毛皺起來呢？這不是顯係不合口嗎？」

劉文叔悄悄地笑道：「我皺眉毛原不是不合口，老實對你說一句，我吃的這些點心一樣也認不得，所以慢慢地品品味道，究竟是什麼東西做的。」

她聽了笑道：「原來這樣，我來告訴你罷！」她說著，用牙箸在盤裡點著道：「這是梅花髓的餅兒，這是玫瑰酥，這是桂蕊餑餑，這是銀杏盒兒。」

她說了半天，劉文叔只是點頭嘆賞不止。

又停一會，猛聽譙樓更鼓已是三敲，劉文叔放下牙箸，對她低聲說道：「夜深了，我們也該去安寢了。」

她低首含羞，半晌無話。劉文叔便走過來，伸手拉著她的玉腕，同入羅幃，說不出的無邊風景，蛺蝶穿花，蜻蜓掠水；含苞嫩萼，乍得甘霖；欲放蓓蕾，初經春雨；自是百般愉快，一往情深了。

但是他們兩個已經如願已償了，誰也不知還有一個人，卻早已看得眼中出火。你道哪一個？卻原來就是明兒。她的芳齡已有二八零一，再是她生成的一副玲瓏心肝，風騷性兒，看見這種情形，心裡還能按捺得住嗎？

她站在房門外邊，起首他們兩個私話喁喁，還不感覺怎樣；後來聽得解衣上床，一個半推半就，一個又驚又愛，霎時就聽得零雲斷雨的聲音，一聲聲鑽到她的耳朵裡，她可是登時春心蕩漾，滿面發燒，再也忍耐不住，便想進去分嘗一臠。回轉一想，到底礙著主僕的關係，究竟理上講不過去；再則劉文叔答應倒沒有什麼，假若劉文叔不答應，豈不是難為情嗎？

她思前想後，到底不能前去，她只得將手放在嘴裡，咬了幾口，春心才算捺下去了一些。一會子，又聽得裡面動作起來，禁不住芳心復又怦怦地跳了起來，此番卻十分厲害，再也不能收束了。

她皺眉一想，猛的想出一個念頭來，便輕輕地下了樓，將門一道一道地放開，直向後園而來。

進了園門，瞥見海棠花根下蹲著一個黑東西，兩隻眼和銅鈴一樣，灼灼地朝自己望個不住，她嚇得一噤，忙止住腳步，細細地望了一會。無奈月色昏沉，一時看不清楚，究竟是什麼東西。可怪那東西兀自動也不動地蹲在那裡，她到這時，進又不敢，退又不肯。

正在為難之際，只見那東西忽地竄了出來，咪呼咪呼地亂叫，她嚇得倒退數步，原來是一隻大黑貓。她暗罵道：「狗嚼頭的個畜生！沒來由的在這裡大驚小怪呢！」

她說罷，恨得拾起一塊磚頭來，迎面向那黑貓擲去。那隻黑貓一溜煙不知去向，她才又向前走去。霎時到了書房門口，她輕輕地在門上拍了一拍，就聽得裡面有人問道：「誰呀？」

她輕輕地答道：「是我。」

裡面又問道：「你究竟是誰呀？」

明兒道：「我是明兒。」

裡面忙道：「明姐嗎？請你等一等，我就來開門。」

不一會，一個十五六歲的童兒，將門開放，笑問道：「明姐，你此時還未睡嗎？」

她笑道：「沒有，你們為何到這時也不睡呢？」

那童兒笑道：「和小平趕圍棋，一直趕到這會，還沒睡呢。姐姐，你來做什麼的？」

她笑吟吟將那童兒的手一拉，說道：「我來和你們耍子，不知你們肯帶我麼？」

那童兒笑道：「那就好極了！我們兩個人睡又睡不著，你來，我們大家耍子，倒覺得有趣咧！」

她和他手拉手兒，進了房。但見裡面還有一個小童兒，大約在十一二歲的光景，正坐在那裡注目凝神地朝著棋盤裡望著，見她來忙笑道：「明姐，你來了正好，我這盤棋剛要輸了，快些來幫著我，小才專門會和我賴。」

明兒笑道：「你輸幾盤給他了？」

小平道：「連輸三盤給他了，我和他講的是二十記手心一盤，現在已經欠他六十記手心了。好姐姐，快來幫助我吧！」

她笑道：「好好！我來幫助你。」

小才道：「那可不成，誰是你的對手呢？」

明兒笑道：「不要這樣的認真，他小你大，我不去幫著他，難道還來幫著你不成？」

說著便靠著桌子坐下，一把將小才拉了坐在自己懷裡，一面教小平動棋，一面暗暗地盤算道：「在這裡斷不能做勾當的。那小平雖然小，假使明天露了風聲，那就糟了，越是這小孩子嘴裡，越沒有關欄。」

她想了半天，猛的想起一個調虎離山的法子來，便向小平笑道：「這撈什子沒有什麼趣，不如我們三個人去捉迷藏，倒反有趣得多咧。」

小平搖頭說道：「我不去，我不去。這夜靜更深的，誰願意出去玩呢，怪害怕的。遇著馬猴子，還要嚇煞了呢。」

她笑道：「小孩子家，一點膽氣也沒有。今天外邊的月色真是好極了，和白天差不多，怕什麼？」

小才道：「我也不願意出去，還是在家裡玩的好。」

她笑道：「捉迷藏，你不是喜歡捉的嗎？今天為何反不高興呢？」

小才笑道：「日裡大家玩耍是高興的，現在我們人少，誰高興呢？」

她暗道這條計竟不濟事，便怎生再想法子呢？

她又想了半天，悄悄地對小才道：「你不是對我說過要杏子吃的嗎？你看後門口的杏子都熟了，這時何不去摘幾個來吃吃呢？」

小才聽了這話，大喜道：「有何不可，有何不可！不是你提起我倒忘了。白天又不敢大明大白地去摘來吃，小碧她們的嘴，最壞不過，被她看見了，馬上又要去告訴。現在

去摘光了，也沒有人曉得的。」

小平聽得要去摘杏子，十分高興，也要想去。她忙說道：「動不得！你卻不能去，這裡全走了，假如有個強盜，怎生是好呢？」

小平努著嘴說道：「你們不帶我去，我明天去告訴太太。」

她慌地哄他道：「好兄弟，你不要心急！我們去隨便摘多少，我們一個也不吃，弄回來和你同吃如何？」

小平笑道：「那麼，我明天自然就不去告訴太太了。」

小才道：「事不宜遲，我們就去吧！」

她又怕小平跟他們出來，破他們的好事，臨走的時候千叮嚀萬囑咐，教他不要亂走。小平諾諾連聲地答應，她才和小才出了門。

繞著花徑走了一會，小才問道：「姐姐，路走錯了！杏子樹不是在門外邊嗎？為什麼走了向西呢？」

明兒也不答應，轉眼走過一大段芍藥花的籬邊，拉著小才的手說道：「兄弟，你隨我進來，我有句話要和你說。」

小才也不知就裡，隨著她走進芍藥花的中間一塊青茵地上，她往地上一坐，小才也跟她往身旁一坐，向她問道：「姐姐，你有什麼話和我說，請你說罷！」

她乜斜著眼，對小才嗤的一笑，悄悄地說道：「我喊你到這裡來，難道你心裡還不明白嗎？」

小才急道：「你不告訴我，我明白什麼呢？」

她一把將小才摟到懷中，兄弟長兄弟短的叫了一陣子，才停住聲音，半晌又開口問道：「好兄弟，你究竟歡喜我嗎？」

小才仰起臉來，說道：「自家好姐妹不歡喜，難道歡喜別人嗎？」

她笑道：「你光是嘴上說歡喜，心裡恐怕未必罷？」

小才笑道：「你這是什麼話呢？心裡如果不歡喜，我也不願意和你在一起玩耍了。」

他說到這裡，猛聽得東邊梧桐樹下飛起一樣東西來，怪叫了兩聲，飛得不知去向，他嚇得無地可鑽，忙埋怨明兒道：「我說不要出來，你偏要出來，怪害怕的。」

她慌地哄他道：「好兄弟，你不要怕！方才飛的那東西，一定是野雉。」

小才說道：「管他是什麼，我們回去吧！」

她忙摟住他說道：「你不須急，我還有幾句話和你說呢。」

小才急道：「親娘，你有什麼話，只管說罷！我要被你纏死了！」

她附著他的耳朵說了一會，小才翻起眼睛說道：「那麼，就算恩愛了嗎？」

她笑道：「是呀！那才算恩愛呢。」

小才道：「我們就來試試看。」

明兒便寬衣解帶。二人就實行交易了一回，小才少精無力地問道：「怎麼？這也奇怪極了，我從來還不知道這樣的趣味！」

她坐起來，把粉臉偎著小才的面孔，笑問道：「你說如何？」

小才滿口讚道：「果然有趣極了！」

二人坐在草地上，南天北地地又談了一會子，小才忽然問道：「姐姐，我有一樁事情始終不明白，人家討了老婆，怎的就會生出小兒來呢？」

她笑道：「癡子，虧你到了十六七歲，怎麼連一點事情都不曉得，你要知道人家生小兒，就是我們方才做的那個玩意兒。」

他拍手笑道：「原來原來原來是這樣的，我還要問你，人家本來是兩個人做那勾當的，怎的反是一個人生小孩呢？而且全是女人家生的，我們男人從沒看見過生小孩，這又是什麼道理呢？」

她笑道：「誰和你夾纏不清，連這些都不曉得，真是氣數，不要多講了，我們回去吧。」

他笑道：「好姐姐，你回去也和小平去弄一回，看他舒服不舒服？」

她聽了這句話，兜頭向他一啐道：「你這個糊塗種子，真是天不該生，地不該長，怎的這樣地油蒙了心，說出話來，不曉得一些高下呢？」

他笑道：「姐姐，肯就肯，不肯就算了，急的什麼呢？」

她見他這樣呆頭呆腦的，不覺又好氣，又好笑，又深怕他口沒遮攔露出風聲來，可不是玩的，忙哄他道：「兄弟，你不曉得，我和你剛才做的這件事，千萬不能告訴別人！」

他翻起白眼問道：「告訴別人怎樣？」

她恐嚇道：「如果告訴別人，馬上天雷就要來打你了。」

他用手摸著頭說道：「好險好險！還虧我沒有告訴別人；不然，豈不是白白的送了一條性命嗎？」

她笑道：「你留心一點就是了。」

他又笑問道：「我方才教你和小平去弄一會子，你為什麼現出生氣的樣子來呢？」

她正色說道：「你曉得什麼？這件玩意，豈能輕易和人去亂弄的嗎？」

他笑道：「怕什麼，橫豎不是一樣的？」

她急道：「傻瓜，我老實對你說罷，他小呢，現在不能夠幹那個玩意兒呢。」

他問道：「幹了怎樣？」

她笑道：「幹了要死的。」

他嚇得將舌頭伸出來，半晌縮不進去。停了一會，哭喪著臉說道：「姐姐！你可害了我了，我今天不是要死了嗎？」

她笑道：「你過了十五歲，就不要緊了。」

他聽了這話，登時笑起來了。

她說道：「我們到外邊去摘杏子罷！」

他道：「可不是呢，如果沒有杏子回去，小平一定要說我們幹什麼的了。」

她也不答話，和小才一直出了後園門，走到兩棵杏子樹下，小才笑道：「你上去還是我上去呢？」

她笑道：「自然是你上去！」

小才撩起衣服，像煞猢猻一樣爬了上去，她站在樹根底下說道：「留神一點，不要跌了下來！」

小才嘴裡答應著，手裡摘著，不多時摘了許多的杏子。用外邊的衣服兜住，卸了下來，自己也隨後下來。向她說道：「姐姐，我們回去吧！」

她向小才說道：「你先進去吧！我要解手去。」

小才點頭進去了。

她走到東邊一個荼蘼架下面，扯起羅裙，蹲下身子，一會子完了事，剛要站了起來，這時後面突來一個人將她憑地抱起，往東走了幾步，將她放下。她又不敢聲張，偷眼往那人一望，原來是個十九歲多的少年，生得凶眉大眼，滿臉橫肉，向她獰笑道：「今天可是巧極了，不要推辭吧！」

她曉得來者定非好意，無奈又不能聲張，只得低頭無語。說時遲，那時快，那個人竟像餓虎擒羊一般，將她往地上一按，她連忙喊道：「你是哪裡來的野人，趕快給我滾去。」

話還未了，瞥見那人颼地拔出一把刀來，對著她喝道：「你再喊，馬上就給你一刀！」

她可嚇得魂落膽飛，還敢聲張麼。霎時間，便任他狂浪起來。一會事畢，那人摟著她又親了一回嘴，才站直來走了。

她慢慢地從地上爬起來，心中倒反十分愉快，因為小才究竟年輕，不解風流，誰知無意中倒得著一回趣。她慢慢地走進園門，又朝外邊望望，那人早已不知去向。

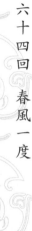

她順手將門關好，走到書房裡，只見小才和小平兩個人掏著杏子，滿口大嚼。見她進來，小才忙問道：「你到哪裡去了，到這會才來？」

她一笑答道：「我因為看見一隻野兔，我想將牠捉來玩玩，不想趕了半天，竟沒有趕上，放牠逃了。」

小才笑道：「你這人真癡，兔子跑起來能夠追上風呢，你就趕上了嗎？」

她笑道：「我見牠頭埋在草窠裡，當牠是睡著呢，從背後抄上去，不想牠來得乖覺，忽然跳起來就逃去了。」

他們正在談話之間，猛聽得更樓上，噹噹噹地連敲四下子，她才將閒話丟開，別了他們，一徑向前面而來，將門一重一重的關好，上了麗華的繡樓。進了房，但見他兩個交頸鴛鴦，正尋好夢，她一想再遲，恐怕要露出破綻來，忙走進來，輕輕地將二人推醒，說道：「天要亮了，你可不能再耽擱了！」

二人聽說這話，連忙起身，披衣下床。

明兒走過來，替麗華幫著將衣裳穿好。劉文叔這時也將衣服穿好，推窗一望，但見霧

氣重重，月已掛到屋角，東方漸漸地露出魚肚的色彩。他忙將窗子關好，走到床前，向麗華深深一揖，口中說道：「荷蒙小姐垂愛，慨然以身相許，劉某感謝無地，刻骨難忘。惟望早酬大志，寶馬香車，來接小姐。」

第六十五回　鰈散鶼離

劉文叔講過這一番話以後，她慌忙還禮答道：「願君早酬大志，恢復漢家基業，掃除惡暴，為萬民造福。麗華一弱女子，又以禮教束身，不能為君盡一寸力，殊深自恨！惟望勿以麗華為念，努力前途，則幸甚矣！」

劉文叔躬身答道：「多蒙教誨，何敢忽忘？此番起義倘不能得志，願以馬革裹屍，了我畢身志願，如蒙上天垂佑，得伸素志，雖赴湯蹈火，斷不負卿的雅望也！現已四更將盡，不能再稍留戀，僕去矣。」

他說罷，忙放步下樓，麗華和明兒也跟著送他出了後園門，麗華執著他的手嗚咽問道：「你們幾時起義？」

劉文叔道：「差不多就在這數天之內了。」

她嗚咽道：「願君一戰成功，麗華坐候好音便了。」

劉文叔道：「但願有如卿言，後會有期，務希珍重。」他說罷，大踏步走了。

麗華佇望了半天，等看不見他，才怏怏地回樓。明兒笑道：「姑娘真好眼力，我看這

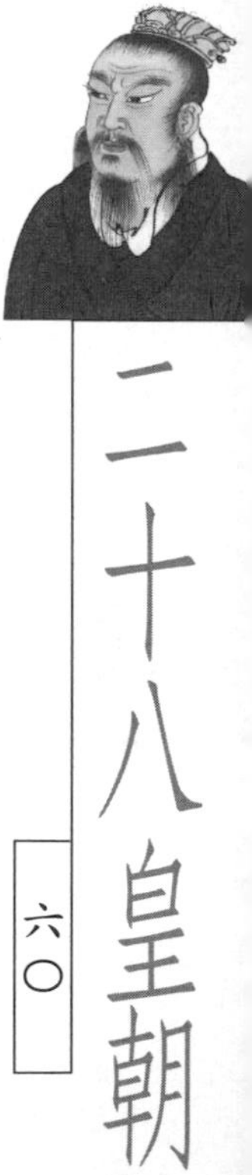

人後來一定要發達的，將來姑娘可要做夫人了！」

她低著頭也不答話。

停了一會，天色大亮，明兒對著穿衣鏡正自梳洗，麗華瞥見她穿的妃色羅裙後面一大段青汁和泥污，她不禁心中大疑，忙問道：「明兒，你羅裙後面，哪裡來的那一段骯髒東西？」

明兒聽了這話，忙回頭一看，不禁滿臉緋紅，半晌答不出話來。麗華愈加疑惑，加倍問個不住，明兒勉強笑道：「這是昨天晚上在園子裡滑了一跤，跌在青草上面，弄了一大段青汁。」

她笑道：「你這話恐怕不對吧，這青汁泥污既然是昨天弄上的，為什麼昨天晚上我一些兒也沒看見呢？」

明兒張口結舌，答不出一句話來，放下梳子，只是播弄裙帶。

麗華到了這時，心中反而懊悔起來，暗道：「己不正，就能正人了嗎？這種情形，推測起來，準是做了什麼不正當的事情了。但是她也十六七歲了，人非草木，孰能無情呢？今天如果執意逼她說，她一定是不肯說，反要激起她的怨恨來，一定要來反噬我，那不是糟了嗎？」

她暗想了一會子，只見明兒坐在那裡低著頭，一聲不響。她又暗自說道：「同是一樣的女兒家，她不過生長在貧窮人家，到我家來當一個奴婢，其實我自己不是也做下了錯事嗎？在人家說起，主子原是占著面子，她們奴婢難道不是人嗎？」
她想到這裡，倒反而可憐明兒了，芳心一軟，不覺掉下淚來，明兒見她這樣，自己也覺得傷感，便伏著桌子，也嗚咽起來。
兩個人默默的一會子，還是麗華先開口向明兒道：「現在不用說了，你做的不正當的事，就是我不好，我如果不為惜才起見，又何能教你如此。」
她說到這裡，便咽住哭將起來。
明兒聽了這些話，心中更是動了感觸，淚如雨下，站起來走到麗華身邊雙膝跪下，叩頭如搗蒜地說道：「奴才知罪，奴才該死，千萬求小姐恕我的罪，我才說呢。」
麗華忙用手將明兒拉起，說道：「你只管說罷，難道我還能怪你嗎？無論如何，總怪我先不正的了。」
明兒含羞帶泣地將夜來一回事，細細地說個究竟。
麗華跌足嘆道：「可憐可憐！一個女孩子家豈能輕易失身與人的？何況這苟且的事情呢！明兒，我雖然做下這件違背人倫的事情，但是我既然看中劉文叔，我向後就誓死無他了，太太她不曉得，我也是要去告訴她老人家的，但是我現在替你設想，十分可憐可嘆，以後千萬不要再蹈前轍才好呢！」
明兒哭道：「這也是我們不知禮節的苦楚，蒙姑娘寬恕我，已是感恩不盡了！我又不是禽獸，當真還要去做那些沒臉的事麼？」

她說道：「能夠這樣還好，只怕知過不改，那就沒有辦法。」

她們談了一會子，明兒梳好了頭，又將裙子換了，跟著麗華下樓去定省了。這也不在話下。

再說劉文叔回到白水村，見了劉縯、劉仲以及劉良等。劉縯問道：「兄弟昨夜敢是又到田上去料理什麼事情的？」

劉文叔笑道：「原是為兩個朋友留著不准走，在那裡飲酒彈琴，直鬧了一夜，到此時才回來。」

他剛剛說到這裡，瞥見外面有一匹報馬，飛也似地跑進村來，馬上那人直跑得氣急，到了門口滾鞍下馬，大叫：「禍事了！禍事了！」

劉縯等大吃一驚。大家攏近來齊聲問道：「何事這樣的驚慌？」

那人大叫道：「宛城李通因為設謀不密，全家被斬，李氏弟兄現已不知去向，宛城的賊兵現在已向這裡出發。趕快預備，馬上就要到眼前了！」

劉仲大叫一聲：「氣死我也！叵耐這些不盡的狗頭，膽敢來捋虎鬚，不把這班賊豬殺盡了，誓不為人！」

劉縯、劉文叔等忙去披掛。接著鄧辰帶了一隊鄉勇，擁護著兩輛車子，上面坐著女眷，蜂擁而來。

劉縯等裹紮停當，提著兵器上馬。劉文叔渾身鎧甲，腰懸兩口雙股劍，外披大紅兜風，頭戴百勝盔，騎在馬上雄赳赳，氣揚揚地準備廝殺。把一班平素笑他沒用的人，嚇得人人咋舌，個個搖頭，都道看不出他竟有這樣的膽量！連劉縯等也都暗暗稱奇不置。

霎時西南方煙塵大起，金鼓震天，劉縯知道賊兵已經逼近，忙指揮鄉勇，排隊以待。不一刻，賊兵的頭隊已到村前。劉縯、劉仲、劉文叔，各自領兵接戰。屆時喊殺連天，那一班百姓攜幼扶老，哭聲震天漫地向東北逃難。

劉縯等混戰多時，只見賊兵愈來仍多，勢如潮湧，自知寡不敵眾，便向劉仲道：「二弟！此刻萬萬不能再戀戰了，再停一刻，就要全軍覆沒了。趕緊收隊，向小長安去，再圖計議罷！」

劉仲道：「我也是這樣的主意，無奈三弟和妹妹姐姐現在不知死活存亡，我進去尋一趟看。」說罷，舞動蛇矛，翻身突入重圍，東衝西突，如入無人之境。

尋了半天，竟沒有尋著一些影子，他滿心焦躁，大吼一聲，復從西北角上殺了出來。瞥見劉文叔在柏樹林子旁邊，和一隊賊兵正在那裡混戰，見他又要兼顧女眷，十分危急，他不禁心中大喜，大聲喊道：「三弟休慌，我來救你！」

劉文叔正在危急之時，忽見劉仲到來，精神陡添百倍。劉仲催馬前來和那個賊將搭上手，不到三合手起一矛，那員賊將仰鞍落馬，奔到閻王那裡去交帳了。一隊賊兵見主將已死，無心戀戰，霎時東奔西竄，散得精光。

劉仲向文叔道：「你保著車輛，在此休要亂走，我去將大哥尋來，大家一同到小長安

去，再圖計議罷！」

劉文叔點首答應。劉仲略憩一憩，提矛上馬，殺入重圍。只見劉縯殺得渾身血污，獨戰四將。劉仲眼中冒火，拍馬前來迎敵。

劉縯見劉仲殺進來，滿心歡喜，忙問道：「三弟尋著了嗎？」

劉仲一面迎敵，一面答道：「尋著了。」

劉縯精神百倍奮勇大殺，滿想將這兩個賊將結果了，好領兵奪路。誰知那兩個賊將兀自轉戰不衰。正在殺得難解難分之時，瞥見東北角上喊聲大起，賊兵紛紛逃散，轉眼看見一員女將，騎著桃花征駒，手持梨花槍，身上也無披掛，只穿一件銀紅緊身小襖，露出半截粉藕似的膀子，飛花滾雪價地殺了進來，把一群賊兵殺得人翻馬仰，鼠竄狼奔。霎時衝到面前，劉縯仔細一看，不是別人，正是他自己妹子伯姬，心中大喜。

但見她嬌聲喚道：「哥哥！請住手，將這兩個賊小子交給我！」她攪動梨花槍，便和兩個賊將相搏。

劉仲在那邊與兩個賊將殺得目眩心駭，難分高下。劉縯更忍不住，拍馬上前，幫著劉仲廝殺，殺到分際，劉仲大吼一聲，手起矛落，將那員賊將刺死於馬下。還有一個賊將，連忙兜馬落荒而逃，劉仲便縱馬追趕。

劉縯忙搖手道：「二弟，窮寇莫追！收兵要緊。」

劉仲便兜住馬，正要和劉縯來助伯姬，只見伯姬馬首掛著兩個人頭，從那面殺了過來。劉縯便和他們二人一齊衝殺出來，到了柏樹林下，收集殘兵，幸喜還有兩千餘人。劉文叔道：「為今之計，先到小長安，大家再為聚議罷！這裡萬不能再耽擱的。」話猶未了，但見那班賊兵自被他們衝散後，便四處搶劫焚燒，無所不為。立時火光沖天，哭聲遍野。劉縯心中好大不忍，仰天長嘆道：「本欲掃除莽賊，拯救百姓，這樣一來，反而害了百姓了。」

劉文叔勸道：「兄長徒自悲傷，於事何益，先自保重要緊，天長地久，恢復有時。目下急切，先要預備，再圖報復要緊。勿以小挫，即欲灰心。」

劉縯含淚點首，指揮兵隊直向小長安進發。

還未到半路，猛聽得四處的喊聲又起，一隊賊兵斜次裡衝了出來，為首賊將甄阜、梁邱賜，雙馬衝出，擺開兵器，攔住去路，大叫：「劉家賊子，留下頭來！」

劉仲大怒，大吼一聲，放馬直衝過去，和甄阜對手廝殺起來。

這裡劉縯心頭火起，舞起雙鞭，接著梁邱賜大殺。劉文叔哪裡還能忍耐，舞著雙股劍，飛馬前來助戰。這時賊將隊裡衝進一個人來，手持大砍刀，也不答話，接著劉文叔廝殺。劉伯姬耍動梨花槍，便要出來助戰。

劉元忙搖手道：「你萬萬不能前去，你一去，我們這班人豈不要束手待斃麼？」

劉伯姬只得暫耐著性子，勒住馬，閃著秋波觀陣，只見垓心裡十二隻臂膊撩亂，二十四個馬蹄掀翻，好個厲害。只殺得塵沙蔽天，目眩心駭，足足殺了八十多個回合，未

見勝敗。

劉伯姬催動桃花征駒，衝入垓心，替回劉文叔和那員賊將接上手，奮勇大殺起來，戰了二十多回合，劉伯姬拍馬落荒而走，賊將不知死活，躍馬追來。梁邱賜忙大叫道：「曾將軍！休中了這婆娘暗計！」

話猶未了，只得弓弦響處，賊將翻身落馬。說時遲，那時快，弓弦又響，好厲害的梁邱賜，忽地將頭一低，那一支箭恰恰從他頭上飛過。

梁邱賜大怒，撇下劉縯，拍馬舞刀，直奔劉伯姬。伯姬毫不畏怕，拍馬相迎，各展本領，大殺起來。

劉縯深恐伯姬有失，忙催馬追上，雙戰梁邱賜。好個梁邱賜，雙戰他兄妹二人，展開大刀，翻翻覆覆地舞了起來，不慌不忙，敵住二人。

甄阜和劉仲又戰五十餘回合，仍是未分勝負。甄阜騰了一個空子，把手中的槍向後一招，只見大隊的賊兵一齊衝殺上來。劉文叔死力護住陣線，無奈來勢如潮水一般，四處難以兼顧，眼見陣線立刻被衝散了，劉文叔心如刀絞，拚命價的衝殺不了。

這時劉縯見大隊賊兵掩殺過去，知情不妙，忙撇下梁邱賜突圍來尋餉械。可憐突了半天，哪裡還見餉械一些影子，他此刻已下了死心，舞著雙鞭，逢人便打，遇將就擊。

再說劉伯姬和梁邱賜大戰了半天，究竟她是個深閨弱質，力氣有限，哪裡是梁邱賜的對手呢。先前和劉縯二人戰著，還不覺得怎樣吃力，後來單身抵敵，眼見的不濟了，槍法散亂，她何等的乖覺，拍馬就走。梁邱賜曉得她的弓箭厲害，也不敢追趕，放她走了。

梁邱賜便催馬來助甄阜，雙戰劉仲。劉仲和甄阜正是半斤八兩，憑空又添上一個勁敵，卻漸漸地應付不來，再加上見陣線被賊兵衝散，愈加心慌腳亂，矛法散亂。

這時梁邱賜泰山蓋頂的一刀斬了下來，劉仲忙用矛頭一撥，架開大刀。接著甄阜的雙錘從左右雙擊過來，劉仲把矛杆一轉，將雙錘掃開，趁勢一矛，向甄阜的馬首刺來，甄阜忙將馬一帶，憑空跳出垓心。

這時梁邱賜的大刀已逼近到他的頸旁。劉仲曉得不好，趕著將頭一低，早將頭盔被刀削去。劉仲大驚，忙躍馬欲走。甄阜放馬攔住去路。劉仲此時知道逃走不了，只得下了死心，決力奮鬥。

又戰了五十多回合，梁邱賜一擺大刀，攔腰斬來，劉仲橫矛一隔，正要還手，瞥見甄阜雙錘，天旋地轉地打了過來。劉仲將肩一偏，讓過上一錘，又將馬頭一帶，讓過下一錘，舉起蛇矛認定甄阜的腕際刺去。甄阜兩錘不著，正自動怒，不防他這一矛刺來，將左手腕劃斷，大叫一聲，右手擎錘，正要打了過來，瞥見梁邱賜大刀從劉仲的後面飛了過來，他急用錘向劉仲的馬首打去。

劉仲只顧帶馬，卻不提防後面有人暗算，馬頭還未帶起，可憐刀光飛處，把一員熱血的勇將登時死於非命，翻身落馬。梁邱賜、甄阜，便領兵來戰劉縯和文叔，指揮眾卒，將他兄弟兩個，一重重地圍困起來。

這時劉縯與劉文叔、劉伯姬兄弟姊妹，全已分開，各個不能兼顧。劉縯見大家現都衝散，真個是心如火灼，也無心戀戰，大吼一聲，殺出重圍，直向棘陽而去。

劉文叔這時殺得渾身血污，看不見一個哥哥妹妹，也沒有心腸廝殺，催馬突出重圍，在樹林下，人疲馬乏不能動彈，只得下馬，坐在樹根旁邊，仰天長嘆。

停了一會，猛聽得喊聲逼近，慌忙拉馬要走，那馬軟癱在地，再也不肯起來。他可急煞，掣出馬鞭，一連打了數十下子，那馬仍是不肯起來。他無法可想，放下馬鞭鑽進樹林。

再說劉伯姬在亂軍中，衝突了半天，卻不見幾個哥哥的蹤跡，她的芳心焦躁得莫可名狀，舞動梨花槍，旋風也似地殺了出來。迎面又撞見梁邱賜、甄阜二人，又大殺一陣。她明知不是對手，長嘯一聲，撇下二人衝出重圍。

劉文叔正在樹林裡盼望，瞥見賊兵隊裡，殺出一員女將來，將那些賊兵殺得東逃西散，魂落膽飛，只恨爺娘生短腿，兔子是他們的小灰孫，沒命的讓出一條路來，殺到面前。仔細一看，正是他的妹妹伯姬，他忙喊道：「妹妹！快來救我！」

伯姬聞聲住馬，見是文叔，忙下馬慰問。

文叔便道：「妹妹！你可看見大哥和二哥到哪裡去了？」

伯姬忙道：「我哪知道他們的去處，我正要來問你呢。」

文叔滿眼垂淚道：「他們到這時不見，準是凶多吉少了。」

伯姬也粉腮落淚。
文叔道：「妹妹！你可知道伯父到哪裡去了？」
伯姬道：「他老人家已經到棘陽去了。」
他二人正自談話，只見西邊有一群婦女披頭赤足地奔來，伯姬一眼看見她的姐姐劉元亦雜在其內，忙出林喚道：「姐姐！我們在這裡！」
劉元見她和劉文叔抱頭大哭，嗚嗚咽咽地說道：「你的姐夫已經和外公一道到棘陽去了，你們趕緊去罷，不要再在這裡留戀了！」
伯姬道：「姐姐先請上馬！」
劉元哪裡肯聽，她只是催他們快走，猛聽見金鼓大震，向東邊直掩了過來，伯姬大驚道：「姐姐！兄弟，快請上馬！我來步行奪路。」
文叔忙道：「那如何使得？」
說話時，那大隊已到眼前，劉元哭道：「你們趕緊逃命去罷！不要大家全將性命送掉！我此刻還能騎馬麼！」
伯姬見賊兵已到面前，不得已飛身上馬，劉文叔也跟著坐在馬後。這時賊兵像斬瓜切菜的一樣，將那一群逃難的婦女立刻殺得精光，那一位劉元小姐，當然也不免殉難了。
伯姬和文叔眼見他們的姐姐被賊兵殺死，也沒法去救，只好各顧性命。劉伯姬攬動長槍，殺出一條血路，只向東南而去。

再說到這劉縯單騎奔至棘陽城外，早見鄧辰、劉良等開城迎接，大家都來問他究竟。劉縯仰天長嘆，兩淚交流，大家便知不妙。鄧辰前來解勸不已，無奈劉縯心中傷感過度，一時只是呆呆地坐在馬上出神。一會子瞥見劉伯姬和文叔二人騎著一匹禿馬來到，他心中稍為安慰一點，忙問文叔道：「二弟呢？」

文叔答道：「我沒有看見。」

鄧辰插口問道：「你姐姐呢？」

二人聽問，不禁四目流淚。伯姬嗚咽著將劉元臨死的情形說了一遍，鄧辰捶胸頓足，大放悲聲，劉縯也禁不住淚落如珠。

大家正在悲傷的當兒，瞥見一人飛馬而來，近前一看，不是別人，正是李通。但見他渾身血跡，氣喘喘地走近來，見了他們連忙滾鞍下馬，放聲大哭道：「實在只望扶助明公，掃除強暴，誰知事機不密，不獨舍間九族全誅，累得明公如此狼狽，於心何安！」

劉縯見李通趕來，滿心歡喜，忙下馬安慰道：「此事只怪劉某無能，不能奮力去援救將軍全家，致罹此難，心中慚愧，將軍何必這樣的引咎呢？」

李通忙道：「二將軍陣亡了，不知明公知道否？」

第六十六回　滔天大禍

劉縯聽說劉仲陣亡，驀地狂叫一聲，向後便倒，慌得眾人忙走近來，將他扶起。但見他口流白沫，人事不省。劉文叔、伯姬、鄧辰俱是泣不成聲，見劉縯這樣，更加傷心。眾人手忙腳亂一陣子，只見劉縯半晌才甦過一口氣來，說道：「天喪我也！」說了一聲，才放聲大哭。

眾人一齊勸解道：「將軍悲傷過度，何人復仇？目下且請保重要緊！何況二將軍已經歸天，豈能復生呢？」

劉縯哭得死去活來，半晌坐在地上嘆道：「二弟！我和你實指望同心協力，共除莽逆，恢復我家基業，誰知大志未伸，竟和你永訣了。」言罷，淚落如雨。

鄧辰也在旁邊拭淚勸道：「縯兄！現在仲弟已經棄世，你徒悲何益！為今之計，火上眉梢的時候，還不想指揮應付嗎？」

劉縯含淚上馬，便和眾人進城商量大事去了。

在下一枝筆，不能敘兩邊事，到了這個時候，只好將他們這裡高高擱起，專說陰麗華

的情形了，我要是直接敘下去，列位要說小子抄襲後漢了。

閒話少說，再表陰麗華和明兒下得樓來，見過她的母親。邢老安人因為前幾天感了一點風寒，這兩天也就好了。見麗華來定省，自然是歡喜，將她摟入懷裡笑道：「我的兒，為娘病了幾天，累得你日夜不安，我心中老大不忍。」

明兒笑道：「太太你還不曉得呢？小姐夜夜都要來伴你，卻被我們勸住了，因為你老人家面前，一者用人本來不少，二者大主人、二主人俱在這裡，什麼事還怕不周到嗎？所以我們勸小姐不要煩神，而且小姐的貴體又薄弱，假若勞累出什麼來，豈不教你老人家加倍不安麼？」

邢老安人笑道：「好孩子！你的話極有見識，果然一些兒也不錯，但是你們小姐她這樣的孝心，我可不是修得出來麼？」

麗華在她母親的懷裡，仰起粉臉笑道：「你老人家有了貴恙，理應我們親自服侍，才是個道理，那些不曉得道理的丫頭，她們偏要說起她們的歪理來，兀自不肯放我前來服侍你老人家。」

邢老安人忙道：「我兒，明兒這話，你倒不要看錯，她實在合我的心理。」

明兒笑道：「罷呀！你老人家不要說罷，我們為著不准她來，不知道被她罵了多少不知禮節的丫頭了。」

邢老安人笑道：「明兒！你這孩子深明大義，我素昔最歡喜你的。你可要原諒你們小姐的孝心才好。」

明兒笑道：「我們是奴才，小姐是主人，小姐縱有千椿錯，難道我們還敢去和小姐反駁麼？休要說小姐是一片的孝心，愈是我們留得不是，論理我今天要請太太責罰我呢。」

麗華笑著對邢老安人道：「你老人家聽見嗎？這蹄子的嘴愈說愈刁刻得厲害了。」

邢老安人笑道：「這個你倒不要怪她，她原是一片好意，不料你反來說她不知禮，可不是白白的冤枉她了嗎？」

麗華微笑點首道：「太太不要講，這事原是我錯，我回樓去給這蹄子賠罪如何？」

邢老安人笑道：「那倒不必，你也不算錯。」

明兒笑道：「太太還不曉得呢，小姐賠罪，不是嘴裡賠罪。」

邢老安人插口笑道：「不是嘴裡賠罪，是什麼賠罪呢？」

明兒做起手勢向邢老安人笑道：「原來她用竹板子來賠罪啊！」

邢老安人搖頭笑道：「明兒，你不要亂說，你們小姐她從來沒有過動手動腳的，拿出做主子的派子來。」

麗華笑道：「這蹄子越發來嘔我了，好好！我今天就拿一回做主子的派頭出來，給個厲害你嘗嘗。」

明兒笑道：「我不怕，有太太呢！」

麗華笑對邢老安人道：「你老人家聽見嗎？都是你老人家將這些蹄子庇護上頭了。」

她剛剛說罷，瞥見陰興神色倉皇地走進來，對邢老安人說道：「不好了，不好了！」

邢老安人見他這樣，嚇得一跳，忙問道：「什麼事這樣大驚小怪的？」

陰興說道：「你老人家還不知道嗎？後面白水村劉家昆仲起兵復漢，聯合宛城李軼、李通，教他們做內應。不料事機不密，李通、李軼的全家四十餘口全被殺了，只逃去他們弟兄兩個。現在宛城王莽的賊兵正向白水村開進來，剿滅劉氏兄弟，我想滔天大禍就在眼前了。」

他說到這裡，麗華搶著問道：「你這話果真麼？」

他急道：「這事非尋常可比，難道還來騙你們不成？」

她登時嚇得玉容失色，星眼無光。

邢老安人也嚇得抖做一團，口中說道：「劉家兄弟也太不自量力，他們有多大本領，就存這樣的妄想，豈不是自己討死麼？」

麗華道：「太太哪裡話來？莽賊暴虐，萬民側目，敢怒而不敢言。劉氏昆仲乃漢家嫡派，此番起義名正言順，誰不附和呢？說不定將來可成其大事的。」

邢老安人道：「你這話原屬不錯，但是他們這一來，卻又不知殺了多少無辜的百姓呢。」

陰識此時也走了進來，但見他急急地說道：「兄弟，賊兵馬上就要殺到眼前了，要想法子來預備才好。」

陰興道：「我們這裡又不去幫助誰，料他們不會來的，至多我們出去躲避躲避罷。」

麗華道：「你這是什麼話呢？賊兵如果到了白水村，難保不來擾攪的，還是去預備的好，免得後悔莫及呀！」

老邢老安人也插口說道：「兒呀！你們千萬不可大意，他們這班賊兵還講什麼道理呢！管你幫助不幫助，他們只曉得搶掠燒殺，趕緊去預備才好呢！」

陰識、陰興兄弟兩個滿口答應道：「太太不須憂慮，我們就去預備就是了。」

他們就出了門，點齊鄉勇，將四周的吊橋撤了，四處的屯口埋伏著強弓硬弩。陰識帶了五百名鄉勇，在東半邊巡閱；陰興帶了五百名鄉勇在西半邊巡閱。不到巳牌的時候，就聽得北邊喊殺連天，旌旗蔽野，陰家兄弟加倍留神，在四周的壕溝邊像走馬燈一樣，不住腳地團團巡閱。

此時只見一班逃難的百姓，扶老攜幼，哭聲震地，十分淒慘。白水村四周一帶的村落被那些賊兵搶劫一空，放起火來，登時紅光直沖霄漢，隱隱地聽得兵器響聲叮噹不絕。

沒多時，果然見了一隊賊兵向他們的壕邊蜂擁而來。為首一個賊將手執方天戟，躍馬到了壕邊，用劍一指，向陰興說道：「那個漢子，快將吊橋放下，讓我們進去搜查賊人！」

陰興答道：「我們這裡沒有賊人，請你們到別處去搜查罷！」

那賊將剔起眼睛說道：「你是什麼話，憑你說沒有，難道就算了嗎？我們奉了命令來的，你越是這樣，我們偏要查的。識風頭，快些將吊橋放下！要惹得咱家動火，衝進莊去，殺得你個玉石俱焚，那時就悔之晚矣！」

陰興正要答話，只見陰識躍馬趕到，問他究竟。陰興便將以上的事告訴陰識。陰識陡然心生一計，對賊將說道：「你們不要在此亂動，你們的主將是誰？」

那個賊將喝道：「我們的主將難道你不曉得嗎？你站穩了，洗耳聽清，乃甄阜、梁邱賜兩個大將軍便是！」

陰識聽了，呵呵大笑道：「我道是誰，原來是他們兩個，他們現在哪裡？」

那個賊將說道：「他們帶著後隊兵還沒到呢。」

陰識笑道：「既如此，放下吊橋，讓我們去會會他們，多年不見的老朋友，今朝恰巧碰著了，大家也好敘敘。」他說罷，便令鄉勇放下吊橋，緩轡出來，笑容可掬地對那賊將說道：「煩尊駕帶我一同去瞧瞧老朋友。」

那個賊將聽他是甄阜、梁邱賜的好朋友，只嚇得張口結舌，半晌才答道：「那那那倒不必，他他他們還未到呢，我我我去替你老人家轉達就是了。」他說著，便領著士卒離開楊花塢。臨走的時候，還向陰識道歉一陣子。

陰識見自己的計策已奏效，還不樂於敷衍嗎，便放馬過了吊橋，隨即令人撤起。

陰興笑道：「你這法子好倒好，但是甄阜、梁邱賜如果真個來，那便怎樣應付呢？」

陰識笑道：「兄弟你只知其一，不知其二，這班狗頭，你估量他回去還敢和甄阜、梁邱賜去提起這件事麼？真個過慮了。你細細地想想看，難道甄阜、梁邱賜不教他們打仗，教他們出來掠劫燒殺無辜的百姓嗎？恐怕沒有這種道理吧！我雖然撤下這個彌天大謊，料瞧他們一定不敢回去提起的。」

陰興沉吟了片晌，拍手笑道：「你這條計，真是好極了！馬上如果再有賊兵來滋擾，簡直就用這話去對付他，豈不大妙！」

陰識搖手道：「動不得，這條計萬不可再用，適才那個賊將，我見他呆頭呆腦的，故想出這樣的計來去嚇騙他，凡事須隨機應便才好，要是一味地抱著死題做去，豈不僨事麼？」

話猶未了，只見南面又是一隊賊兵衝到濠河邊，為首一員賊將手執鷹嘴斧，怪叫如雷，連喊放下吊橋，讓咱家進去搜查不止。

陰識、陰興慌忙帶著鄉勇飛也似地趕過來，說道：「我們這裡沒有敵人，請向別處去搜查罷！」

那個賊將大怒喊道：「好賊崽子，膽敢抗拒王命，手下人，與我衝進去！」

說時遲，那時快，一隊賊兵，一齊發喊起來，便要衝了過來。

陰識見了這種情形，曉得這個賊將的來勢不講道理，只得大聲說道：「好賊子，誰教你們出來搜查的，這分明是你們這班狗頭妄作妄為罷了，識風頭，趁早走，不要惹得老爺們生氣，將你們這些狗頭的腦袋一個個揪下來，那時才知楊花塢的老爺厲害呢！」

那個賊將只氣得三光透頂，暴跳如雷，忙令一眾賊兵下水過濠。那些賊兵撲通撲通地跳了十幾下水。誰知水裡早就埋藏著鐵蒺藜，那跳下去的賊兵，沒有一個活命，都是皮開肉綻，腹破如流，一齊從水裡浮了起來。

那時村裡的鄉勇，一齊大笑。那個賊將，又驚又怒，仍不服氣，又叫賊兵運土填濠。陰識右手一揮，登時萬弩齊發，衝在前面的賊兵，早被射倒數十個，賊將才知道厲害，揮著賊兵，沒命地逃去了。

陰興道：「這岔子可不小，這個賊將回去，一定要說我們抗拒王兵，假使大隊的賊兵全來，那便怎麼辦呢？」

陰識也躊躇半晌道：「事到如此，只好硬頭做下去，別無辦法。如果讓這班烏男女進來，試問還堪設想麼？」

這時忽然眾鄉中走出一個人來，對陰識說道：「為今之計，最好將這班賊兵的屍首先埋了。如果沒有人來便罷，假若有人來責問，我們一口不認，他們沒有見證，也無奈何我了。」

陰興拍手道：「妙！」忙令鄉勇將吊橋放下，擁出去，七手八腳將那些賊兵的屍首掩埋了，趕著進來，撤起吊橋，仍然向四處去巡閱。

誰知一直等到天晚，竟沒有一個賊兵前來。北面喊殺的聲音漸漸也沒有了，大家方才放心。又巡守了一夜，到了第二天早上，見那一班逃難的陸續不斷的回來，知道賊兵已去，陰識、陰興才卸甲進莊。

到了家裡，先到邢老安人面前請安，只見房裡空洞洞的一個人也沒有，忙問僕婦，誰知一個僕婦也沒有，弟兄兩個一直尋到後花園的書房裡，才見邢老安人和麗華及明兒、碧兒等一班人都在裡面，一個個愁眉苦臉的。陰識忙請了安，接著陰興也過去請安。

邢老安人見他們弟兄兩個好好的回來，心中自然歡喜，忙問道：「現在你們回來，大約賊兵已經退去了？」

陰識道：「母親不要驚慌吧，現在賊兵確已退去了。」

麗華插口問道：「兩家的勝負如何？」

陰興道：「還要問呢，方才聽見一班逃難的百姓說的，劉家兄弟大敗虧輸，全軍覆沒了！聽說弟兄三個之中，還被賊兵殺了一個呢！」

麗華聽得，芳心一跳，忙問道：「死的是第幾個？」

陰興道：「大約是個最小的吧！」

她聽得這話，陡然覺得心中似乎戳了一刀，眼前一黑，撲地向前栽去。慌得眾人連忙將她扶起。只見她星眼定神，櫻口無氣，嚇得邢老安人大哭起來。

陰識、陰興也莫名其妙。誰也不知她和劉文叔有了這重公案，一個個面面相覷，手慌腳亂，邢老安人更是兒天兒地的哭個不住。

過了半晌，才見她微微地舒了一口氣，哇地哭出聲來，大家方才放心。這時只有明兒

一個人肚裡明白，到了這時，邢老安人只是追問明兒。明兒曉得安人溺愛小姐，說出來料也無妨，便將以前的公案一五一十地說個究竟。

邢老安人方才明白，正要開口，陰識是個孝子，曉得母親一定要怪兄弟出言不遜的，忙道：「這是兄弟聽錯了，昨天被賊兵殺的原是劉仲，不是劉文叔。」

邢老安人卻並不怪麗華做出這樣不端的事來，反而怪陰識有意妒嫉他妹子，便將陰興罵得狗血噴頭。可憐陰興有冤難訴，只得滿臉陪笑道：「安人！請不要動氣，只怪我沒有聽真，得罪了妹子。」

邢老安人罵道：「不孝的畜生，還在這裡嚕嗦什麼，還不給我滾出去。」

陰興被她母親罵得垂頭喪氣，張口不得，連忙退了出來，陰識也隨後出來。向陰興笑道：「兄弟你今天可是冤枉死了！」

陰興笑道：「說來真奇怪極了，想不到妹妹竟有這樣見識，往日東家來說親，她也不要，西家來作伐，她也不准，料不到她竟看上了這個劉文叔，我倒不解。」

陰識正色說道：「妹妹的眼力果然不錯。劉文叔這人，你會過面沒有？」

陰興道：「沒有。」

陰識道：「啊！這個劉文叔，我在十村會操的時候，見過他一次，不獨氣宇軒昂，而且恢廓大度，將來一定可以出人頭地的，而且他又是漢室的嫡派，他此番起義，一定能夠恢復漢家基業。」

陰興道：「如果他果真死了，那麼漢家豈不是同歸於盡麼？」

陰識道：「道路之言，不可輕聽。」

話猶未了，外邊探事的兒郎，走進一個來稟道：「現在賊兵已經退守宛城，劉縯領兵到棘陽了。」

陰識忙問道：「劉家兄弟聽說陣亡一個，不知是誰？」

那探事的說道：「陣亡的差不多就是劉仲，我聽說劉仲是員勇將，當他們失敗時候，他一個人獨戰四將，臨死還將一個賊將的手腕戳傷，你道厲害麼？」

陰識一擺手，那探事的退出，他忙與陰興兄弟兩個一同進來，對邢老安人說道：「請母親放心罷，現在劉文叔果然未死，和他的哥哥到棘陽去了。」

邢老安人聽了這話，忙去告訴麗華，麗華才稍展愁容。大家便到前面樓上，邢老安人一面又差人出去打探究竟。數日後，得了回音，說劉文叔果然未死，麗華自然歡喜。

光陰似箭，年復一年，麗華深閨獨處，備覺無聊，常聞人言沸沸，說劉文叔現已封為漢大將軍，現在洛陽，但言人人殊，她的芳心轉難自信。

有一天晚上，她晚妝初罷，只見一輪明月從東方高高升起，她寸心有感，便命明兒捧香伺候，明兒便捧著寶鴨香爐，內盛著沉香，用火引起。明兒便對她說道：「姑娘要爇香，有何用處？」

麗華微頷螓首，答道：「此刻無須你問，我自有用處。」

明兒早已料著八九分，也不便再問，只得捧著香盤，靜悄悄地立在旁邊聽她吩咐。她將羅裙一整，粉臉一勻，婷婷嫋嫋地走下樓來。明兒也捧香盤跟她下了樓。

轉樓過閣，不多時進得園來，她走到牡丹亭的左邊，亭亭立定，便命明兒去取香案。明兒忙將手中的香盤，安放在牡丹亭裡，她一徑向書房而來。到了書房門口，只見裡面燈火已熄，鼾聲大作，她敲門喊道：「小才，小才！快點將門開放，我有事呢！」喊了半天，小才聽得有人叫門，冒冒失失地爬起問道：「誰敲門呀？」

明兒答道：「我。」

小才聽見是明兒的聲音，心中大喜，沒口地答應道：「來了，來了，好姐姐！勞你等一等！」說著，他一骨碌爬了起來，將門開了，劈面將明兒往懷中一摟，說道：「好姐姐，你今天可是和我幹那勾當麼？」

明兒被他一摟，不禁心中一動。後來又想麗華教訓她的一番話，不覺用手將小才往旁邊一推，怒道：「誰和你來混說，小姐現在這裡，仔細著你的皮。」

小才聽說小姐在此，嚇得倒抽一口冷氣，忙放了手，說道：「不肯就罷了，何必要這樣的大驚小怪呢？」

明兒道：「趕快搬一張香案到牡丹亭旁邊去，休要再講廢話了。」

小才見她這樣與往日大不相同，當然不敢再去嬉皮笑臉的了，忙搬了一張湘妃竹的香案，跟著明兒徑向牡丹亭而來。

第六十七回　宮闈恩仇

那一輪皎潔的明月，從東方含羞帶愧慢慢地現了出來。她的可愛的光華，照遍大千世界。她最能助人清興，而且又能引人的愁思和動人的感觸。那一群小鳥見她出來，似乎受了感觸的樣子，反舌歛翼閉著眼睛，一聲也不響。那園裡的花兒似乎動了清興，展開笑靨，靜悄悄地度它的甜蜜生活。

亭右的她，似乎引動愁思，拂袖拈香，仰起粉臉，朝著月亮微吁了兩口氣，玉手纖纖地將香插到爐中，展起羅裙，盈盈地拜了下去，深深地做了四個萬福，櫻唇微微地剪了幾剪，便退到牡丹亭裡，懶洋洋地往椅子上一坐，斜首望著天空，可是她的一顆芳心，早就沉醉了。

那個善伺人意的明兒走到香案跟前，端端正正地拜了幾拜，跪在地上，口中說道：「我們小姐隨便什麼心事，全要和我說的，今天她不告訴我，我已經明白了，我要替小姐禱祝，過往神祇，但願姑老爺封王為帝，掃平暴亂，四海清寧的時候，用香車寶馬，將我們小姐接了去，做一品夫人，我也沾光得多了。」

她說到這裡，麗華嗤地笑了一聲，也不言語。

明兒便站起來，跑到麗華的身邊笑道：「姑娘，我說的話，錯麼？」

她也不答應。明兒笑道：「我曉得了，我剛才禱祝，還少兩句，因為小姐和他已經分別好久了，姑老爺現在得志，就來將小姐接去，早成佳偶吧！」

麗華笑道：「好不要臉的蹄子，任何沒臉的話，你都嚼得出。誰要你在這裡搗鬼？」

明兒笑道：「嘴裡說不要我在這裡，可是心裡不知怎樣的歡喜呢。」

麗華笑道：「這蹄子越來膽越大了。」

明兒笑道：「罷呀！姑娘你不要這樣裝腔作勢的，像我明兒這樣的體貼你，恐怕沒有第二個了。」

麗華笑罵道：「嘴不怕爛了麼，只管嚕嗦不了，少要嚼舌頭，跟我到園中去閒步一回罷！」

明兒點首答應，便喊小才將香案收去。

小才高高興興地起來，只當明兒喊他去做那個勾當的呢，後來被明兒一拒絕，又加上一個迎頭二十五，只弄得垂頭喪氣。見明兒喊他搬香案回去，礙著麗華在這裡不敢多講，只得將香案搬起。臨走的時候，向明兒下死勁盯了一眼，口中嘰咕道：「你不記得那天百般的哄我和你。」

他剛剛說到這裡，明兒羞得無地可容。

麗華早已明白，忙向小才喝道：「蠢才！她叫你將香案搬去，難道還不依從麼？怎的嘴裡嘰咕什麼，還不給我快點搬去，遲一些，我回去告訴太太，馬上就將你趕了出去，看你倔強不倔強咧！」

小才嘰咕道：「姑娘不要怪我，原是她惹我的。」

麗華喝道：「她惹你做什麼？男女大了，難道還不知回避嗎？」

明兒還恐他再說，忙向麗華道：「這東西出口不知一些輕重，還是讓我去告訴太太，請他立刻動身的好。」

她說罷，故意要走，嚇得小才連忙跪下哭道：「好姐姐！我下次可不敢了，你如去告訴太太，我就沒有性命了。」

麗華見他這樣，禁不住笑將起來，忙道：「還不快些搬了去！」

小才從地上爬起來，搬起香案飛也似地去了。

麗華向明兒笑道：「這真奇了！我講的話，倒沒有你的話有用，可不是反了天了嗎？」

明兒羞容滿面，低著頭半晌答不出一句話來，搭訕地說道：「小姐不要笑我罷！只怪我一著之錯。」

麗華忙道：「你不用見疑，我本來和你說的一句玩話，一個人誰沒有錯處呢？不過錯了以後，千萬不能再錯就好了。我們主婢也不比得別人，你就得有一點錯兒，現在已經改過自新，我難道還來追究你嗎？我們去散步罷！」她說罷，和明兒手攜手到各處去閒

逛一回。

這時，正是新秋天氣，池內的荷花已經半萎，亭旁木樨早結蓓蕾；野蟲唧唧地叫個不住。她徘徊了一回，究竟乏味，便欲和明兒回去。明兒笑道：「今天的月亮真是難得，我們停一會子回去吧。」

她說道：「還是早一些兒回去的好，免得太太盼望。」

明兒點頭道是，便和她順著花徑走了出來。還未到園門，驀地起了一陣微風，習習吹來，麗華不禁打了一個寒噤，當時倒也沒有介意，便和明兒出得園來，回到樓上，只見雪兒笑道：「你們到哪裡去的？太太一連著人來問過幾次了。」

明兒笑道：「你怎麼回的？」

雪兒笑道：「我說小姐到後花園裡去散步了。」

明兒笑道：「看不出你倒有些會隔壁算呢，真的我和小姐方才從花園裡來的。」

她們倆正在談話，碧兒跑進來說道：「太太不放心，打發我來望望小姐回樓不曾。」

明兒笑道：「這蹄子，想是眼睛跑花了，小姐坐在這裡，難道沒有看見嗎？」

碧兒一掉頭見了麗華，忙笑道：「原來小姐回來，我還沒看見呢。你到太太那裡去嗎？」

明兒見她懶懶的，只當她疲倦已極，忙向碧兒道：「你去到太太那邊，就說小姐在後園裡逛了一會，現已回來。因為身體疲倦，已經睡了。」

碧兒答應去了。

明兒向雪兒道：「你還在這裡發什麼呆，天不早了，也該去睡了。」

雪兒道：「不等小姐睡了，我就好去睡的嗎？」

明兒道：「這裡用不著你，小姐自有我來服侍，你早點去挺屍罷，省得到明天早上，教人喊得舌枯喉乾的，還是不肯起來。」

雪兒果然瞌睡，巴不得明兒這兩句呢，忙起身下樓睡覺去了。

明兒走近來，向麗華問道：「姑娘還吃點東西麼？如果要吃，我就去辦。」

她搖頭說道：「不需不需。我此刻不知怎的，好端端的頭暈起來，你快來扶我到床上去躺一下子。」

明兒忙扶她立起。誰知她剛才站起，哇的一口，接著一連嘔了十幾口，復又坐下，只是呻吟不止。明兒忙去倒了一杯開水，與她漱口，然後扶她上床，用被子替她蓋好。自己又不敢離開，先用掃帚將樓板上掃得清潔，過來低聲問道：「小姐！你現在覺得怎樣？」

她呻吟著答道：「別的倒不要緊，只是頭昏得十分厲害，像煞用刀劈開的一樣。」

明兒哪敢怠慢，腳不點地的飛奔下樓，告訴邢老安人。她聽了這話，滾蘿蔔似地扶著碧兒趕到麗華的樓上，進了房門，就發出顫巍巍的聲音問道：「我的兒！你覺怎樣？」說著，已到她的床前。邢老安人坐在床沿上，又問了一遍。麗華見母親到了，忙勉強

答道：「請母親放心，我只不過有些頭暈，別的倒不覺得怎樣。」

邢老安人伸出手來，在她的身邊一摸，竟像火炭一樣的滾熱，不禁慌了手腳，大罵明兒不當心服侍姑娘，明兒一聲也不敢響，滿肚子委屈。

麗華忙對邢老安人說道：「娘呀！你老人家不要去亂怪她們，一個人頭疼傷風，原是當有的事呢。」

邢老安人說道：「假若她們服侍周到，你又何能感受寒涼呢？」

說話時，陰識、陰興聽說妹妹生病，忙著一齊趕來慰問。

陰識向邢老安人說道：「母親！你老人家放心，妹妹差不多是受了一些寒涼了，所以才這樣發熱頭暈，買一些蘇散的方子來，疏化疏化自然就會好了。」

邢老安人道：「可不是麼，這都是些丫頭不當心，弄出來的。」說著，便問陰識道：「買些什麼蘇散的方子？你快些兒用筆寫好，就叫小廝去配罷！」

陰識答應著，退了出來，蘸墨鋪紙，寫著荊芥、防風、白芷、蘇葉、麻黃五樣，便叫一個小廝配去，小廝拿著單子，飛也似地向宛城去了。沒多時，小廝將藥買好回來，送到樓上，明兒忙接過來，一樣一樣地放在藥爐裡，對勻了水，一會子，將藥煎好，將渣滓剔下，盛在碗裡，明兒捧著便進房來。

邢老安人見了罵道：「癡貨，那藥剛剛煎好，就忙了捧來，怪燙的，教她怎樣吃法？還不先擺在茶几稍為冷冷。」

麗華忙道：「燙點好，就給我吃罷！」

邢老太太說道：「乖乖！你不用忙，那藥剛才從爐子裡倒出來，滾開的怎樣吃法？等得稍減一點熱氣再吃罷！」

麗華也不言語，明兒此時真個是啼笑不得，進退不可。停了一會，邢老安人喝道：「你那小蹄子，難道聽我說了兩句，就動氣了麼？癡呆呆地站在那裡，藥也不捧過來，還等我去捧不成？」

明兒忙將藥捧了過來。麗華就向明兒的手中將藥吃完。明兒放下藥碗，用被子替她重重蓋好。陰識對她說道：「妹妹！你好生睡一會子，等到出了些汗，馬上就要好了。」

麗華一面答應著，一面向她母親說道：「母親，你老人家請回去安息，我沒有什麼大要緊，出了汗就好了。」

邢老安人忙道：「是的，我就睡覺去，夜間千萬自己留神，出汗的時候，不要再受風要緊！」

她滿口答應，邢老安人又叫雪兒起來，幫著明兒服侍小姐。雪兒一骨碌爬起來，沒口的答應。邢老安人又叮囑一番，才扶著碧兒下樓去了。接著陰識、陰興也自下樓去安寢了。

雪兒揉揉睡眼，悄悄地向明兒笑道：「姐姐！你今朝可碰著釘子了。」

明兒笑著，悄悄地答道：「還不要問呢！蹄子蹄子，直罵了一大堆兒，也是我合當

倒楣晦氣罷了。」

她二人見麗華已經睡著，便對面趕圍棋了。弄了一會子，不覺疲倦起來，伏著桌子，只是打瞌盹。一會子，兩個人都睡著了。

再等她們醒來，已是天色大亮。二人忙到麗華的床前，見她已醒了，粉面燒得胭脂似的，緊鎖柳眉呻吟不住。明兒低聲問道：「小姐，今天好些麼？」

她呻吟著答道：「汗可是夜來出得倒不少，只是熱怎的不肯退？」

明兒伸手進被一探，不覺大吃一驚，周身炕熱到十二分火候，忙又問道：「小姐，你還覺得怎樣？」

她勉強答道：「頭暈倒好一些，可是身子恍恍惚惚的，像在雲端裡一樣。」

明兒正要再問時，邢老安人扶著碧兒，後面跟著一個七十多歲的婆子，徑進房來。明兒、雪兒忙去搬兩張椅子，靠著床前擺下。邢老安人和那個老婆子，一齊坐下，邢老安人靠著麗華的耳邊，悄悄地問道：「乖乖，你今朝可好些麼？」

她呻吟著答道：「頭覺得不大暈了，只是精神恍惚得厲害，身子輕飄，像煞在雲霧裡一樣。」

邢老安人用手在她的頭上摸了一把，不覺皺眉說道：「熱倒像反增加了許多。」

那個婆子問道：「小姐的病是幾時覺得的？」

邢老安人道：「啊也！張太太，我竟忘了。」忙向麗華道：「兒呀，東鄰張太太，特地來望你的。」

她忙說道：「煩老人家的駕，罪過罪過！」

邢老安人對張太太說道：「她的病，就是昨天晚上到後園裡去散步覺得的。」

張太太道：「哦！我曉得了，這不是病，一定碰見什麼捉狹鬼了，大凡人家的兒女，越是嬌著，這些促狹鬼前後就跟著她，一得個空子馬上就揪她一把，或是推她一跤，都要將她弄出病來，才放手呢！」

邢老安人忙問道：「照這樣說來，還有解救麼？」

張太太道：「怎麼沒有呢？我回去請個人來替她解救解救。」

邢老安人問道：「你老人家去請什麼人？」

張太太道：「就是馬奶奶啊！她專門醫治這些怨鬼纏身的毛病。」

邢老安人喜道：「那就好極了！就煩你老人家去將她請來吧！」

張太太滿口答應，起身下樓。

一刻兒，帶來了一個老太婆，身穿黃布襖，腰繫八卦裙，手執擎香蟠龍棒，見邢老安人，打個大喏，便走近床邊，向麗華臉上熟視了一會，便命人擺設香案。馬太婆將頭髮打散，坐在椅子上巍巍不動。闔宅的人都立在旁邊，肅靜無聲，一齊望著她做作。

陰識焚過香，磕過了頭，剛剛站起，但見馬太婆狂叫一聲，連椅子往後一倒，嚇得眾人一跳。陰興忙要過來扶她，張太太連忙搖手止住道：「不用不用！她這時入陰曹和促

狹鬼去談話了。」

陰識心中有些不大相信，但是老安人的命令又不好去反對，只是含笑不語。

一刻兒，只見馬太婆微微地甦回了一口氣。張太太忙對眾人說道：「趕快焚香叩頭，她回來了。」

陰識只得又去焚香叩頭。

馬太婆慢慢地從地上爬起來，對老安人說道：「恭喜太太！小姐碰見的是黃鼠狼的神，我方才下去和他爭論了半天，他兀的要追小姐的性命，他說小姐是狗投胎的，在前世曾將他咬死，他要報仇。我又向他勸解一會子，准他豬頭三牲，香燭紙馬，一隻野雉，他才答應。太太可快點預備罷！」

老安人道：「豬頭三牲是敬他的，但要野雉做什麼用呢？」

馬太婆道：「買一隻來，須你老人家親自動手烹調，先敬神後與小姐吃，不上三天，就會好了。」

老安人滿心歡喜，忙差人去買野雉，一面又取出五十兩銀子，賞給馬太婆，馬太婆還謙辭了一陣子才收下銀子，告別走了。

張太太對邢老安人說道：「你可照辦罷！我也要回去。」

她說罷告辭，也走了。

一會子，買野雉的小廝回來說道：「宛城、春陵都跑到了，買不著野雉。」

邢老安人勃然大怒，罵道：「叫你們這些狗頭辦這一點事，都辦不到，可見就是吃飯罷。」

陰識見邢老安人動怒，忙前來說道：「請你老人家暫息雷霆，讓別個再去買一趟看。如果買著了，將這些狗頭一個個重打一頓，趕出去便了。」說著，向那幾個小廝喝道：「還不給我滾出去！站在這裡發什麼呆！」那幾個小廝抱頭鼠竄地下樓去了。

陰識明知野雉買不到，下了樓，帶了十幾個家丁到郊外去打獵，也是他的孝心感動上蒼，果然打到一隻野雉。忙回來對邢老安人說道：「到四處的鄉鎮上尋了好久，果然沒有野雉，孩兒沒法，只得帶了幾個家丁到郊外去打獵，才打到一隻。」

邢老安人大喜，忙教拿進來，親自動手，將野雉殺了，竟弄了半天，才將雉毛撏去。陰識聽得馬太婆說過，不准別人動手，只得望著邢老安人一個人弄著，也不敢去喊別人來幫助。邢老安人將毛撏得乾淨，又用刀將雞肉一塊一塊地切開，方才放下鍋，和著油鹽醬醋之類，將雉肉烹好，用碗盛起來。

眾人七手八腳的，早將豬頭三牲預備停當。邢老安人將野雉恭恭敬敬捧到桌上，嘴裡又禱祝了一會，親自點燭焚香，叩了頭，將雉肉捧到麗華面前說道：「兒呀，你將這碗裡的雉肉吃了下去，毛病馬上就會好了。」

麗華也不敢重違母意，只得勉強喝了一口湯，吃了一塊肉，放頭倒下。老安人還教她吃，她呻吟著笑道：「母親，請老人家不要煩神了，孩兒實在不能再吃，噁心得好

不難受。」

陰識插口說道：「母親！不必儘管教她吃，只要吃過了就算了。」

老安人便命人將碗拿下去，滿望她就此好了。

誰知到了第二天，再來瞧看，俗語有一句道：外甥打燈籠——照舅（舊）。老安人可是沒了主意，整日價愁眉苦臉的。陰識道：「母親！你老人家做的事，論理本不應我們多嘴，但是人生了毛病，當然要去請醫生來診視才好。沒的聽著風，就是雨，妖魔鬼怪，鳥亂得一天星斗。你老人家想想，到如今妹妹的病，不獨沒有好一些，反而加重了。」

邢老安人嘆一聲，片晌無語。

陰興道：「我聽得人家說，宛城東門外，有個醫生很好，名字叫什麼萬病除，不論百樣的病，只要經他的手一診，馬上就好。我看妹妹的病現在愈來愈重，何不將他請來看看呢？」

邢老太太罵道：「你這個畜生！明知有個好醫生，為什麼不早些說出呢？一定要挨到這會才告訴人。」

陰識忙差人飛馬去請萬病除。

不一刻，萬病除到了。陰識、陰興忙將他接到大廳上，獻茶，問了名姓。陰識便將萬病除請到麗華的繡樓上。

明兒忙將帳子放下。邢老安人坐在旁邊問道：「這就是萬先生麼？」

陰識道：「正是。」

萬病除斯斯文文地走到麗華的床前，往椅子上一坐，明兒將麗華的玉手慢慢地拉出來。他見這隻玉手，早已野心大動，急切要一見帳裡的人。他握著麗華的手腕，覺得軟如棉絮，滑如凝脂，停了一會子，他陡然心生一計，向陰識道：「請將帳子揭開，讓我看一看虛實寒熱。」

陰識忙叫明兒將帳子揭開，他伸頭一看，不覺神魄失據，大了膽在麗華粉腮上摩了一會，才縮手離位，把手拍著胸脯，拍得震天價響地對陰識說道：「大世兄，請太太放心，小姐的病，不過重受寒涼，沒什麼要緊。」

第六十八回　妙手回春

萬病除滿口擔保道：「不是我萬某誇口，照小姐這點細些小病，不消三劑藥，管教她好就是了。」

邢老安人聽他這話，自然歡喜，說道：「只要先生肯替我們小姐將病看好，要謝什麼有什麼。」

萬病除笑道：「太太！老人家不須客氣，晚生用心就是了。」說著，陰識將他送到外邊的明間裡。小廝早就將硯臺筆紙預備停當。

萬病除靠著桌子坐下，搖首擺尾地想了一會子，便拿起筆來，裝腔作勢的又停了半天，嘴裡嘰咕道：「太陽入於少陽，有火傷心，太陽入於少陽，無火傷腸。」七搭八搭地哼個不了。

陰興悄悄地向陰識道：「這先生如何？不要說別樣，你看他開一張單子，何等鄭重！」陰識點頭暗暗地佩服。

他聽見有人贊成他，愈是牽絲不了，一張單子，直開了半天才算開好。老安人忙拿出

五兩紋銀，教家丁送他回去。萬病除哪裡肯收，口中說道：「請太太無須客氣，等我將小姐的病看好之後，再說。」

老安人再也不准，無奈他一百二十個不受，老安人卻也無法，只得命人送他回去。

他在馬上，一路胡思亂想地說道：「這也是天緣巧遇了，你看她的那副模樣兒，可不是天下獨一嗎？她一定是有心於我，如果沒心於我，我用手去摸她的粉龐兒，難道一聲不做嗎？只要我將她的毛病看好，怕她不給我嗎？憑我這個樣兒，在宛陵的四鄉，不是我說句麻木話，誰有我這樣的威風呢？」

他想到這裡，不禁點頭晃腦，險些顛下馬來。那個跟馬的小廝見他這樣，也不覺好笑，暗道：「這位先生有些神經病嗎？」

他自己哪裡覺得，一味地嘻皮癩臉的，一會子到他的家門口。小廝忙將馬頭一帶，那霍馬立住不動，等他下馬。

誰知他正自想得出神，見馬不走，舉起鞭子在馬屁股上著力打了一下子，那馬霍的向前一跳，將他往下一掀，一個倒栽蔥，只跌得個發昏。可巧剛剛天雨才晴，路上的泥濘完全被他沾去，渾身斑斑點點，好像泥牛一般。

他又羞又氣，忙從地上爬起來，指著馬罵道：「你這個王八蛋，豈不是有意和我尋開心麼？」

他痛罵了一陣，便對小廝說道：「煩你回去罷，我現在也不要騎馬了，就是步行回去咧。」他說罷，低著頭，一徑向西走去。
那個小廝不禁詫異地說道：「先生，你不是已經到家了嗎，又向西到哪裡？」他聽得這話，忙立住腳步，回頭一看，不禁自己也好笑，忙道：「幾時到這裡的，怎麼我一些也沒有介意？既如此，更好了，你趕快回去罷。」
小廝笑著跳上馬，一徑回去不提。
再說陰識見他走後，忙攏近來朝他的單子上仔細看了一會子，只見脈案上開的是：大受寒涼，身體不安，火熱厲害，頭又暈眼又花，用一方以治。下面寫著：附片五錢、肉桂三錢、羌活三錢、白芍三錢、茯苓三錢、細辛五分、防風三錢、前胡三錢、桔梗一錢、冬瓜皮一錢、燈薪五錢做引子。
陰識對醫藥一道原有些三腳貓，見他這張單子只嚇得目瞪口呆，半晌說不出話來。
陰興問道：「如何？」
陰識抵嘴道：「萬先生這方子，未免膽太大了。」
陰興聽他這話，很不以為然地說道：「怎見得膽大？」
陰識道：「什麼病可以用五錢附片，三錢肉桂呢？」
陰興道：「你曉得什麼，人家既然能用這兩味，想必別有用意的。」
陰識忙教小才拿著這個單子，到宛城藥材鋪子裡去配。小才哪敢怠慢，就出得門，上了大騾，一騾放到宛城一家藥店門口停下，將騾子拴好，進了店，將單子往櫃檯上一放，

說道：「替我配一帖藥。」

裡面走出一個老相公，將單子接到手中，撐起老花眼鏡仔細看了一遍，撓起鬍子說道：「這單子上面的藥，我們這裡不全，請到別人家去配罷！」

小才拿起單子，便到東面一家藥鋪子裡去配。一個小學徒的，正站在櫃檯旁邊打盹。小才將櫃檯一拍，喝道：「夥計，你夜裡沒有睏覺嗎！生意來了。」

那個小學徒的被他冒冒失失的一嚷，嚇得一怔，忙將睡眼揉開，沒住口地答應道：「來了來了！」

說著，伸手將他的單子接過，往戒尺底下一壓，拿起藥盤便去配藥。

這時裡面老闆聽得小才的呼喚，他正在小便，褲子也來不及束，就趕到外邊。見學徒已經動手配了，他便先將褲腰束好，走進來朝藥單子仔細一看，不禁倒抽了一口冷氣，忙伸手將學徒打了一個耳光，罵道：「你這個混蛋！連眼睛都瞎了，這樣的單子，你就配了嗎？」

他說罷，將單子還與小才說道：「這單子上的藥，我們小店裡配不全，請換一家罷！」

小才聽他這話，心中十分詫異地問道：「你這是什麼話？藥不全，難道就開藥店了嗎？」

那店老闆說道：「委實不全，請換一家罷！」

小才深怕耽擱辰光，回去又要挨打，急急向店老闆大聲說道：「呔，你說沒有，怎麼你家相公又配呢？想必是有的，沒有他就配了嗎？」

那店老闆說道：「這倒不要說，他是才來的一個學徒，曉得什麼，你不看我方才打他嗎？」

小才說道：「我曉得了，莫非怕我不給你錢嗎？」

店老闆笑道：「你這是什麼話，我們既然開一爿藥鋪子，你不給錢他不給錢，難道我們吃西北風嗎？」

小才道：「既然這樣，為什麼又見生意不做呢？」

那店老闆對他說道：「老實對你說一句，你這單子，不論拿到誰家去，總不見得配給你的。」

小才聽了這話，更是驚異，問道：「照你說，我這單子竟沒有地方配了？」

店老闆搖頭說道：「沒有沒有。」

小才道：「難道配這單子就犯法了麼？」

店老闆道：「不是犯法，恐怕要招人命。」

小才益發不放心的問道：「難道我們這單子上有殺人刀麼？」

那店老闆被他逼得不得已的問道：「你這單子究竟是人吃的，還是牛吃的？」

小才聽他問得蹊蹺，忙轉問道：「人吃怎麼？牛吃怎麼呢？」

他道：「牛吃還可以，如果是人吃的，包管今天吃下，明日送終。」

小才說道：「什麼藥這樣的厲害呢？」

他道：「什麼病能用三錢肉桂，五錢附片呢？」

小才道：「你不用管，好歹這單子又不是你開的，怕什麼呢？」

他道：「這是不可以的，人命關天，豈能亂動？」

小才道：「那麼你將這兩樣厲害的藥少配些罷。」

他答道：「如果這樣辦，還可以。」

他便動手，一味一味地配了半天，才將這一副藥配好。

小才付了錢，跳上騾子，連打幾鞭。那騾子兩耳一豎，騰雲價地回來了。跑到半路上，小才方想起藥沒有攜取，忙兜轉騾子，重到這家藥鋪子裡，取藥便回。待得到家時，已是申牌時候。他跳下騾子，將藥送進去。

陰識問道：「為什麼到這會才來？」

小才便將以上的話說了一遍。陰識也不答話，就將藥送到樓上。邢老安人正是守得心焦，見藥配來，忙叫明兒去煎，明兒一會子將藥煎好，與麗華吃下。

大家全坐在她的房裡，靜悄悄地候著，但見她吃下藥，沒一會子，汗出如雨，額上直是滾個不住。

陰識對邢老安人說道：「你老人家快些到被窩裡探探看，汗出什麼樣子了？」

邢老安人便伸手入被一摸，那被褥上完全被汗濕透了，忙叫明兒將上面的被子揭去。

但見她面色慘白，嬌喘微微，一句話也不能說了。
陰識走到她面前，用手在她的額上一按，跌足嘆道：「這便怎生是好？狂熱一分也沒有退去。」
陰興道：「再去請萬先生來看看，究竟出汗不退熱，是什麼道理？」
陰識忙著人去請萬先生，一刻兒萬病除腳打屁股的進來。
陰識忙迎上去，首先問道：「舍妹服先生的藥，汗是出得不少，但是狂熱有增無減，究竟是個什麼緣故呢？」
他之乎者也地答道：「夫狂熱不肯退者，定是大汗未出也；若夫再以出汗之劑服之，大汗一出，周身無病矣。」
陰識便領他到麗華的房中。邢老安人忙問道：「小姐汗是出得和洗沐的一樣，怎的狂熱簡直一分不退呢？」
萬病除笑道：「請太太放心！在我手裡看的病，不會不好的，小姐出汗不解熱，一定還是汗沒有出透的緣故吧！再將藥煎與她吃，等汗出透了，自然就會好了。」
邢老安人忙叫明兒將藥再煎。明兒忙又去煎藥，給小姐吃了。
萬病除又問道：「現在她怎麼樣了？」
邢老安人忙將帳子揭開說道：「請先生來看看！」
他巴不得這一聲，忙走到她的床前，睜開那一雙賊眼，向她望了一會，猛的伸出那

一雙又粗又大的黑手來，摸她的頰額，可是把個麗華羞得欲避不能，欲喊無力，任他摸了半天。

可恨這萬病除野心勃發，竟由她的粉頸下面，一直探到她的胸前，只覺得雙峰高聳，宛如新剝雞頭。他可心花大放，把手縮了出來，對邢老安人笑道：「別的醫生看病，他奉旨不肯替人家摸胸口的，他們這些裝腔作勢的派子，我可學不來，我看病無論何人，總要探一探虛實寒熱的。」

老安人哪裡知道他的念頭，滿口稱是。

他又笑吟吟地向麗華問道：「小姐的月經是幾時當期？」

麗華此刻，又羞又愧，又氣又惱，哪裡還去答他的話兒，強將身子一掉，面孔朝裡，呻吟不住。

邢老安人忙道：「先生！你不要去問她，我曉得的，出了房細細的告訴你。她們女孩子家，將這些光明正大的事，都是怪難為情的，不肯說出來。」

萬病除笑道：「原是原是，我看了無數的小姑娘毛病，問她們的月經，總是吞吞吐吐地難說出來，最後還是她的母親，或是嫂子代說出來，她們還羞得無地可容哩！」

他說罷，起身出來。

邢老安人也就跟了出來，將麗華的經期一五一十地告訴他，他點頭笑道：「我曉得了，太太請放心罷，這一劑藥，將二次吃下去，馬上就轉機了，我現在還有許多事，無暇再耽擱了。」

他說罷，起身下樓，陰識忙叫人拉出一匹馬，送他回去，不提。

再說麗華見萬病除走了之後，只氣得淚流滿面，嚶嚶地哭道：「哪裡請來的這個混帳醫生？我寧可死，也不要他看了！」

邢老安人忙道：「兒呀！你不要誤會，醫生有割股之心，他問你都是他留神之處。」

她不回答，只是哭個不住，邢老安人也無法勸慰。

這時明兒已經將藥捧了過來，她哪裡肯吃，慌得邢老安人哄道：「乖乖，這藥是你哥哥開的單子，那個王八已經打走了。」

她哭道：「媽媽，不要哄我！不過吃了他的藥，心中像火燒的一樣，所以不願再吃了。媽媽既然教我吃，我還能違抗麼？」

她說罷，一口氣將藥吃下去。

這一來，可不對了，沒一會，只見她從床上劈頭跳起來，青絲撩亂，一雙星眼，滿暴紅筋，大聲說道：「好好好！你們想害劉文叔麼？恭喜你們，我跟他一同死了！誰能留住我？十萬赤眉強盜已經被你捉住了麼？」

眾人嚇得手忙腳亂，大家全搶過來，將她按住。怎奈她力大無窮，一揮手，將明兒、雪兒推得跌到三尺以外。邢老安人更是心肝肉兒哭個不住。

這時陰識、陰興正在樓下議論萬病除的方子，忽聽得樓上沸反盈天，大鬧起來。二人

一驚不小，一齊飛奔上樓，只見麗華披頭散髮，滿口胡言。陰識搶過來，一把將她按住。麗華還要掙扎，陰識死力將她壓住。陰興也過來幫忙，才將她扳倒睡下。

陰識一面按著，一面埋怨陰興道：「這都是你招來的，我早就說過了，姓萬的方子，萬不可吃，你偏要替他扯順風旗。昨天小才將單子拿去配，藥鋪裡沒有一家肯配，後來將肉桂、附片減去三分之二，才將藥配來。如今妹妹這個樣子，還想活麼？」

老安人聽見這話，一頭撞在陰興的懷裡，大哭大罵道：「好孽障！你究竟和你妹妹有多少深仇大怨，三番兩次地盤算她？現在她要死了。你總算安心了。畜生！你不如將我的命也算去吧，省得見我的心肝死得可憐！」

邢老安人說了一陣，忽的往下一倒，雙目直視，竟昏厥過去。明兒、雪兒嚇得走投無路。陰識忙向她們喝道：「還不過去將太太扶起來，發什麼呆呀！」

陰興一面哭，一面和眾人將邢老安人扶起來，在背上輕輕地用手撫個不住。一會子，邢老安人才舒過一口氣來。

陰識到此時，也不由得別人做主，忙差人到舂陵去請李雪梅醫生，沒多時，李雪梅到了。陰識命明兒等將小姐按住，自己下樓，將李雪梅請上樓來，到床前略一診視。

李雪梅捋著鬍子，沉吟了一會，退出房來。陰識躬身問道：「敢問老先生，舍妹可有回生之望麼？」

李雪梅搖頭咋舌道：「不容易，不容易！只好盡我的力量。如其再不中用，那也無法可想。小姐的貴恙，可曾請先生看過嗎？」

陰識道：「請過萬病除看過了。」

李雪梅道：「可有單子？」

陰識忙去將單子拿與李雪梅。他仔細一看，拍案大驚道：「該死！該死！這分明是傷寒化火，還能任意用這些附片、肉桂嗎？真是奇談！」

陰識道：「晚生也是這樣的設想，無奈家母等一廂情願的脾氣，不喜別人多嘴的，弄到現在，才後悔遲呢！」

李雪梅嘆道：「這等醫生，不知白送了多少人命了！」

他拿起筆來，酌量半天，開了一張單子，上面寫著：羚羊角三分、金釵、石斛五錢。他對陰識道：「叫人去配，估量這羚羊角要磨半天呢，快點就去罷！」

陰識忙差小才，拿著單子指名到保和堂去配了。

這時樓下有個小廝上來稟道：「萬先生來了。」

陰識聽了，把那無名的業火高舉三千丈，按捺不下，忙辭了李老先生匆匆地下得樓來。劈面就看見萬病除笑嘻嘻向他問道：「大世兄，小姐的病勢如何？」

陰識也不和他客氣，冷笑一聲道：「先生的妙藥，真是手到回春！舍妹現已好了，到後園裡去玩耍了，請先生到後邊去看看，也好教先生喜歡喜歡。」

萬病除聽得他這話，真是樂不可支地笑道：「非是萬某空誇大口吧。」

陰識道：「果然果然。」

說著，便將他一徑帶向後面而來。走到腰門旁邊，陰識喊道：「走出幾個來！」

話猶未了，裡面廂房裡跑出四五個家丁來。

陰識喊道：「將這個狗頭，先捆起再說。」

那幾個家丁，不由分說，虎撲羊羔似的將他捆起，陰識掣出皮鞭，上下抽個不住，口中罵道：「你這個雜種！登門來尋死，可不要怪我，今天將你生生的打死，好替我妹妹償命！」

萬病除打得怪叫如梟，滿口哀告，陰識哪裡肯息，打了半天，忽然心生一計，便叫人將他抬到後門口，用溺器盛了滿滿的一下子臭糞，硬將他的嘴撬開，灌了一個暢快，才將他放下來。

他抱頭鼠竄，一蹣一跚地走了，一會子，到了自己家裡，渾身全是糞汁，臭不可當。許多人掩著鼻子來問他。他只得說是行路不慎，失足落下毛廁的。他將衣服一換，帶了家小，連夜搬家逃得不知去向了。

再說陰識將萬病除擺佈了一陣，才算稍稍地出口惡氣，帶了眾人回來，他便上樓對陰興說了究竟。陰興也很快活。陰識忙問陰興道：「小才去配藥回來沒有？」

陰興道：「不曾回來呢。」

陰識詫異道：「怎的去了好久，還不回來呢？」

他便喊了一個小廝前去催他，這小廝就跳上大騾，一口氣跑到保和堂門口停下。小廝跳下騾子，但見小才倚著櫃檯外邊，閉著眼睛，只管在那裡打盹。小廝也不去喊他，竟向店夥問道：「陰府上的藥配好沒有？」

夥計答道：「早已配好，喊他數次，這個傢伙睜開眼睛，開口就要罵人，我們氣得也不去喊他了。」

這個小廝素來和他不睦，他眉頭一皺，計上心來，忙對店夥說道：「請你將藥先交給我帶回去，讓他在這裡打一會瞌睡罷。」

店夥也不知就理，忙將一個羊脂玉的杯子取出來，裡面盛著羚羊角磨的汁，又將金釵、石斛用紅綠絨繩繫好，一起交與小廝。那小廝上了騾子，飛也似地回來了，將兩樣藥送到樓上。

陰識忙問道：「小才呢？」

那小廝撒謊道：「我去人家早以將藥配好了，擺在那裡。我問他到哪裡去了，那店裡的先生都不肯說。後來被我再三追問，才告訴我，說他去看把戲了。我想小姐這樣危險，還能再耽擱麼？就將藥拿回來。」

陰識聽得，氣得一佛出世，二佛升天。

第六十九回　勇冠三軍

陰識聽得那小廝的話，勃然大怒，也不言語，忙將羚羊汁和金釵、石斛送進去，關照明兒怎生弄法。明兒一面答應，一面將藥接了過去。陰識退了出來。沒多時，小才在藥店裡打盹打得醒了，再問藥方，已經被人拿去，只嚇得倒抽一口冷氣。沒奈何騎上騾子，沒精打采地回來。才下騾子，劈面就和陰識撞個滿懷，嚇得倒退數步，忙想要走，陰識喝道：「叫你去配藥，藥配到哪裡去了？」小才抿著嘴也不敢回嘴。陰識氣衝衝地罵道：「好狗頭，越來越不像個模樣了！是我教你去辦事，都不在心上了。你們給我將這畜生捆起來，重打一頓，給我趕出去！」有幾個家丁忙走過來將他按住，著實地打了數十下子。只打得小才像蛇游的一樣滿地亂滾，只是央告不止。

陰識到底是個面惡心善的人，見他這樣，不由得心軟起來，忙道：「放下來。」那些家丁連忙住手，將他放下。小才直挺挺地跪在地上，央告道：「求大主人開恩，我下次無論做什麼事情，不敢再怠慢了；如果再犯這個毛病，儘你老人家打死了，也是情

願的。」

陰識道：「果然改過麼？」

小才叩頭道：「再不改過，隨大主人怎麼辦我就是了。」

陰識見他說得可憐，而且平日又不是個刁鑽的，便說道：「如能改過，且饒你個下次！」

小才聽了這話，忙叩了幾個響頭，爬起來一溜煙向後面去了。

陰識便回到麗華的樓上，李雪梅站起來問道：「大世兄，令妹服藥的情形怎樣？請你帶我進去看看！」

陰識忙領著李老先生進得房來，但見邢老安人只是向他們擺手示意，教他們不要吵鬧，悄悄地說道：「她吃下了藥，停了一會，便不吵了，現在已經睡著。」

李老先生忙退出來，對陰識笑道：「恭喜恭喜！小姐的病，有幾分希望了。」

陰識謝道：「全仗先生妙手，能夠將舍妹看好，闔家就感恩不盡了。」

李雪梅又謙遜了一陣子，提起筆來，仔仔細細地開了一張轉手的方子，湯頭是用的竹葉石膏湯。陰識忙又差人去配了來，煎好了，等候著。一直到天晚，她才慢展秋波醒了。

邢老安人真個是喜從天降，靜悄悄地問道：「我兒，你現在覺得怎樣呢？」

她呻吟著說道：「清爽得多了。」

明兒忙捧了藥過來給她吃，她又將第二劑藥吃下去，一直酣睡到第二天巳牌的時候，翻身叫餓，邢老安人便出來問李雪梅道：「請問你老人家，小女現在餓了要吃，可能吃一些薄粥嗎？」

李雪梅點首說道：「可以可以。」

明兒順手隨便盛了一碗薄粥，捧到床前。她吃下去，沒一刻兒，又酣呼睡去。李雪梅道：「小姐的貴恙，料可無妨了，老漢要回去了。」

他又留下一張單子，給陰識道：「這單子是善後的，你教她多吃幾劑，就可大好了。」陰識連連稱是，忙教四個家丁抬一乘小轎，送他回去，臨走的時候，又恭恭敬敬地送上五百兩紋銀，兄弟兩個一直送出大門外，方才回來。由此向後，麗華的病勢日見輕減，不到三月已經大好了，按住不表。

卻說劉縯等自從失敗之後，東奔西走，四處活動，不上數月，已將新市、平林的兩路賊兵收伏了。又數日，又將下江的兵馬聯合停當，一個個摩拳擦掌，預備廝殺。劉縯令兵馬共分六部，以備調用。休息了幾天，大排筵席，上至諸首領，下至士卒，俱歡呼暢飲。酒後，劉縯和各將領申立盟約。

到了第二天，北風怒吼，大雪紛飛，正是殘冬的時候，諸將領紛紛請令出兵。劉縯也是躍躍欲動，正要發兵，劉文叔急忙止住道：「此刻天寒地凍，出兵征伐，十九不利。時機未到，不可亂動！」

王常聽他這話很不以為然，忙道：「趁他不備的當兒，猛的發兵，殺得他個片甲不回，豈不大妙，三將軍何故反而違抗眾議呢？」

劉文叔笑道：「諸君的高見並非不佳，但是如此冷天，一旦發令動兵，他們士卒一定是畏寒怕冷，容易氣餒，而且藍鄉、宛城各處，未見沒有防備的。依我的拙見，不如等到除夕那一天，他們準沒有防備的，何妨潛師進襲，諒這小小的藍鄉和宛城兩處，還怕不到手麼？」

諸將領聽他這番話，一個個毫無言語，都是暗暗地佩服不止。

好容易等到大年除夕那一天，所喜天氣晴和，微風不動。

這天早上，劉縯升帳，就要出兵，劉文叔忙再止住道：「凡事豈可性急，急則岔事。今天發兵，以夜裡為最好，現在出兵，你想有什麼益處呢？」

劉縯沉吟了一會道：「果然不錯！」

只得又忍耐等到晚，約在二更相近，才調動全隊。劉文叔和劉伯姬、李通、成丹四人帶領一隊兵，徑向泚水出發；劉縯、王常、李軼、鄧辰等，帶了全部的兵直搗藍鄉。差不多到三鼓的時候，大家偃旗息鼓，直等將藍鄉周近完全圍起，一聲令下，登時金鼓震天，燈球火把，照耀得和白日一樣。

原來這藍鄉是莽賊的手下將士屯糧之所，並非沒有守兵。怎奈那些守兵因為到了歲末的一天，誰也不肯去防範，你吃酒，我猜拳，十分熱鬧。到了這時，差不多大半都到睡鄉中度生活去了。

猛的一陣大亂，把那些賊兵從夢中驚醒，揉開睡眼，只見燈光火亮，照耀得和白日一樣，只嚇得三魂落地七魄升天，連褲子也來不及穿，赤身露體的逃走，霎時，東奔西散，跑個精光。

劉縯和諸將不費一些氣力，竟將無數的糧草奪到手，士氣大振，諸首領俱有進兵泚水的念頭。劉縯也不加阻止，便令鄧辰、李軼帶一隊兵，在這裡守住，自己和諸首領帶兵星夜向泚水進發。

再說劉文叔等帶兵到了泚水城下，東方已經發白，忙令李通搦戰。城內守將甄阜、梁邱賜聞報大怒，趕緊披掛出城接戰。

忽見探事的進來報說：「藍鄉失守！」

二人聽得這話，真個是半天裡打了一個霹靂，面面相覷，半晌無語。梁邱賜大叫道：「事已如此，不如開城和這班鳥男女決一死戰，我們若是打勝了，趁勢去將藍鄉奪回，豈不大妙。」

甄阜聽他這話，拍手道是。二人全身披掛，帶兵出城，兩邊列成陣勢。梁邱賜躍馬橫刀，用手指著劉文叔罵道：「殺不盡的草寇，快來納命。」

劉文叔大怒，正要遣將迎敵，瞥見李通一馬闖到垓心，搖動豹尾槍，也不答話，便奮勇大殺起來。戰了五十多個回合，不見勝負。

劉伯姬仇人相見，分外眼紅，拍動桃花駒，便來夾攻梁邱賜。甄阜正在後面壓陣，見對方雙將出馬，深恐梁邱賜有失，忙教杜生出馬。

這杜生在甄阜的部下原是一員勇將，只見他將雙綢舞起，飛馬出陣。成丹更不怠慢，催馬搖槍，出陣接住。

這時劉縯的大隊已到，合在一處。劉縯一眼望見梁邱賜，不禁將那無名的業火高舉三千丈，按捺不下，一拍烏騅揮動雙鞭，三戰梁邱賜。

好個梁邱賜，大戰三人毫無怯懼的情形，展開全身的本領，兀自轉戰不衰，可是甄阜見對面來了三個，戰梁邱賜一個，不禁暗暗地替梁邱賜吃驚，由不得飛馬出來。

王常見對面有人出馬，大吼一聲揮動龍舌槍，闖到垓心，擋住甄阜，大戰起來，一時金鼓大震，喊殺連天，只覺得目眩心駭。

劉文叔看了多時，猛然見賊兵的陣腳紛紛擾動，才想起賊陣無人壓陣，用馬鞭一揮，從左右兩邊抄出兩支兵，直向賊陣包抄過去。賊兵登時大亂，紛紛亂竄。

甄阜見自己的陣勢已動，大驚失色，忙棄了王常，飛馬回來彈壓，誰知軍心一亂，任你怎樣來彈壓，終歸沒有用處。

王常見甄阜回陣，哪裡肯捨，緊緊地趕來。甄阜見兵心已亂，料想不能彈壓，只得回身，又和王常大戰了數十合，虛晃一錘，便想逃走。王常早知就裡，展開龍舌槍，將他緊緊地逼住，甄阜見沒有空子可逃，也下了決心，擺動雙錘耍起來，足可應付王常。

南面杜生和成丹已戰了八十多回合，杜生雖然猛勇，哪裡是成丹的對手，劍法散亂。成丹覷個破綻手起一槍，刺杜生於馬下。這時陣裡早跑出兩個小卒，梟下首級，跑回陣去，成丹卻不回陣，拍馬來助王常，雙戰甄阜。

這裡梁邱賜又和三人戰了多時，仍然毫不在意。劉伯姬見兀的戰不倒他，她柳眉一鎖，計上心來，虛晃一槍，拍馬回陣。

梁邱賜見去了一個勁敵，心中稍放下一點。

劉伯姬向文叔道：「我們將這兩個賊將困住，你還不趁此襲城，等待何時？」這句話，提醒了劉文叔，忙領了一隊兵，抄過賊兵的背後，向淮水而去。劉伯姬霍地翻轉柳腰，攀弓搭箭，颼的一箭，直向梁邱賜的咽喉射來。

梁邱賜正在酣戰的當兒，猛的聽得弓弦聲響，曉得厲害，忙將頭一偏。說時遲，那時快，右耳已穿去半邊，血流如注。正要撥馬逃去，聽得弦聲又響，他連忙用刀尖一撥，將第二支箭撥落，不敢戀戰，大吼一聲，撥馬直向淮水而逃。

劉縯、李通並馬追來，一直追到城邊，只見吊橋已經撤起，城頭上站著一員大將，梁邱賜抬頭一看，不是別人，正是劉文叔。他不禁倒抽一口冷氣，忙回馬欲向宛城逃走，劈面劉縯、李通一齊攔住，他只得下個死心，和二人又惡鬥起來。

再說甄阜和成、王二將，大戰了八十多回合，見手下的兵卒逃散一空，杜生陣亡，梁邱賜也逃走了，自己不敢再戰，丟了一個架子，撥馬落荒而走。

劉伯姬閃著星眼，見他逃走，一提轡環，彎弓一箭射去。甄阜心慌意亂，哪裡還顧後面的暗算，一剎那間翻身落馬，被王、成兩將生擒過來。

劉伯姬和二人領著大隊，直向泚水而來。剛到城下，見梁邱賜正與劉縯、李通戰得難分難解之際，王常、成丹哪裡肯休，雙馬飛來，加入戰渦。

梁邱賜戰了半天，精神已經不濟，哪裡再能加上兩個呢？走又走不掉，逃又逃不了，只得死力的應付。劉伯姬看得仔細，颼的一箭，梁邱賜聽得弓弦聲響，忙將馬頭一帶，讓過一箭。

劉伯姬見一箭未中，接著又是第二箭上弦。這時劉縯的雙鞭已逼近他的脅下。王常的龍舌槍也逼到他的頸際，梁邱賜忙用大刀來攔架。這時第二箭恰巧中在他的手腕，梁邱賜大吼一聲，連刀拋去。

劉縯手起一鞭，正打中他的馬頭。那馬忽痛一躍，將梁邱賜掀落地上。李能連忙下馬，雙手鎖住他的盤膝，冷不提防梁邱賜飛起一腳，正中李通的肩頭，李通一放手，險些將他放走。王常躍馬前來手起一槍，將梁邱賜的右手刺斷，成丹飛身下馬，幫助王常、李通，才將梁邱賜擒住。

大家見大事已定，便合兵一處，大唱凱歌。劉文叔忙令人大開城門，讓大隊進城。安民已畢，大家互相道賀，劉文叔對眾將言道：「目下可慢道賀，宛城未破，是吾等第一勁敵。我看我們的士氣正盛，何不一鼓而下呢？」

諸首領一齊稱是，忙傳令下去關照，不要卸甲，飽飯一頓，便下令直向宛城進攻。單留王常守著泚水。

劉縯帶了兵馬，到了宛城城外。劉縯正要出馬挑戰，忽見探事官飛馬報道：「賊將嚴尤、陳茂，現在清陽擺陣以待。」

劉縯料想宛城非智取不可，急忙領兵，來到清陽。早見賊兵擺好陣勢，嚴尤、陳茂並馬立在陣門之下，耀武揚威。劉縯舞動雙鞭，身先士卒，衝到垓心。陳茂搖槍拍馬，來敵劉縯，大戰了三十回合。

劉伯姬飛馬出陣，替回劉縯，攪動梨花槍，和陳茂大戰起來，陳茂瞥見對陣飛出一個如花似玉的女將軍來，不禁邪心大動，暗想道：「若能將她擒住，帶回去做一房妻室，不枉為人一世。」

他正在胡思亂想的當兒，瞥見她的梨花槍已到面前，忙用矛一架，順手一矛，向她的馬首刺來。她手靈眼快，急將馬一帶，那馬憑空一跳，陳茂的矛刺了一個空，身子往前一傾。

二馬相近，她一伸玉手，揪住陳茂的腰絛，用力一拖，竟將他拖離馬鞍，陳茂心中一慌，一放手，將矛丟在地上。劉伯姬將他往腰裡一夾。陳茂還不知死活，伸手去摸伯姬的下頦。伯姬大怒，掣出寶劍，颼的一劍，將陳茂的手腕斫去，陳茂大喊一聲，不能動彈。嚴尤見陳茂被擒，只嚇得魂飛天外，忙驅兵逃去。

劉縯指揮兵士趕上去，大殺一陣，把那些賊兵殺得十死八九，屍橫遍野，血流成渠。劉縯忙收兵來攻宛城。哪知到了城下，瞥見劉文叔立在城頭大笑道：「兄長來遲，小弟卻

早經奪得也！」

劉縯大喜，諸首領無一個不暗暗驚奇，都道他的妙計出人意料之外。

原來劉文叔見他們和賊將交兵的當兒，即帶了一隊人馬，到了宛城，詭稱是陳茂派來守城的。城裡的賊兵哪知就裡，連忙下城大開城門。劉文叔帶著士卒，一擁而進，將城內的賊兵完全殺盡。

閒話少說，劉縯見宛城已得，真是喜不自勝，帶隊進城，點查降兵，不下四萬，合自己的部下二萬，再連新市、平林三大部，已足有十五萬人，此外尚有陸續投附，今日數十，明日數百，真是多多益善，如火如荼。劉縯下令命各軍分紮城外，把一座宛城保守得鐵桶一般。

各首領紛紛議論，都道軍中無主，不便統一。

南陽諸首領一個個出席議論，要保舉劉縯為帝。獨王常、成丹諸將，懼縯威明，不敢附和，意欲立劉玄為帝。原來這劉玄是個庸弱無能之輩，一旦將他立起，以便自己任所欲為了。

這劉玄本與劉縯同宗兄弟，王常又買通李軼，大家俱選劉玄為帝。

停了幾天，諸首領對劉縯將來意說明。劉縯慨然對眾將說道：「諸君欲推立漢裔，盛情原屬可感，惟愚見略與諸君微有不同。目下赤眉數十萬眾，嘯聚青、徐要害，聽說南陽選立新主，必然一樣施行，彼一漢帝，我一漢帝，兩帝不能並立，怎能不爭？況王莽未滅，宗室先自相攻，坐失威權，何能再破莽賊呢？自古以來，首先為尊，往往不能成事；陳勝、項羽的行為，諸君也好明瞭了。今舂陵去宛三百里，尚未攻克，便想尊立，是使後人得乘吾敝，寧非失策麼？愚意不如暫立為王，號令三軍。若赤眉所立果賢，不妨去投他，不至奪我爵位。否則西破王莽，東掃赤眉，豈非萬全之策嗎？」

南陽諸將聽了劉縯這番話，當然十分贊成。可是新市、平林的首領一定要立劉玄為帝。尤其有一個黨徒張印拔劍擊地，非立劉玄不可，劉縯只好隨聲附和，讓他們將劉玄立起。這時南陽諸將領，一個個怒目咬牙，躍然欲動，劉縯多方勸解，總算將諸將敷衍過去。

劉文叔另有定見，點了三萬人馬到劉玄面前請令攻潁川。

劉玄准如所請，又令王常、李通隨往協助，不到三日，已將潁川攻下，乘勝長驅，直搗昆陽。說也奇怪，未上半日，又將昆陽攻下，勢如破竹。未上三天，進克郾縣來窺定陵，一路上秋毫無犯。一班百姓，莫不歌仁頌德，歡騰四野。

劉文叔屯兵定陵城外，正欲發令進攻，瞥見一個守門的兵卒，進來報道：「帳外有一個人，自稱姓陰，要見將軍！」

劉文叔心中一動，暗道：「莫非麗華麼？」忙問道：「是個什麼樣子的人？」

那守門士卒道：「是個二十多歲的漢子。」

劉秀忙道：「帶進來！」

那守門的士卒打了一個千，走出去，不多時，帶進一個人來，手裡執著一封信，恭恭敬敬地呈到劉文叔的面前，口中說道：「別來已久，明公無恙否？」

劉文叔仔細一看，見這人有些面善，無奈一時想不起來。那人道：「明公尚記得春陵十五村會操的陰識嗎？」

劉文叔忙道：「啊啊！我竟忘了！請坐請坐。」

他一面招待，一面將信拿到手中一看，但見上面寫著面呈漢大將軍文叔麾下，下面寫著名內詳。他從容將信拆開，但見裡面寫著：

妾麗襝衽於大漢將軍文叔麾下：

別後蓂莢屢更，眷念之忱，無時去諸懷抱。近聞旌旗指處，小丑全消，遐聽之餘，不勝雀躍！家兄識有志從戎，妾特申函座右，祈錄用麾下。天下興亡，匹夫有責，惟將軍圖之。妾陰氏麗華手啓。

他將書信看罷。不勝欣慰。

第七十回　麗華出閣

劉文叔將書看過，心中大喜，忙向陰識說道：「來意已悉，目下正在需人之際，如果足下肯以身許國，那就好極了。」

陰識道：「山野村夫，全望明公指教。」

二人謙虛了一會子，李通入帳報道：「定陵的主將來降！」

劉文叔忙教人將他帶進來。那個降將走進大帳，雙膝跪下，口中說道：「降將胡文願隨明公麾下，執鞭隨鐙，共剿莽賊，區區微忱，萬望明公容納！」

劉文叔急忙親自下來，將他從地上扶起說道：「良禽擇木而棲，賢臣擇主而事，將軍能明大義，漢家之幸也。」

胡文見劉文叔一表非凡，自是暗喜。

劉文叔帶了眾將領兵進城，安民已畢，即大排筵席犒賞三軍，席上李通對鄧辰說道：「鄧辰，你可認識那個姓陰的？」

鄧辰道：「不認得。」

李能道：「我看文叔和他非常親密，不知是何道理。」

鄧辰道：「大約是他的舊友罷了。」

到了天晚，鄧辰私自對文叔道：「今天來的這個姓陰的，是你的朋友麼？」

劉文叔忙道：「你來了正好，我有一件心事剛要去和你商議。」

鄧辰道：「什麼事？」

劉文叔含羞咽住。鄧辰不禁詫異起來，忙道：「這不是奇怪麼？話還未講倒先怕羞起來。」

這兩句話說得文叔更是滿面通紅，開口不得。

鄧辰道：「自家親戚，有什麼話儘管說，不要學那些兒女之態，才是英雄的本色哩！」

劉文叔道：「原是自家的親戚，才喊你來商議的。」

鄧辰道：「不要指東畫西的了，請你直接說罷！」

劉文叔便將陰麗華的情形，大略揀有面子的話說了一遍，意思想請鄧辰作伐，和陰識求親。

鄧辰聽他說過這番話之後，哈哈大笑道：「我道是什麼事呢！原來如此，怪不得你和他十分親近。既然這樣，那就妙極了，我豈有不盡力的道理？你放心，多在三天，包管你洞房花燭。但是我是個男媒，再請個女媒，才像個事體。」

文叔道：「你不要忙，先向陰識去探探口氣再說。」

鄧辰把胸脯拍得震天價地說道：「這事無須你過慮，我敢包辦。如其不成功，算不了我的本事了。」

劉文叔道：「姐丈玩話少說，你去和陰識談談看！」

鄧辰道：「那個自然。但是我一個人去，未免太輕忽人家，最好請李將軍和我一同去，方像個正經。」

劉文叔未曾置個可否。鄧辰笑道：「躊躇什麼，難道李通不是你的妹丈麼？」

劉文叔道：「並不是這樣講的，我想李通的人粗率，出言不雅，故爾沉思。」

鄧辰道：「你又呆了，他和我去，預先關照他，不准他開口，直做個樣子，什麼話全讓我來講，豈不是好麼？」

劉文叔大喜道：「如果成功，定然辦酒謝媒。」

鄧辰笑道：「媒酒那還怕你不預備麼？不過我這個人，從來沒有給人家做過一回媒人，你可要聽明。」

劉文叔笑道：「天下的事只要有了個謝字還不好麼？休再嚕嗦了，快些去罷！」

鄧辰笑著出來，一徑到李通的家裡，但見李通正在裡面與劉伯姬暢談一把寶劍的來歷，見他到了，二人忙起身相迎。鄧辰進了客室，便向李通笑道：「我們剛剛吃過了慶功筵，馬上又有喜酒吃了。」

李通詫異問道：「你這是什麼話？」

鄧辰坐了下來，將以上的事一五一十地說個究竟，李通拍手道：「怪不得他與那個姓陰的非常親近啊，原來還有這樣事呢，真是可喜可賀！」

劉伯姬忙問道：「敢是我們前村的楊花塢的陰麗華麼？」

鄧辰道：「你怎麼知道的，不是她還有誰呢？」

她笑道：「怪道我在家的時候，常聽他說『在宦當作執金吾，娶妻必取陰麗華』這兩句。差不多是他的口頭禪，一天不知說了幾遍。料想這陰麗華一定是個才貌雙全的女子，如不然，他不能這樣的記念著她的。」

鄧辰笑道：「管她好的醜的，目下都不能知道，我們且去替他將媒做好再說，到訂婚之後，自然就曉得了。」

李通笑道：「可不是哩，我們就去給他說罷。」

鄧辰笑道：「這事用不著你著急，可是有兩句話，我要先向你聲明。」

李通道：「你說，你說。」

鄧辰道：「你和我去，你不准開口，才和你去呢。」

李通笑道：「這不是奇談麼？難道我講話，就犯了法了麼？」

鄧辰笑道：「你不要誤會，因為你沒有媒才，所以用不著你開口。」

李通笑道：「什麼叫做媒才，我倒來請教。」

鄧辰笑道：「啊，做媒這件事，看起來一點也沒有什麼稀奇，一有稀奇，任你舌長八丈，口似懸河，那是沒有用的。」

李通道：「我只當是什麼難事呢，原來這點玩意兒，我曉得了，今天去，我就揀好話就是了。」

鄧辰搖手道：「話有幾等說法，萬一說得不對，憑你說的什麼好話，也要壞事的。」

李通道：「照你這樣說，我竟不配說話了。」

鄧辰笑道：「你又來了，誰說你不配說話的，不過今天的話，不比尋常的話，一句也不能亂說的。」

劉伯姬笑道：「他既不要你開口，你就不開口，少煩了神，吃現成的喜酒，做現成的媒人，可不是再好沒有呢？」

李通大笑道：「就這樣的辦，我今天跟他去，只裝個啞子，一聲也不響好麼？」

鄧辰道：「好極了，我們就去罷。」說著和李通出得門來，一路上千叮嚀萬囑咐，教他到那裡不要開口亂說。李通道：「你放心罷，我決不開口的。」

一會子到了陰識住的所在，敲門進去，只見陰識秉燭觀書，見二人進來，忙起身讓坐。二人坐下，陰識問道：「二位尊姓？」

鄧辰便說了名姓。李通坐在那裡和大木頭神一樣，一聲不響。陰識忙走過來，向李通深深一揖，口中說道：「少請教尊姓臺甫？」

李通忙站起來，回了一揖，便又坐下，仍然一聲不響。鄧辰心中暗暗著急，暗道：

「這個傻瓜，真是氣煞人呢！教他不開口，認真就閉口不響了。」忙用手向他一搗，意思教他將他名姓說出來。

誰知李通見他一搗，越覺不敢開口，真個和六月裡的蛤蜊一樣，緊緊地努著嘴，雙眼管著鼻子，不敢亂視，鄧辰卻被他急得無法，只得站起來替他通了一回名字。

陰識問道：「二位深夜下顧，必有見教。」

鄧辰忙答道：「豈敢，特有一要事相求。」

陰識忙問道：「有何貴幹？請即言明罷！」

鄧辰便道：「劉將軍文叔與敝人忝屬葭莩，他的才幹，諒足下已經深知，無須小子贅言了。」

陰識忙道：「劉將軍英武出眾，拔類的奇才。」

鄧辰繼續道：「他的年齡已過弱冠，不過中饋無人，但是他的眼界高闊，輕易不肯就範。聞足下令妹才德兼優，頗有相攀之念，故敝人等不揣冒昧，來做一回月老，不知足下還肯俯允否？」

陰識聽了，滿口答應道：「鄧兄哪裡話來，惜恐舍妹蒲柳之姿，不能攀龍附鳳，既蒙劉將軍不棄寒微，閣下又殷殷下顧，何敢抗命呢？」

鄧辰見他已答應，不禁滿心歡喜道：「承蒙不棄，不獨舍親之幸，便是小弟也好討杯媒酒吃了。」

陰識大笑道：「鄧兄，哪裡話來，等到吉日，小弟當恭備喜酒相請就是了。」

鄧辰也不便多講，與李通告辭出來，先到李通家中，李通才開口說道：「好了好了，今天的媒人也做穩了，喜酒也吃定了。」

劉伯姬忙問究竟，鄧辰笑得打跌道：「罷了罷了，像這樣的媒人，我真是頭一朝兒看見的。」

劉伯姬笑問道：「難道又弄出笑話來了麼？」

鄧辰便將陰識請教名字的一事，說了一遍，把個劉伯姬只笑得花枝招展。

李通瞪起眼睛說道：「咦，不是你們教我不要開口的嗎？我當然不開口了！任他問我什麼，我沒有破戒，還不好麼？」

劉伯姬笑道：「果然不錯，應當這樣的。」她說著，又向鄧辰問道：「媒事如何？」

鄧辰道：「成功了。」

劉伯姬只是十分喜悅，鄧辰便告辭，徑到劉秀的住處。

劉文叔正在那裡盼望他回話，瞥見他進來，忙問道：「姐丈！所托之事，如何？」

鄧辰笑道：「成功是成功了，但是你拿什麼謝謝大媒人呢？」

劉文叔聽得成功，不禁滿心歡喜，沒口地答應道：「有，有，有！」

鄧辰笑道：「只管有有有！究竟拿什麼來謝我呢？」

劉文叔道：「要什麼，有什麼，還不好嗎？」

鄧辰笑道：「別的我不要，只將好酒多辦些，供我吃一頓就是了。」

劉文叔道：「容易，容易！遵辦就是了。」

鄧辰收了笑容，正色對他說道：「三弟，難得人家答應，在我的拙見，趁現在沒有事的當兒，不如早成好事，倒了卻一層手續，你看如何？」

文叔沉吟了一會子，然後向他說道：「事非不好，不知對方能否答應，倒是一個問題。」

鄧辰道：「這倒用不著你躊躇，還是我和陰識商議，不難答應的。」

鄧辰忙又到陰識這裡，只見陰識尚未睡覺，鄧辰忙對他道：「陰兄，小弟又來吵攪你。」

陰識忙起身讓坐，笑問道：「現在下顧，還有什麼見教麼？」

鄧辰說道：「忝在知己，無庸客氣了，我剛才回去，對舍親說過，舍親自然是喜不自勝，他對小弟曾有兩句話，所以小弟再來麻煩的。」

陰識道：「願聞，願聞！」

鄧辰道：「男婚女嫁，原是一件大事，但是舍親現在以身報國，當然沒有什麼閒暇的時候。可巧這兩天將定陵得了，暫息兵戎，在他的意思，欲在這幾天擇個吉日，將這層手續了去，省得後來麻煩。」

陰識滿口答應道：「好極了！明天兄弟回去，就和家母預備吉日，大約就在這月裡罷！」

鄧辰道：「依我看，就是九月十六罷。」

陰識道：「好極，好極！」

鄧辰道：「還有幾句話，要和閣下商議，就是妝奩等類，千萬不要過事鋪張，徒將有用的錢財使於無用之地，最好就簡單一些為好，舍親文叔他也是個不尚浮華的人。」

陰識道：「閣下的見解真是體貼人情已極，兄弟無不遵辦就是了。」

鄧辰便站立起來笑道：「吵鬧吵鬧！」陰識便送他出來。

鄧辰到了劉文叔這裡，將剛才的話說了一遍，劉文叔真個是喜從天降。

鄧辰笑道：「自古道，媒人十八吃，新人才吉席。我做這個媒，連一嘴還未吃到，就將這頭親事做好了，豈不是便宜你們兩家了嗎？」

劉文叔道：「那個我總有數，請你放心就是了。到了吉日，我預備十八個席面，盡你吃如何？」

鄧辰笑道：「那是玩話，我當真就是這樣的一個老饕嗎？」

劉文叔道：「我要不是這樣辦，惹得你又要說我小氣了。」

鄧辰笑道：「就這樣辦。」

二人又說笑了一會子，不覺已交四鼓，鄧辰便告辭回去安息了，一宵無話。

到了第二天早上，陰識便到劉文叔這裡來告辭。臨行的時候，向文叔問道：「你幾時到舍下去？」

文叔道：「我到十五過去。」

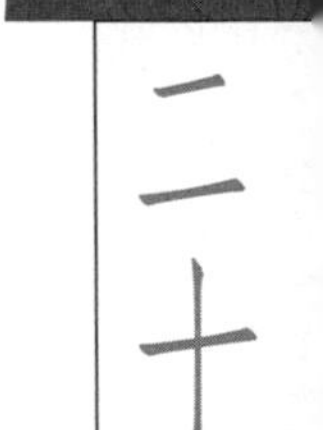

陰識喜洋洋地走了，在路數日，不覺到九月初九早上，已經到了楊花塢，早有家丁進去報與陰興。

陰興心中好生疑惑，暗道：「難道劉文叔不肯錄用他麼？如其錄用，現在回來做什麼呢？」

他正自疑惑，陰識已經走了進來。

陰興問道：「大哥，什麼緣故，去了幾天就回來呢？」

陰識便將劉文叔和妹子訂婚一節，告訴陰興，陰興自然歡喜。

陰識忙問道：「太太呢？」

陰興道：「現在後園牡丹亭裡飲酒賞菊呢！」

陰識笑道：「她老人家的興致很為不淺咧！」

他兩個正自談話，雪兒早已聽得清清楚楚，飛也似地跑到後園裡，只見麗華坐在一旁，朝著菊花只是發呆出神。

邢老安人倒了一杯酒在她面前說道：「我的兒，來吃一杯暖酒吧。」

她正自想得出神，竟一些沒有聽見。邢老安人又用箸夾了一隻大蟹，送到她的面前說道：「乖乖，這蟹是南湖買來的，最有味的，你吃一隻看。」

她才回過頭來，對邢老安人說道：「謝謝母親，孩兒因為病後，一切葷冷都不大敢亂吃，蟹性大涼，不吃也好。」

老安人笑道：「還是我兒仔細，我竟忘了。」

這時雪兒跑得一佛出世，二佛涅槃，喘吁吁地進來，向邢老安人笑道：「恭喜小姐！」她說了兩句，便張口喘個不住。

邢老安人瞥見她凶神似地跑進來，倒嚇著一跳，後來聽了她說恭喜兩字，不禁詫異問道：「癡丫頭，什麼事這樣冒失鬼似的？」

麗華也接口問道：「什麼事？」

雪兒又停了半天，才將陰識回來的話一五一十說個究竟。邢老安人放下酒杯問道：「真的麼？」

雪兒笑道：「誰敢在太太面前撒謊呢？」

邢老安人真個喜得心花大放，忙用眼去瞧麗華，正想說出什麼話來，只見她低垂粉頸，梨面堆霞，嬌羞不勝。

老安人笑道：「我早就說過了，我們這小姐，一定要配個貴人，今日果然應了我的話了。我的兒，你的福氣真不淺咧！」

麗華雖然不勝羞愧，但是那一顆芳心早已如願，十分滿意了。

這時邢老安人正要去請陰識，陰識已經進園來了，到了亭子裡，先向邢老安人請了安，然後將文叔求親的事情說個究竟。

邢老安人笑道：「我養的女兒，難道隨你們作主嗎？」

陰識只當她的母親認真的，忙道：「母親，這事不要怪我，在我的意見將妹子配了劉家，豈不是再好沒有麼？憑他家的世冑，難道配不上我家麼？不是孩兒說一句，錯過劉文叔，再去訂一個，老實說，不獨妹妹不答應，再像劉文叔這樣子，恐怕沒有了。」

邢老安人忙笑道：「我兒，為娘方才那是句玩話，難道你就認真了麼？」

陰識也笑道：「我明知母親和我打趣，我也和母親打趣的。」

麗華早就羞得回樓去了。

當下陰識對邢老安人商議道：「看看吉期已近，我今天就要著手預備了。」

邢老安人道：「可不是妝奩傢伙一樣沒有，趕快要著人去辦才好呢！」

陰識笑道：「不需，不需。」

邢老安人道：「這倒奇怪！怎的連嫁妝都不要呢？」

陰識便將緣由說了一遍。邢老安人道：「原來這樣，那倒省得多麻煩了。」

陰識道：「別的倒不要預備，但是此番來道賀的人，一定不在少數呢！將前面的三座大廳一齊收拾起來，預備酒席，兩邊的廂房也要收拾清淨，預備把他們歇宿。」

邢老安人也是無可無不可的，陰識便和陰興兄弟兩個，手忙腳亂，一直忙了三四天。

到了十五早上，各事停妥，專等劉文叔到來，一直等到未牌的時候，陰識心中好不焦急，暗道：「文叔難道今天沒空來麼，我想決不會的。」

他正在猜測的當兒，猛的見一個家丁進來報道：「大姑父到了！」

陰識急忙起身出門去迎接。陰興也吩咐家丁預備招待，自己也隨後出來。只見劉文叔高車駿馬，遠遠而來，一刻兒到了村口。陰興便吩咐家丁放起爆竹，一霎時劈劈拍拍，放得震天價響，一班音樂也同時奏起。

劉文叔在前面走，後面跟著李通、王常，還有一隊兵。陰識忙迎上去，與三人握手寒喧，向文叔問道：「鄧兄今天沒有下臨嗎？」

文叔答道：「因為定陵城初下，我到此地，不能不留一個人在那裡彈壓。」

陰識點頭道：「那是自然。」

說著，又與李通、王常見了禮。大家握手進村，到了門口，各自下馬入內。陰識一面招待李通、王常，一面引著劉文叔拜見他的母親。

到了第二天，遠近聽說文叔結婚，誰也要敬一份賀禮，真是個車水馬龍，賀客盈門，十分熱鬧。到了晚上，合巹交杯，同入羅帳，自有一番敘別之情，不必細說。讀者們誰不是過來人呢？

良宵易過，永晝偏長，曾幾何時，又是雞聲喔喔，日出東方了。麗華忙起身梳洗，劉文叔也就起身梳洗，二人梳洗停當，攜手去參拜邢老安人，把個邢老安人樂得心花怒放。試想這一對璧人，怎能不歡喜呢？

陰識忙又到大廳上擺酒，招待眾人。大家還未入席，瞥見有個家丁進來報道：「外邊有個背著青包袱的人，口中說道，是奉著聖旨前來有事的。」

陰識忙起身迎接。那人進了大廳，往中間直挺挺站著，口中喊道：「劉文叔前來接旨！」

文叔在後面早已有人報知與他，聽說這話，忙命人擺下了香案，自己往下一跪，三拜九叩首已畢。那個官長口中喊道：「破虜大將軍劉文叔，聖旨下！」

劉文叔伏地奏道：「微臣聽旨。」

那個背旨官又喊道：「破虜大將軍武信侯劉文叔因其破虜有功，勞績卓著，特升授司隸校尉，行大司馬事，克日即行，往定河北，欽此。」

文叔聽罷，三呼萬歲，舞蹈謝恩。陰識忙設席招待，那個背旨的官員也不赴筵，就匆匆地走了。

劉文叔忙向邢老安人辭行，又與麗華握別。新婚乍離，總不免英雄氣短，兒女情長。

第七十一回　喜結佳偶

劉文叔奉了聖旨，往定河北，怎敢怠慢，即日啟程。和陰氏分手，帶著王常、李通、陰識先到定陵。方到了館驛，還未落座，瞥見劉伯姬渾身縞素，大哭而來，把個劉文叔驚得呆了，忙向她詢問，李通也莫名其妙。她還未開口，瞥見鄧辰淚容滿面，神色倉皇地走了進來。劉文叔見鄧辰這樣，料知事非小可，只聽劉伯姬嬌啼宛轉地說道：「三哥！你曉得麼？大哥被新市、平林那班賊子攛掇劉玄，將他殺了。」

劉文叔大驚垂淚，絕無言語。

鄧辰向李通說道：「這事料想起來，恐是你們令兄主使，莫說是自家親眷，就是朋友，萬萬做不到這層事的。而且劉伯升在日，究竟和你們令兄有多少深仇大怨呢？」

劉伯姬一把扯住李通，圓睜杏眼，罵道：「天殺的，你將我和文叔索性殺了罷。」

李通氣得大叫如雷，向伯姬道：「你不用和我們纏，我先去殺那個負心的賊子，隨後就將新市、林平的一班烏男女殺個乾淨，最後將昏君剜心割膽，替大哥報仇。」

他霍地站起身來，拔出佩劍就走。劉文叔死力攔住哭道：「聖上既然將家兄伏法，一定是犯了什麼罪的；如不然，豈有妄殺大臣的道理？大哥已死，只怪他身前粗莽，你卻不能再來亂動了。」

伯姬哭道：「三哥，你怎麼說出這樣的話來？難道大哥的為人，你還不知道麼？」

劉文叔拭淚答道：「妹妹，你哪裡知道！自古道，君教臣死，不死便是叛臣；父教子死，不死便是逆子。而且大哥剛愎自用，一些不聽別人的諫勸，每每要出人頭地，獨排眾議，這就是他取死的原因。」

看官，你們看到這一段，不要說劉文叔毫無兄弟之情嗎？同胞哥哥被人殺了，不獨不憤怒報仇，反說哥哥不好，豈不是天下絕無這樣的狠心殘忍的人麼？這原有一個緣故，在下趁此將這一段說出來，看官們才知道劉文叔另有用意呢。

閒話少說，再表新市、平林諸將，見劉縯威名日盛，各懷嫉妒，每每在劉玄面前迭進讒言。劉玄是個庸弱之輩，曉得什麼，便照他們詭謀，設法來害劉縯了。

恰巧王鳳、李軼等，運輸糧械接濟宛城，諸首領以為時機已到，便暗中向劉玄進計，便借犒賞為名相機行事，即日大排宴席，劉縯當然也在其列。劉玄見劉縯腰懸佩劍，故意要借過來賞識賞識，劉縯生性豪爽，哪知是計，忙除下來，雙手奉上。

劉玄接過來，玩弄半天，不忍釋手。諸將目視劉玄，意思教他傳令，以便動手，誰知劉玄只是不發一言。新市、平林的諸首領不覺暗暗著急，申徒建忙獻上玉玦，意思教他速決，無奈劉玄呆若木雞，兀的不敢下令，新市、平林的諸將只急得一佛出世，二佛升天，深怨劉玄太無決裂的手段。一會子席散，劉玄仍將佩劍交與劉縯佩上。

劉縯的二舅樊宏早看破情形，私下對劉縯說道：「今天的大禍，你曉得嗎？」

劉縯道：「不知道，什麼大禍呀！」

樊宏道：「我聞鴻門宴，范增三舉玉玦，陰示項羽。今日申徒建復獻玉玦，居心叵測，不可不防！」

劉縯搖頭笑道：「休要胡猜亂測，料想這班賊子不敢來惹我的。」

樊宏見他不信，也無可如何，但是新市、平林的首領，見一計未成，焉肯就此罷手，又聯絡李軼繼續設計。那李軼本來是劉縯的私人，不想他竟喪心病狂，趨炎附勢，與諸首領狼狽為奸。

劉縯有個部將，名叫李稷，真個是勇冠三軍，當劉玄稱帝的時候，李稷即出忿言，他說此次出兵，俱是劉縯兄弟的功績，劉玄是個什麼東西，竟稱王稱帝起來，真是誰也不能心服的。

這話誰知又傳到劉玄的耳朵裡，便大起恐慌，忙下旨封他為抗威將軍。李稷不受，劉玄便領兵數千人，來到宛城，將李稷傳進帳來，不待他開口，便傳令將他拿下，喝令推出去斬首，惱動了劉縯一人，挺身出來，替李稷辯白，極力固爭。

劉玄又沒了主意，俯首躊躇，不意座旁朱鮪、李軼左牽右扯，暗中示意，逼出劉玄說

一個拿字。道聲未絕，已有武士十餘人蜂擁入帳，不由分說，將劉縯綁了起來。劉縯極口呼冤。

你想到了這時，還有什麼用呢？生生的將一位首先起義的豪傑，枉送了生命，落得個三魂緲緲，馳入鬼門關去了。

再表劉文叔聽說他的哥哥被害，心中好似萬箭攢穿的一樣，又礙著王常在這裡，不敢亂說，只好拿反面的話來敷衍眾人，此刻只有鄧辰心中明白。

劉文叔收淚對眾人說道：「於今聖旨下來，命我克日即往河北，國事要緊。」

鄧辰知道他的用意，忙道：「那是自然之理，我們去就是了。」

王常即到劉文叔面前請假一月，回到洛陽，將劉文叔的情形一一告訴劉玄，劉玄反覺自己太不留情面，竟將劉縯殺了，不禁暗暗地自慚自愧。隨令成丹、王常帶一隊兵馬，送多少糧械去幫助劉文叔北伐。

這時劉文叔已過河北，據鄴城，王常、成丹隨後趕到，將劉玄犒賞的糧械一齊獻上。劉文叔望著旨意，舞蹈謝恩已畢，忽然守門的士卒進來報道：「有個人求見將軍！」劉秀便命帶進來一看，不是別人，卻是劉文叔心中久已渴慕的南陽鄧禹。久別重逢，當然欣喜不置。

鄧辰又出來與他寒暄一陣子，劉文叔笑問道：「先生下顧，莫非有什麼指教嗎？」

鄧禹笑道：「沒有什麼指教。」

劉文叔笑道：「既不願指教，何苦僕僕風塵到這裡做什麼呢？」

鄧禹笑道：「願明公威加四海，禹得效寸暹之功，垂名竹帛，於願已足了。」

劉文叔鼓掌大笑道：「仲華既肯助我，我還愁什麼呢？」原來仲華就是鄧禹的表字。

當下劉文叔十分喜悅，又聽鄧禹進言道：「莽賊雖然被申徒建輩滅去，但山東未安，赤眉等到處擾亂，劉玄庸弱，不足稱萬民之主。如公盛德大功，天下稱服，何不延攬英雄，收服人心，立高祖大業，救萬民生命？一反掌間，天下可定，勝似俯首依人，事事受制哩！」

劉文叔聽了他這番話，正中己懷，忙用眼向左右一瞟，幸喜王常、成丹不在這裡，忙道：「先生高見，秀敢不佩服。」他說罷，附著鄧禹的耳朵說道：「劉玄的耳目眾多，言語間，務望留神為要！」

鄧禹點頭會意。當下馮異、銚期均有所聞，俱來勸文叔自立。文叔一一納進他們的議論，依計施行，克日到邯鄲。騎都尉耿純出城迎謁，劉文叔溫顏接見。耿純見劉文叔謙虛下士，部下官屬各有法度，益發敬服不置。自己預備良馬三百匹，縑帛五百丈，入獻劉文叔。文叔稱謝收下。

這時忽有探馬報道：「王郎佔據山東北隅，聚眾作亂。」劉文叔聽得，吃驚不小，忙與諸將轉赴盧奴商議剿滅之策。

不數日，又聽得探馬報道：「王郎擁兵數萬，近據邯鄲，假稱劉子輿招搖嚇詐，無

所不為。」劉文叔聽得這個消息，心中頗為納悶。又怕幽、薊一帶為王郎所得，所以先定幽、薊，遠擊王郎，恰巧耿弇亦到，劉文叔便留他為長史，同往薊州；又令功曹王霸募集市鄉的新兵，預備去攻邯鄲。偏偏無一人來應募。

市鄉百姓沸沸揚揚傳說劉秀不是真主，劉子輿方是紫微星，一傳十，十傳百，說得震天響。王霸萬分無奈，只得回報劉文叔。文叔曉得人心未附，便欲南歸。

諸將皆有歸意，獨有耿弇不主張南行，他對劉文叔說道：「明公方到此地，恩信未立，便欲南行，豈不失策？依我的愚見，現在漁陽太守與明公有同鄉之誼。我家世居茂陵，家父現為上谷太守，若聯合兩處人馬直搗邯鄲，還怕什麼假子輿呢？」

劉文叔撫掌稱善。惟一班官屬歸心已決，大家嘩噪起來，都道：「無論如何，總要回南，誰情願向北去，將一條生命白白的送掉呢？」

劉秀笑指著耿弇，對眾人道：「這是我的北道主人，諸位怕的什麼呢？」

李通掣劍在手，怒目喝道：「誰敢再說出一個回字來，先將他的狗頭砍下！」

諸人還敢響麼？只得隨聲附和。劉文叔遂致書漁陽、上谷兩處乞救。

這時已到更始二年春月了。劉文叔留在薊城，專等兩處人馬到此，就調兵往剿王郎。不料王郎反懸賞百萬，購買劉文叔的頭顱，百姓哪裡知道端底，沸沸揚揚，訛言百出，紛紛說是邯鄲兵至，將捉劉秀，劉文叔見人心如此惶惶，不如早離薊城，再作計議。主意一定，便領了將士出南門想走。不料南門已被百姓封閉得水洩不通。銚期奮動神威，斬關奪路，方得走脫。

一連走了幾日，方到了下曲陽。文叔已凍得面無人色。又聽得探馬報道：「王郎的兵已到後面。」

大家驚慌得不敢停留，急趨滹沱河，前驅的探馬報道：「河水長流，毫無一舟一楫。」劉文叔吃驚不小，不由得嗟嘆起來。

王霸飛馬到河邊一看，果然靜悄悄地無有一舟一楫，只見寒風獵獵，流水潺潺，暗想道：「無船渡去，如何是好！」

他正在遲疑，劉文叔帶了眾將，已到了河邊。劉文叔對王霸說道：「怪不得沒有船隻，你看這河裡完全凍起來了，哪裡來的船隻呢？」

王霸聽他這話，頗為奇怪。再一回頭，只見河裡凍得像一面大鏡子一樣，不禁暗暗稱奇。馮異道：「這幾天這樣的冷法，我想河裡的冰一定是來得很厚的，讓我去試試看，如果能走著冰上過去，那就好極了。」

劉文叔搖頭擺手的，不准他下去。馮異哪裡肯聽他話，翻身下馬，到了河邊。俯首一望，只見那河凍得突兀，不知多厚。那邊王霸也下馬來，走到河邊。

馮異向他說道：「你用錘試試看。」

王霸真個舉起斗大的銅錘，盡力打了一下，只聽得震天價響的撲通一聲，王霸雙手震得麻木，忙低頭一看，只見冰上露出斗大的一個痕跡，一點水沒有出來。馮異大喜道：

「可以可以。」

王霸便大踏步一直走到河心，卻一點動靜沒有。忙跑回來，笑道：「快些過去！快些過去！」

大家好生歡喜。

鄧禹道：「不要慌，人雖然可以過去，但是馬怎麼辦呢？」

劉文叔聽他這話，不禁笑道：「先生，你這不是過慮了嗎，人既然可以過去，難道馬就不能過去了嗎？」

鄧禹笑道：「明公哪裡知道，人過去當然是容易的，但是馬究竟是個畜生，曉得什麼，走得不好，滑了一跤，在這冰上爬也爬不起來呢！」

劉文叔聽了這話，反倒躊躇起來，半晌向鄧禹笑道：「我倒有一個法子，不知好不好？」

鄧禹問道：「主公想出什麼法子來呢？」

劉文叔笑道：「如果就是這樣過去，馬當然是不能走，因為馬蹄是硬的，不小心就要滑倒；最好用稻草包好，那就萬無一失了。」

鄧禹笑道：「好極了，我也是這樣想。」

說著大家就到田裡尋了些稻草，將馬蹄包好。

正待渡河，忽聽得後邊煙塵大起，喊殺連天，馮異大呼道：「不能再延了，追兵就要到了！」

耿異不由得扶著劉文叔首先下河，走著冰上過去。接著眾人也牽馬過來，大家上了岸，後面的追兵已經趕到對岸。大家再回頭一看，只見一點兒冰也沒有，仍舊是流水淙淙，漫無舟楫。又見那邊追來的賊兵，立在岸邊望望洋興嘆，剎時收兵走了。

鄧禹舉手向天道：「聖明天子，到處有百靈相助，這話真正不錯！」話還未了，瞥見有一個白髮老人攔住劉文叔的馬頭說道：「此去南行八十里，就是信都，前程無限，努力努力！」說罷，劉文叔正要回答，怎的一岔眼光，那老者就不知去向。大家不勝驚異，於是同心合力，一齊向信都而來。

不到一日，已到信都。信都太守任光，聞說劉文叔到來，連忙開城迎接。劉文叔到了城中，肚中饑餓已極，便向任光說道：「三日諸將皆未進食，煩太守趕緊預備酒飯。」任光滿口答應，忙去命人大排宴席，款待諸將以及劉文叔。一個個饑腸轆轆，誰願吃酒，都要吃飯。任光忙命人用大碗盛飯。大家虎咽狼吞，飽餐一頓，精神百倍。散了席，縣令萬修、都尉李忠，入內謁見劉文叔。文叔均用好言撫慰。

任光自思王郎的軍威極盛，信都又沒有多少兵馬，滿望劉文叔有些人馬，誰知單是數十個謀士戰將，並無一兵一卒，不覺大費躊躇，暗道：「保劉文叔西行，尚可支持，如其去征討王郎，豈不是以卵擊石麼？」

正是進退不決的當兒，忽然有人報道：「和戎太守邳彤來會。」

劉文叔心中大喜，忙出來接見，一見如故。

彤聽文叔現欲西行，便來諫止道：「海內萬民望明公如望父母，豈可失萬民之望！何不召集二郡兵馬前往征伐，還愁不克麼？」

劉文叔贊成其議，忙下令帶領兩郡的人馬，浩浩蕩蕩直向河北進行。一路上，任光又造了許多檄文，將王郎的罪惡一一宣布出來，並云大司馬劉公領兵百萬，前來征討，嚇得那一班無知的百姓驚慌萬狀，不知如何是好。

劉文叔的大軍到了堂陽縣，嚇得那些守城的官吏望風而降；第二天又將貰縣克復。當晚昌城劉植帶了一萬兵馬，前來投降。

如是進行，不到十日，又到盧奴。義旗到處，萬眾歸降。惟劉揚聚眾十餘萬，附助王郎，不肯歸降。劉文叔頗為憂慮。

當下驍騎將軍劉植獻議道：「劉揚與我有一面之交，憑著三寸不爛之舌，說他來歸降明公如何？」

文叔大喜。劉植當下辭了諸將，匹馬而去。不到幾天，劉植回來，報道：「劉揚是說下了，但是有一樁事情要請主公承認，方可遵令來降呢！」

劉文叔忙問道：「什麼事？」

劉植道：「劉揚現欲與主公聯姻，不知主公可能答應麼？」

劉文叔驚疑道：「這又奇了，我雖然娶過陰氏，目下尚無子女，怎樣好聯姻呢？」

劉植笑道：「劉揚有個甥女，欲嫁與主公。」

他聽了這話，忙道：「那如何使得呢！我早與陰氏結過婚了。」

鄧禹道：「天子一娶九女，諸侯一娶三女，主公難道兩妻就算多了麼？」

劉文叔沉吟了半晌，只得答應，忙命劉植帶了許多金帛前去，作為聘禮。不到幾天，劉揚已將他的甥女郭聖通軟車細鈿，送到劉文叔的賓館裡，當晚便與文叔成其好事。

文叔見郭氏的態度雖不及麗華，倒也舉止大方，纖穠合度，這時劉秀便令人大排宴席，招待眾將。席間共有李通、鄧禹、馮異、王霸、任光、萬傷、李忠、劉伯姬、耿純、耿弇、銚期、陰識、劉植、邳彤、岑彭、馬武等，一十七員大將。惟有王常、成丹，自從上次失敗，早就回到洛陽去了。

諸將軍酣呼暢飲，菜上三道，劉文叔親自到各將領面前敬酒。

鄧禹首先向劉秀笑道：「主公，今天吉期，理應陪著我們痛飲一場才是。」

劉秀笑道：「那是自然的。一來承諸公的大力血戰疆場，才得有今日；二來以後還望諸公繼續努力，殲平海內妖氛。秀不才，今天每位挨次恭敬三杯！」他說罷，使取壺來，首先在鄧禹面前先斟三杯，依次各將面前都斟三杯。

李通笑道：「論理，我與鄧大兄，今天要吃個雙倍才是個道理。」

他說了，鄧辰插口道：「可不是麼，上次我們替他跑得不亦樂乎，喜酒沒有吃到一

些，第二天就奉命北伐了。」

劉文叔忙笑道：「不是你們提起，我幾乎忘了。」他又在二人面前敬了三杯。

李通笑道：「媒人不可分厚薄，劉大哥他是今朝的正媒，當然也要和我們一樣，才是個道理！」

劉文叔忙又到劉植面前斟酒。劉植站起來讓道：「請明公不要煩神罷，末將素不喜飲酒。」

李通笑道：「劉大哥不要如此客氣，今天不必分高分下的，爽性乾三杯罷。」

劉植推辭不了，只得站起來，將三杯酒一氣飲了。

李通拍手笑道：「著呀，我生平最怕人家裝腔作勢的。」

鄧禹笑對眾將道：「我有四句話，不知諸公能贊成麼？」

岑彭笑道：「請講罷，你的主意，我們沒有不贊成的道理。」

鄧禹笑道：「主人方才敬我們三杯，我們也該每人回敬三杯，才是個道理。」

眾人都拍手道好。鄧禹便斟了三杯。

劉文叔含笑飲了。以後挨次到每人面前，各飲三杯。共吃了五十一大杯，把個劉文叔吃得頹然大醉。鄧禹忙教人將他扶進新房。劉文叔睡眼模糊，踉踉蹌蹌地走到床前，與郭聖通攜手入幃。

第七十二回　軍法如山

劉文叔大醉入房，與郭氏攜手入幃，共效于飛之樂。良宵苦短，曾幾何時，又是紗窗曙色。郭氏正要起身梳洗，猛可裡聽得劉文叔哽哽咽咽地哭道：「兄長你放心，我今身不替你報仇，誓不為人！不過我面上卻萬萬不能露出顏色。須知劉玄的耳目眾多，萬一走漏風聲，不獨我沒有性命，就是仇也報不成了。」他說罷，哽哽咽咽哭個不住，把個郭聖通大吃一驚，也顧不得什麼羞恥，伸出一雙纖纖玉手將劉文叔推醒，只見他淚痕滿面。

聖通低聲問道：「你方才夢著什麼噩夢，便這樣大驚小怪的？」

劉文叔忙坐了起來，雙手揉揉睡眼，只是發呆。

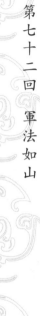

聖通又低聲問道：「君家為著什麼緣故，這樣的糊塗？」

劉文叔到這時，才聽見她問話，忙答道：「沒事，沒事，不過心中事，每每形於夢寐罷了。」

郭聖通也坐了起來，一面先替文叔將衣披好，一面笑道：「你用不著瞞我了，我方才

聽得清清楚楚了。」

劉文叔料想也瞞她不住，便將劉玄怎樣將他的哥哥殺了，自己預備怎樣報仇的心事，完全告訴聖通。她聽了這番，也是歔欷欲泣似的，兩個人默默的半晌。

聖通才開口向文叔勸道：「君的玉體，務望保重要緊！不要常常傷感。天長地久，終有報仇的一天。」

劉文叔拭淚答道：「卿的勸我，原是正理，怎奈手足之情，片刻不能忘卻。」

聖通又勸道：「君家現在勢力直欲蓋劉玄而上，強將如雲，謀士如雨，要想報復前仇，還有什麼阻礙麼？依我想，目下王郎未滅，天下未安，宜先從事征討清靜，那時推翻劉玄一反掌間耳。」

劉文叔聽她這番話，真是喜不自勝，情不自禁地用手將她懷中一摟，搵著香腮，低聲說道：「卿乃真知我心。」

兩個人喁喁地又談了一會子，她說出來的話，無句不中聽，把個劉文叔喜得心花大放，比陰氏還要寵愛三分。

不多時已到辰牌時候，劉文叔才起身升帳，與眾將商議進攻的方法。

鄧禹對文叔道：「如今我們的軍威正盛，萬不可稽延時日，須即日繼續出伐，直搗邯鄲。王郎小丑不難一鼓蕩平了。」

劉文叔投袂而起，對眾將說道：「鄧先生的高見，正與我同，望眾將軍指示可否！」

帳前的眾將，一個個伸拳擄袖，齊聲說道：「鄭先生的高見，我們誰不贊成呢？」

劉文叔見眾將如此同心協力，心中暗喜，忙下令進兵。留下劉植守昌城，陰識守貰縣，餘下的眾將，完全隨征。揮動大隊人馬，浩浩蕩蕩直向元氏縣進發，還未到城下，元氏縣的官長，只嚇得屁滾尿流，忙請都尉重黑商議迎敵之計。

重黑聽得劉文叔領兵百萬，強將千員前來討伐，早就嚇得渾身發軟，四肢好像得了寒熱病一樣，抖抖地動個不住，又想逃走，又想求救，真是和熱鍋上螞蟻一樣，團團亂轉，一無著處。

猛聽得縣令請他商議，忙對來人說道：「請你回去對縣太爺說罷，我這兩天身上有些不好，兀的惡寒怕熱的。」

那人只得回去，照他這番話告訴縣令，把個縣令急得走投無路，暗道：「當著這生死的關頭，偏偏他又生病，這不是活該要送命麼？」他萬分無奈，親自到都尉重黑的家裡來。

重黑聽說他來，只得裝著病，哼聲不絕地出來，故意問道：「縣令今天到這裡，有什麼貴幹嗎？」

縣爺跌足大聲道：「你還不曉得麼？現在劉秀帶兵百萬，強將千員，前來討伐我們了。大約就在兩天之內就要到了。」

重黑哼道：「那麼，怎樣辦呢？偏生我又病著，如果好好的，不是我重某誇一句海

口，憑那幾個毛鬼，不消我一陣斧頭，包管殺得他片甲不存。但是我這兩天病勢漸漸凶惡得十分厲害，還要回去請醫服藥。」

縣爺聽他這話，慌了手腳道：「將軍一走，我是個手無縛雞之力的人，怎生應付呢？」

重黑翻起眼睛說道：「咦，這真奇怪極了，人家病這樣的重，難道不要回去診視嗎？」

縣爺哭喪著臉說道：「將軍一個人回去也不要緊，不回去也沒有要緊，可是下官還有三個小兒，四個小女，假若劉秀到此，豈不是全要做無頭之鬼嗎？」

重黑呻吟了半晌，向縣令道：「我倒有個主意，明天劉秀到了，你豎起降旗，跪倒他的馬前，多說幾句好話就完了事。此刻恕我不陪了。」

縣令見他向後面前進去，只得回來預備投降。

差不多申牌的時候，劉秀的大軍已到，金鼓震天，喊聲動地，把個元氏縣令嚇得手顫足搖，拚命價地喊人豎起降旗，自己硬著頭皮，開了城門，走到劉文叔的馬前，撲通往下一跪，口中說道：「元氏縣縣太爺，迎接劉秀大老爺進城。」

這兩句話，說得劉文叔不禁嗤地一聲笑將出來，見他那種神氣活現的樣子，又可憐又可笑，忙教人將他扶起，一同進城，留下李忠守城，便星夜向房子縣進發。直走一夜，到東方發白，才到房子縣的城外紮下大營。

正要預備攻城，早見城裡豎起降旗，城門大開，劉秀忙領兵入城，那守城的縣令早逃得不知去向。

劉文叔安民已畢，便與諸將商議進攻辦法。銚期道：「軍如荼火，萬不可稍稍延頓，致挫銳氣。依我的愚見，趁此再向鄗城進攻。等鄗城一下，再教士卒們稍留憩幾日，再行進發。」

劉秀大喜，忙下動身令，只留下萬修守房子縣。不到半日，果然又將鄗城攻克。正待出示安民，猛聽城外喊聲震地，金鼓大鳴，鄧禹忙命人撤起吊橋，閉起城門。大家上城頭觀看，只見一隊賊兵從西北上蜂擁而來。為首一員賊將，生得虎頭燕頷，十分威武，手持四竅八環刀，到了城下，厲聲喊道：「不怕死的草寇，快來納命！」

岑彭按不住心頭火起，便來請令。文叔見他要出馬，自然歡喜，忙道：「將軍肯去，好極了。」

岑彭飛馬出城，到了垓心，大聲喝道：「來將通名。」

那個賊將大聲說道：「你站穩了，我乃大漢皇帝部下大將軍李惲是也。」

岑彭也不答話，舞動龍蛇槍，扭住便鬥。槍來刀去，大殺了一百多回合，未見勝負。劉文叔見李惲委實厲害，恐岑彭有失，忙鳴金收兵。岑彭虛晃一槍，兜馬入城。

李惲立馬垓心，等候多時，不見有人出來，勃然大怒，下令攻城。城上的灰瓶石子飛蝗一般地抛擲下來，賊兵倒被打得頭破血飛，李惲無奈，只得領兵轉道向東門而來。到了東門附近，厲聲大罵。

不多時，馮異手持獨腳銅人，打出城來。二人見面，也不答話，大殺起來，大戰了八

十多合，城上一片鳴金聲音，馮異便抛下李惲，飛馬進城去了。

李惲再來罵陣，誰知一直罵到未牌的時候，竟沒有一個人出來答應他，李惲可氣壞了。可是他雖然厲害，不敢攻城，便撥馬向城南便走。未到南門，銚期躍馬橫刀，早已在那裡等候，見了他，狂笑一聲道：「反賊休慌，你老爺在此，等候已久了。」

李惲大怒，也不答話，拍馬舞刀，來戰銚期。銚期慌忙接著，二人奮力大殺了四十多合，不分勝負。

這時城內忽然飛馬跑出一員女將來，攪動梨花槍，衝到垓心，張開櫻桃小口，嬌聲喝道：「毛賊休慌！快些納下頭顱，免得姑娘動手。」

李惲大怒，正要來戰。

銚期虛閃一個架子，縱馬回城。劉伯姬便和李惲大戰起來。殺到分際，劉伯姬拍馬落荒而走。李惲哪知是計，一味的不顧死活，催馬追來。劉伯姬霍地扭轉柳腰，正待取弓，說時遲，那時快，這時耿純不知從何處來的，騰雲價地飛到李惲的馬前，大喝一聲。李惲措手不及，被耿純一刀斬於馬下，一隊賊兵嚇得狼奔鼠竄地逃了。

劉伯姬梟了首級，正待回馬，瞥見有兩員賊將從賊兵中放馬衝到伯姬的面前，刀矛並舉。劉伯姬也不怯懼，耍動梨花槍，敵住二人。

未到十合，不料從北邊又衝來兩個，一個手執雙錘，一個手執開山斧，來戰伯姬。伯姬不慌不忙展開梨花槍敵住四人。劉文叔深恐他妹妹有失，忙叫人鳴金。

這時城頭上鳴金的聲音，嗆嗆嗆敲得震天價響，誰知伯姬安心要在眾將面前大展才能，亂翻玉臂，大戰四人，兀的不肯回來。

李通在城上看了心慌，飛奔下來，一馬衝到垓心，舞動大刀，戰住兩個賊將。伯姬雖然稱雄，究竟是個女流之輩，廝殺了一陣，便吃勁得了不得。見李通分去二將，自己登時輕爽得多了，奮起精神，和二人惡鬥不止。王霸、耿弇更是看得眼熱，二人也不待命令，並馬出來，各揮兵刃來幫助李通、劉伯姬。

那幾個賊將見有人來幫助，忙分頭迎敵。伯姬深恐馬乏，虛晃一槍，跳出圈子，讓王霸去獨戰兩將。伯姬見王霸的雙錘耍得風雨不透，將那兩員賊將殺得只有招架之功，並無還手之能。伯姬更不怠慢，霍地扭轉柳腰，彎弓搭箭。颼的一箭，那個使刀的早已翻身落馬。

說時遲，那時快，伯姬的第二箭又到，不偏不斜，正中那個使戟的手腕，一放手，被王霸手起一錘，將那賊的馬頭打得粉碎。那賊將被馬掀落在地。王霸飛身下馬，將那兩員賊將生擒活捉了，忙與伯姬正要來幫助李通、耿弇，只見他們各捉一個，正在那裡捆縛呢。四人各擒一員賊將，高高興興地回城。

劉文叔一一慰勞已畢，便命將那捉來的四個賊將帶了上來。那四個賊將立而不跪，十分強悍，劉文叔倒有一種憐才之意，便來用柔軟的手段收服他們，正要下令鬆綁。鄗城的縣令上前攔道：「明公休要亂動，這四個死囚非殺不可，萬無赦放之禮。」

劉文叔忙問：「什麼緣故？」

鄗城縣令咬牙說道：「這四個死囚原姓蘇，是鄗城第一個財主。此番明公起義到此，下官本已預備歸附明公。不想這四個死囚堅要和我作對，一面淆惑百姓還不算數，還要去勾結王郎的部下李惲來和明公作對。這人如果將他留下，必為後患，求明公還是殺去的好。」

劉文叔聽了這番話，不禁怒從心上起，惡向膽邊生，忙教人推出去斬了。一面又命祭遵帶了一隊人馬，前去抄拿家屬。軍司令祭遵帶了人馬，直撲蘇宅而來，這且慢表。

如今單說有一個人姓王名明，他本是劉秀家中的一老家人的義子，此番起義，他也跟劉文叔到東到西。這王明生性狡猾異常，事事趨承。劉文叔倒也十分歡喜他，王明便仗著文叔的勢力，居然出車入馬，威風凜凜的，眾人都以為他是劉文叔的私人，不去惹他。

誰想他見眾人不去理他，竟疑眾人怕他，越加肆無忌憚。諸將誰不是寬宏大量的，誰也不去和他較量長短。劉文叔見他辦事精勤，也肯信用他。因此把這個舍中小兒，一天一天的捧出頭了。

今天他在帳後，聽說要去抄查蘇家，他不禁動了念頭，暗想道：「我跟了小主人至今，還沒有一點餘積，聽說這蘇家是個大財主，何不去撈幾文來用用呢。」

他主意打定，卻不走前面，躡足潛蹤地出了後門，上馬加鞭，直向蘇家而去。誰知他初到此地的，路徑不熟，竟摸錯了，一路上問人，好容易摸到姓蘇的府前，只見裡面已經鬧得沸反盈天，捉的捉，綁的綁，哭的哭，喊的喊，烏亂得一天星斗。

他下了馬，挺腰凸肚地走了進去。守門的兵士都認識他是劉秀的家人，所以讓他進去，王明得意洋洋地直往後闖，到了百客廳，迎頭撞見祭遵，祭遵只當是劉秀差他來勘察的呢，連忙向他恭而有敬地行了一個禮。

王明正眼也不去看他一下子，稍稍地一頷首，便與祭遵擦肩而過。他一徑直向後面住宅裡走來，登樓上閣，真個勘察史一般。

到一處有一處珍寶，珊瑚鏡，翡翠瓶，五光十色，目不暇接，他恨不得連屋子都帶走。撞來撞去，一頭撞到庫房裡面，只見那些金錠銀錠堆積如山。他可沒了主意，又不知怎樣才好，拚命價地往懷裡亂揣，霎時懷裡揣得滿了，又將褲腰鬆開，放了兩褲腳管的金銀錠子，袖子裡又籠了好些。

正要出去，猛可裡後面呀的一聲，他大吃一驚。回頭一看，只見那北邊靠牆的那一面書櫥動了起來。他不禁暗暗地納罕道，這真奇怪極了，怎麼這個書櫥竟會動呢？莫非年深日久，成了精怪不成麼？

他正自一個人在那裡遲疑不決，瞥見書櫥開處，後面現出一個門來。他不禁暗喜道：「這裡一定是蘇家藏寶貝的機關，倒要來看看。」

他說著，輕手輕腳走到門旁邊，正要進去，瞥見裡面走出一個千嬌百媚的妙人來，但見她雲鬢蓬鬆，星眼流電，那一副整齊面龐兒，真是個令人神飛魂落。

王明見了大喜欲狂，急忙撲上前去。那美人被他一嚇，連忙縮身躲了進去。他隨後跟了進去，不知不覺地砰的一聲，外面的書櫥仍舊關上。

他進秘室，仔細一看，只見裡面錦屏繡幕，裝設得富麗堂皇，但是那個美人卻不知去向。他一顛一簸地四處尋找，不料將雙手無意往下一放，袖子裡的金銀錠子一起造了反，骨碌碌地滾了下地。他連忙要去拾錠子，猛聽得帳子裡有人吃吃地發笑。

他這時錠子也無心去拾了，忙走到帳子前揭開一看，只見那個美人坐在床前，只是向他發笑，他可是如同得著一方金子似的，不管三七二十一，搶過那個美人往懷中一摟，說道：「我的心肝。」

那美人連忙伸出纖纖玉手，含羞帶愧地將他往旁邊一推，低垂粉頸，梨面通紅。王明哪裡肯就此罷手，又過來將她摟住說道：「美人，你不要倔強，現在你們一家子全被我下令拿去斬了。」

那個美人聽了他這話，只嚇得玉容失色，梨面無光，便哽哽咽咽地哭將起來，他連忙問道：「你是他家的什麼人？趕緊告訴我，或者可以放你！」

那美人嬌羞欲絕，哪裡還肯答他的話呢。

列位，要知道美人的來歷，在下就此交代明白，省得諸位在那裡打悶胡蘆。

原來這個美人名叫金楚楚，是蘇大戶用二千銀子買來的。這楚楚是蘇大戶第一個寵妾，整日價的將她藏在庫房後面的一間秘密室裡，自從這蘇大戶帶了三個兄弟到王郎那裡去求救，金楚楚在這秘密室裡，無一日不擔驚受怕的。

今天一早上，就有丫頭進來送信說：「大戶弟兄四個全被劉秀捉住殺了，快些預備出去逃命罷！」

這金楚楚還有幾分不大相信，這時見王明進來，才知大戶真個被殺了。她可憐哪裡還敢回話，低著頭，只是啜泣不止。

王明又向她說道：「美人，我看你依了我一件事，我馬上命人將你接到我的家中去做太太。」

那楚楚見他這樣，心中十分不願，無奈性命要緊，也不敢說不答應，只得低首無言。

王明一面摟住她，那一種蘭麝的香氣，直衝到他的鼻子裡，心裡本就把那一股無名欲火高舉三千丈，捺按不下。不由分說，將楚楚往床上一按，正要開始工作，那褲子裡的錠子累墜得動彈不得。他可是顧不得許多了，胡亂的將腳管一放，那些錠子一個個地滾落到地上。

他爬上床來，楚楚又不敢動彈，將玉體橫陳在床上，閃著一雙星眼，只是望著王明做作。這時王明伏到她身上，說道：「美人，你可將羅裙解去，好與你……」

她不敢不依，含羞帶愧地用手將羅裙解去，霎時動作起來，正在這入彀的時候，猛的有人將門一推，闖進十幾個人來，楚楚忙道：「有人進來，你快些起來！」那王明哪裡肯放手，只顧緊抱住楚楚，務求完事。

說時遲，那時快，有人將帳子一揭，王明回頭一看，不禁倒抽一口冷氣。你道是誰？卻原來就是祭遵，他連忙爬下床來。

祭遵見此情形，不覺勃然大怒，手起一劍，竟將王明的一顆癩痢頭早和肩上宣告脫離，一縷魂靈直向巫山十二峰去了。

這時楚楚嚇得渾身亂戰，祭遵命人一併捆起。

這時忽然有一個人對祭遵說道：「軍司令，這岔子你可惹得不小。你方才殺的這人，你知道是誰？」

祭遵搖頭道：「管他是誰，犯了法，終要斬的。」

第七十三回　長久之計

祭遵將王明殺了之後，忽然有個人向他說道：「軍司令，今天將王明毅然殺了，豈不怕主公見罪於你嗎？」

祭遵道：「用不著你們發愁，我自有道理。」

此刻早已有人飛報劉文叔，說道：「祭遵將王明殺了。」

劉文叔聽得這話，勃然大怒道：「祭遵是個什麼東西，他竟敢藐視我，目無法紀，膽敢將我的舍中兒殺去。」

說到這裡，鄧禹忙用手將他一推，附著劉文叔的耳朵，悄悄地說道：「主公你錯了，當此之時，假使軍令不嚴，何能壓服眾將呢？祭遵這事，足見他能盡職辦事，主公不察，反說他不好，豈不令眾將不服麼。」

劉文叔恍然大悟。

一會子，祭遵領著人犯和抄出的金銀財寶一齊抬到帳內，前來交令，手裡執著一張報單，點著報道：「抄出逆產如下：黃金三萬斤、白金五百斤、紋銀三百箱，每箱五百斤、

國幣八萬貫、珊瑚器皿十二件、瑪瑙器皿三十三件、羊脂玉物三百四十七件、綢緞絹綾三萬五千三百二十四匹、布帛八百箱，每箱三百匹、衣服四百五十箱、刀槍一庫、馬六十匹、木器共七千六百五十四件、零星物件三百箱、糧食六萬石、人犯一百三十四口，現已全到，請主公示下。」

這時帳下的眾將，一個個都替祭遵擔憂。

劉文叔問道：「我方才聽說你將我的舍中兒殺去，果然有這回事麼？」

祭遵挺身直認不諱地說道：「不錯，是我殺的。」

劉文叔笑著問道：「你怕我見罪你麼？」

祭遵走到劉文叔的面前，躬身答道：「主公哪裡話來，主公不委我任軍司令則已，既然任我做軍司令，我當然不負主公的重任，任憑他是主公的什麼人，只要他不守規矩，犯到我的手裡，都要按軍法從事。我今天將王明殺了，主公莫非要見罪麼？既如此，請主公就按軍法辦我罷！」

他說罷，直立帳前，等候劉文叔的示下。

劉文叔毫不動怒，反而滿臉堆著笑容問道：「卿家今天殺了王明，但是他究竟犯的是什麼罪？」

祭遵答道：「那個自然要將他的罪惡宣布出來。今天末將到蘇家去抄拿，主公是否教他去沒有？」

劉文叔道：「沒有。」

祭遵道：「未得軍令，私出營門，一罪；強姦婦女，二罪，私竊逆產，三罪；有這三個罪名，殺得究竟冤枉不冤枉呢？」

劉文叔大笑道：「原來如此，該殺該殺！莫說殺了一個，便是殺了十個百個，也不為多。」忙命人賞祭遵黃金三百斤，絹帛五百匹，加封刺奸將軍。

祭遵忙謝恩退下，劉文叔便將那一班捉來的人犯詢審了半天，一個個地賜些金帛，發放他們走了；又命人將抄來的逆產寄存於鄗城，以備軍需。

發放已畢，鄧禹進議道：「連日奔走，士卒們辛苦極了，只好休息兩天，再遣他們征伐。」

劉文叔說道：「先生之言極是，我也是這樣的設想。讓他們養足銳氣，再為調動不遲。」

話猶未了，探馬飛來報道：「漁陽、上谷兩郡的兵馬到了。」

劉文叔大喜，忙命大開城門，領著眾將開城迎接。只見漁陽、上谷的兩處兵馬，足有六七萬眾，旌旗蔽天，戈矛耀日，軍容十分齊整。

劉文叔心中說不出的十分歡喜，忙催馬到耿況、彭寵跟前施禮，招呼道：「勞駕遠來，秀實不安。」

彭寵、耿況忙回手致敬道：「明公遠涉長征，為萬民造福，我們敢不附驥麼？」

劉文叔又和他們寒喧一陣子，便一同進城。

耿況、彭寵將帶來的四員大將與文叔相見，一個是昌平人，姓寇名恂，字子翼，一個是櫟陽人，姓景名丹字孫卿，一個是安陽人，姓蓋名延字巨卿，一個是姓王名梁，籍貫與蓋延相同。

劉文叔見他們個個俱是威風凜凜的將才，不禁滿心歡喜，忙叫人殺豬宰羊，大排宴席，款待來賓，並犒賞三軍，馬步眾將。

到了第二天，領兵出城，留下耿純守城，餘下均拔寨動身，這番出兵，總數有二十餘萬，不上半日，已離鉅鹿只有三里之遙了。劉文叔便吩咐紮下大營，預備攻城。

王郎早得急報，忙差倪宏、劉奉兩員大將帶了三萬人馬，來救鉅鹿。隨後又派胡平、郭左兩員大將，又帶兵三萬，駐防南巒，作為犄角之勢。到了第二天，鉅鹿主將王饒，見劉奉、倪宏的兵到，十分壯膽，便留吳漢守城，自己帶三千兵馬出得城來，擺成陣勢，匹馬雙錘，直闖到劉秀的寨前罵戰。

霎時金鼓大震，馮異領了一隊人馬，從寨後衝了出來。王饒忙回馬到了垓心，馮異已經趕到，舉起獨腳銅人，劈頭就打。王饒也不慌忙，便掄錘迎敵。各奮神威，酣鬥了一百多合，不分勝我。

這時劉文叔已經點齊眾將，一齊出寨掠陣。只見他二人殺得塵沙蔽天，難分難解，劉伯姬哪裡還能耐忍，一拍桃花征駒，闖到垓心。正想替回馮異，瞥見對陣衝出一個賊將來，手持方天畫戟，也不打話，扭住劉伯姬便鬥。

王霸大吼一聲，一馬衝到垓心，替回馮異，便和王饒大殺起來。四隻大錘，只殺得天旋四轉。那邊劉伯姬和劉奉大戰了八十多合，不分高下。

銚期看得眼熱，也不待命令，拍馬舞刀，殺到垓心。那賊兵的陣裡，跟著也出來一個賊將，手執雙鐧接住。銚期喝道：「來將通名，咱老爺刀下，不死無名之鬼。」

那員賊將一陣狂笑道：「反寇，你且在馬背上坐穩，不要嚇得翻下馬去。咱老子乃大漢皇帝座前右大將軍倪宏便是。識風頭，早些歸順，省得咱老子動手。」

銚期大怒，也不答話，揮刀就砍。倪宏舉鐧相迎。這時垓心裡，只見刀光錘影，十二隻背膀撩亂，二十四個馬蹄掀翻，只殺得目眩心駭。

鄧禹對劉秀道：「你看這鉅鹿城上，沒有多少賊兵，何不趁勢就此襲取城池呢？」

劉文叔點頭道是，忙令馮異、岑彭帶了一隊兵來襲城池，剛剛衝到濠邊，瞥見城上石子灰瓶暴雨般打了下來，前隊的兵被打傷不少。

這時城上現出一個賊將，兩邊站著無數的兵士，手裡俱是拿著鹿角，鐵蒺藜。

那個賊將向馮異笑道：「要想攻城，這裡恐怕你沒有這樣的能力了，請向別處去罷！」

馮異大怒，一聲令下，萬弩俱發，城頭上霎時現出五色雲牌來。

說也奇怪，射來的箭完全嵌入雲牌裡，一支也落不掉。霎時箭盡，一班兵士只得住手，這時城頭的雲牌立刻撤去。那員賊將依舊立在城頭，向馮異、岑彭道：「多勞賜箭，

心中感謝！現在對不起，卻要回敬了。」

話聲未了，城上登時萬弩齊發，如同暴雨一般，前隊的兵士被射倒數百人。馮異大驚，忙和岑彭下令退兵。劉文叔見城上的守將如此厲害，不禁暗自吃驚。

馮、岑兩將回到劉文叔馬前，齊聲說道：「城上的守將委實厲害，無法進攻。」

劉文叔道：「兩位將軍，請暫休息，再作道理。」

馮異、岑彭帶兵退下。這時城上一片鳴金的聲音，王饒等三個賊將，領兵進城。王霸等也就收兵回營。

劉文叔對眾將讚賞了一番。鄧禹開口說道：「單是出城的三個賊將倒不足為患，不過匹夫之勇；但是守城的那個賊將，倒著實棘手。」

馮異插口說道：「可不是麼？憑我們的攻法，任他是誰，也有些應付不來，不料那個賊將，來得十分厲害。」

耿況道：「那個賊將姓甚名誰？」

馮異道：「姓什麼倒不曉得。」

耿況道：「我有個朋友，姓吳名漢，這人端的是智勇雙全，前月聽人說他投奔王郎，我倒替他可惜，如果是他，我能憑三寸不爛之舌，說他來歸降主公。」

鄧禹笑道：「但願是吳漢，那就好辦了。」

大家吃了夜飯，眾人剛要去安息，鄧禹道：「今天遇著勁敵，大家都要防備一些才好！」

這句話提醒了劉文叔，忙道：「不錯，不錯，凡事都宜謹慎為佳。」

李通、王霸同聲說道：「你們也忒過慮了，今天你不看見那幾個賊將殺得精疲力盡麼？夜裡還敢再來討死不成？」

馮異說：「休要這樣道，還是預備一些的好。」

他說罷，便與岑彭前來請令，鄧禹便教他們帶兵在寨左寨右埋伏。景丹、蓋延也過來請令，鄧禹見他們日間沒有廝殺，再則要試試他們的本領，便令他們帶兵五千，在寨前埋伏，不提。

再說王饒、倪宏、劉奉收兵回城，一齊責問吳漢何故鳴金？吳漢對三人說道：「你們只顧廝殺，那劉秀的部將來攻城，你們知道嗎？」

王饒道：「怎麼不知道呢，你在城上做什麼的？」

吳漢笑道：「雙拳不敵四手，他們假若派出許多兵馬，教我一個人怎樣來得及呢？」

王饒才恍然大悟，忙道：「不錯，不錯，應當要鳴金。」

吳漢道：「方才聽探馬來報，說主公又派了胡平、郭左兩員大將，帶了三萬兵馬，現已到欒城。今天夜裡趁他初到此地，將全城的人馬調到城外，一面著人到欒城，教郭左、胡平到三更時候來接應我們，我們在二更左右，分著三路前去劫寨，趁他不備，殺他個片甲不存。」

王饒大喜，忙差人飛馬到南欒去關照郭、胡二將，自己將全城的人馬共有八萬多，分四門出來，悄悄地紮下大營，將一座鉅鹿保護得鐵桶相似。

吳漢一面點兵調將，一面教探馬到劉秀寨前探聽虛實。

一會兒，探馬忙回來報道：「劉秀的寨前，一點動靜也沒有。」王饒大喜，忙與倪宏、劉奉各領了五千人馬，分著三路，悄悄地向劉秀的大寨進發。

這時星移斗換，已到子牌時候了。王饒等到了劉秀寨前，一聲吶喊，殺了進去，不提防左右突然衝出兩支人馬，暴丹、蓋延各自揮動傢伙，擋住王饒。兩邊的燈球火把，照耀得如同白日一樣。

王饒見有預備，忙奮勇敵住二人。劉奉、倪宏的兩支兵，從兩邊趁勢直抄進去。還未到寨前，猛的一聲號角，馮異、岑彭的兩支埋伏兵，斜刺裡衝了出來擋住。

馮異大笑道：「老子們早就曉得你們要來送死了！」

倪宏也不答話，揮動雙鐗，直取馮異。馮異不慌不忙，展開獨腳銅人，大戰起來。這裡岑彭和劉奉早就扭成一團，大殺不止，霎時金鼓震天，喊聲動地，把劉文叔等從夢中驚醒。

這時後寨又發喊起來。原來南欒的賊將得著這個消息，星夜拔寨前來接應。

鄧禹卻沒有料到後面有人抄來，只弄得措手不及。王霸連盔甲也來不及穿戴，赤膊上馬，舞動雙錘，向後寨抵敵。劉伯姬只著了一件貼身小襖，攬動梨花槍，飛花滾雪價地殺了出去。

銚期、李通、王梁、寇恂、馬武、耿弇等一班武將，保住劉文叔，鄧禹、耿況、彭寵奪路便走。剛出了寨門，差不多有二里之遙，瞥見一將，從斜刺裡衝了出來，銚期慌忙上前敵住。戰了二十餘合，那員賊將長嘯一聲，伏兵齊起。

霎時火光燭天，四處的賊兵不知有多少，翻翻騰騰地滾了上來。李通、馬武等分頭迎殺，無奈殺了半天，竟未殺出重圍，賊兵愈來愈眾。這時燈球火把，照得雪亮。

那耿況一眼看見一員賊將，不是別人，正是吳漢。他滿心歡喜，催馬大叫道：「銚將軍與吳將軍，請暫且住手，我有話說。」

銚期聽得有人喊，忙住了手。吳漢也住了手。耿況一馬闖到垓心，向吳漢拱手道：「子顏別來無恙否？」

吳漢見是耿況，連忙也拱手道：「承問，明公何故到此地的？」

耿況便趁勢將自己如何歸降劉秀，劉秀為人何等英武，勢力怎樣的偉大，說了一番。又用旁敲側擊的話來勸解他歸降劉秀。

吳漢沉吟了一會，對耿況道：「承明公指教，敢不如命。但是漢有老母，尚在城中，容回去與老母商量，再來報命。」

耿況大喜，吳漢假意與銚期戰了幾合，回馬敗走，他將手中的槍一招，那一隊兵全隨著他退去了，鄧禹忙令銚期、耿弇、李通、馬武四員大將前去助戰。四人領了令，飛馬

前來助戰。

只見戰場上兵對兵，將對將，只殺得一天星斗，慘淡無光。那些賊將各自遇著勁敵，正在拚命價地惡鬥，不提防憑空飛出四隻猛虎似的勇將來，在陣內往來衝突，如入無人之境，殺得血流似海，屍集如山。那一群賊兵只恨爹娘少生兩隻腿，沒命地四散逃走。王饒見勢頭不好，虛晃一錘，收兵退走。倪宏、劉奉、郭左、胡平，各自收兵退去。

劉文叔等才回到大寨，一一檢查，共死五千多名士卒。幸喜糧草輜重，一點兒也沒有被他們劫去。眾將中只有景丹手腕被賊將刺傷，餘下毫沒有一些損傷。劉文叔深自慶慰。

鄧禹對他說道：「三軍易得，一將難求，損失五千兵，得一吳漢，還是主公的洪福。」

不表他們在這裡議論，再說吳漢收兵回營，一個人只是盤算著，自己對自己說道：「吳漢吳漢，憑你這樣的才幹，難道終與這夥亡命之徒在一起，就算長久之計了麼？耿況這番話，何嘗不是，但是王郎雖是個亡命之徒，待我總未有一分錯。現在我毅然去投降劉秀，未免於良心上有些過不去。罷罷罷！忠臣不事二主，無論如何，一心保王郎吧！」

他正是自言自語的當兒，王饒氣衝衝地和劉奉等一班人，走進吳漢的帳篷，大聲說道：「我早就說過，今天不可去劫寨，偏是你要自逞才能，要去劫寨，現在查過了，共損失一萬五千幾百名兒郎，這不是你招的麼？」

吳漢正自不大自在，聽他這番話，不禁勃然大怒，對王饒冷笑一聲，答道：「誰是主將？令是誰發出去的？自己不認錯，反來亂怪別人，不是笑話麼？假若今天去打個勝仗，你又怎麼樣呢？」

王饒被他這幾句搶白得暴跳如雷，颼地拔出劍來，剔起眼睛向吳漢說道：「誰來和你拌嘴？今天先將你這個狗頭殺了再說。」

吳漢更是按捺不住，也拔劍站了起來，大聲說道：「好，你這狗頭，想殺哪個？」

劉奉、倪宏忙過來勸住吳漢。郭左、胡平早將王饒的背膊扳住，齊聲說道：「勝負軍家常事，何必這樣爭長較短的呢？現在劉秀未除，自家先鬥了起來，不怕人家笑話麼？」

郭、胡二人，忙將王饒勸出帳走了。倪宏、劉奉說好說歹，又勸吳漢一陣子，才起身走了。吳漢這時便將投劉秀的心十分堅決了。他上馬進城，到了自己的家裡，先對他的母親將來意說明。

吳母大喜道：「吾兒棄暗投明，為娘固然贊成，但是你的媳婦，恐怕她未必肯罷！」

吳漢道：「只要你老人家答應，就行了。她答應更好，不答便將她殺了，有什麼大不了呢？」

原來吳漢的妻子，就是王郎的侄女。

吳漢大踏步走到後面。王氏見他回來，連忙來迎接，滿臉堆下笑來，乜斜眼說道：

「我只當你就此不回來的呢？撇下了我，夜裡冷冷清清，一些趣味也沒有。你怎麼就這樣狠心毒意呢？」

吳漢此時哪裡還有心去聽進這些話，忙向她問道：「我有一件事，特來問你，不知你可肯答應嗎？」

她笑道：「自家夫妻，什麼事兒不肯呢！」

吳漢便將要去投劉秀的一番話告訴她。她氣得一佛出世，二佛升天，用手指著吳漢罵道：「你這負心的殺才，我家哪樣待錯你？吃著穿著，還不算數，又將我匹配與你，高車大馬，威風十足，心裡還不知足，要想去投劉秀，我勸你不要胡思亂想著好得多呢！」

吳漢也不答話，冷笑一聲，向她招手。她見吳漢這樣，只當他是要親嘴呢，也就半推半就地走了過來，仰起粉腮。說時遲，那時快，只聽得喀嚓一聲，她的頭早就滾落在地。

吳漢忙將寶劍入鞘，將手上的血跡拭抹乾淨，不慌不忙將她的屍首連頭捆好，擱到後園往井裡一送。此刻他也顧不得許多，到了吳母的房裡，說道：「母親，那賤人已被我殺了，我們走罷！」

吳母聽了大吃一驚，忙道：「你果真將她殺了嗎？」

吳漢道：「誰敢哄騙你老人家？」

吳母不禁垂淚道：「我與你投奔劉秀，她不答應，就罷了，何苦又將她殺了呢？」

吳漢陪笑道：「請老人家快些收拾吧！已經殺了，說也無用的。」

吳母道：「收拾什麼？這裡的東西還要麼？就走罷！」

吳漢便用綢巾將吳母拴在自己的背上，掉槍上馬就走。

剛到了城外，誰知王饒早已得著消息，見他出來，忙命眾兵將他團團圍住，一齊大叫道：「反賊吳漢，要想到哪裡，趕快留下頭來！」

吳漢也不答應，攬起長槍，上護其身，下護其馬，與賊將大殺起來。

第七十四回　棄暗投明

吳漢背著他的母親，一馬衝出南門，正要投奔劉秀的大營。誰知王饒早已得著這個消息，點齊眾將，將四門圍困得水洩不通，專候吳漢到來。

這時見了吳漢闖出城來，王饒勃然大怒，厲聲大罵道：「反賊吳漢！王家待你哪樣虧負？竟失心反了。好禽獸，留下頭來，免得咱家動手。」

吳漢到了這時，也不答話。攪動長槍，來戰王饒。王饒蕩起雙錘，蔽天蓋日價地逼住吳漢。兩個人捨死忘生地大戰了八十多回合，吳漢虛晃一槍，思想要走。王饒哪裡肯放鬆一著，雙錘如同雨點一般地逼住。吳漢見不得脫身，也就下了決心，舞起長槍，飛花滾雪般地惡鬥不止。

正在殺得難分難解之際，瞥見劉奉、倪宏各領一支人馬蜂擁而來，將吳漢團團困住，各展兵刃來敵吳漢。

吳漢與王饒正自不分高下，憑空又添上兩隻猛虎，吳漢雖有萬夫不當之勇，到了此時，也有些應付不來了。戰夠多時，吳漢只有招架之力，並無還手之能，只殺得塵沙蔽

日，煙霧障天。

吳漢暗道：「今番我命休也！」

正在這萬分危急之時，猛聽得西南陣角，金鼓大振，殺進一支兵來，為首一員大將，手持龍舌槍，閃電般地殺進重圍。這時正南喊聲又起，又見一員女將耍動梨花槍，紡車似地突入重圍，來和賊兵廝殺。

列位知道，這兩支人馬是哪裡來的？原來劉秀昨天聽了吳漢的那一番話，今天早就預備，又聽得喊聲震地，金鼓大鳴，料想吳漢已經殺出城來，忙與鄧禹商議援救之策。鄧禹忙下令問道：「哪位將軍，情願領兵去救吳漢？」

話猶未了，只見一將挺身出班，躬身說道：「末將願去。」

鄧禹和劉秀仔細一看，不是別人，就是岑彭。二人心中大喜，正要答話，眾將中又走出一個人來，向鄧禹嬌聲說道：「先生請發一支令箭，奴家願隨岑將軍前去接濟吳將軍。」

劉秀見他的妹妹要出馬，忙道：「妹妹連日廝殺，精神有限，今天另派別將前去，妹妹請養息養息罷。」

伯姬聽得這句話，不由得氣得杏眼圓睜，柳眉倒豎，忙對劉秀說道：「三哥哪裡話來！小妹這兩天一些也沒有痛快廝殺一場，今天無論如何，都要請令前去廝殺的。」

鄧禹笑道：「既然小姐要去，主公也不必過於阻止，就請她幫助岑將軍前去就是了。」

劉秀也沒有什麼不贊成，當下派兵一萬，教二人各領五千，前去接應吳漢。他二人各領兵馬，殺入重圍。岑彭接住劉奉，伯姬和倪宏搭上手，奮勇大殺起來。

吳漢見援兵已到，心中大喜，精神陡長，和王饒大戰三十餘合，仍然不分勝負。吳漢此時哪裡有心廝殺，只想突出重圍，無奈王饒的雙鎚，兀的緊緊逼住，不得脫身，又怕母親在他的肩上，辰光多了，吃不了驚嚇，滿心焦躁，奮起神威，恨不得一槍將王饒搠死，好闖出重圍。

王饒到了這時，見劉秀有兵來接濟吳漢，不由大怒起來，要動雙鎚，恨不得將吳漢一鎚打死，方洩胸中之恨，哪裡還肯放鬆一步。

這時西北陣腳忽然大亂起來，只見王霸舞起雙鎚，只打得一群賊兵人翻馬仰，登時殺到面前。王霸大叫道：「小弟奉了鄧先生的命令，前來接應將軍，將軍請暫且住手，將這狗頭丟下與我，結果他就是了。」

王饒見王霸進來，心中暗暗吃驚，只得舞起雙鎚來迎王霸。

吳漢見此光景，再不逃走，更待何時，大吼一聲，殺出一條血路，直向劉秀的大營而來，還未到營前，早見劉秀和眾軍並馬迎接。鄧禹首先說道：「將軍深明大義，棄暗投明，不獨禹等深自慶慰，即是漢家又多一個柱石。」

吳漢喘息答道：「罪將來遲，萬望諸公原諒！」

劉秀忙趕著下馬，親手扶吳老太太下馬，口中說道：「累老太太受驚了。」

吳老夫人忙答道：「主公哪裡話來，犬子不肖，歸附王郎，拒抗天師，罪無可逭，再

不早為依順麾下，益發要萬世唾罵了。」

大家你謙我讓的一陣，才一起進營。

再說劉伯姬與倪宏戰了一百二十餘合，未分勝敗。伯姬長笑一聲，兜馬就走。倪宏哪知就裡，拍馬追上，趕到分際。劉伯姬霍轉柳腰，颼的一箭，覷準倪宏的咽喉射來。倪宏忙將頭一偏，那支箭從頭邊恰恰的飛過。

倪宏大驚，正要帶馬回頭，第二支箭已經飛到，倪宏趕緊再讓，說時遲，那時快，第三箭已經攢進他的肋下，倪宏大叫一聲，翻身落馬。劉伯姬梟了首級，拍馬重新殺入重圍。只見岑彭和劉奉正殺得不分上下，伯姬更耐不住攏馬搖槍，雙戰劉奉。那邊王霸和王饒也鋒芒相對，惡鬥不衰，這時李通、銚期的兩隊兵馬已經趕到，翻翻滾滾，大殺起來。那些賊兵東逃西散，鬼哭神號。

王饒見士卒奔散，心中焦躁萬分，大吼一聲，意欲逃走。王霸趁此機會，舞動雙錘，直向他的馬頭打下。王饒連將馬頭一帶，那馬憑空一跳，四足躍起有六尺多高，讓過雙錘。李通穿雲閃電般地闖到垓心，大喝一聲，手起刀落，王饒措手不及，眼睜睜他一員勇將，身首異處了。

劉奉見到王饒已死，心中加倍驚慌，戰法散亂。伯姬、岑彭的兩支槍，蔽雲遮日一般地將他裹住。劉奉到了此時，料知事情不妙，不如下個死心，拚死他們一兩個也算不得白死。他想到這裡，攪動方天戟，神出鬼沒地和二人惡鬥不止。

劉伯姬一面迎敵，一面向李通喊道：「此時還不去取城，等待何時？」這句話提醒了李通，忙和銚期帶兵竟逼城下。城上那些賊兵大驚失色，手忙腳亂，又不知怎樣才好。銚期一馬當先，闖過吊橋。猛可裡城上轟天價響的一聲，將千斤閘放下，可巧銚期正到城門，忙舉右手，將閘門托住，坐下烏騅馬，四足撐開，雙耳豎起，動也不動，李通忙領動人馬，像潮水一般直往裡擁進，城上那些賊兵慌了手腳，真個是軍無主將，人情洶洶，便各自去尋生路，也顧不得許多，撒手飛奔。李通忙領兵上得城頭，先將千斤閘絞起，然後和銚期收服殘卒，預備出城迎接劉秀。

再說劉奉和伯姬、岑彭又戰了五十多合，一心想走，無奈插針的工夫也沒有。他丟去一個解數，預備動身。伯姬早已看出情形，故意將馬一拍，跳出圈子，讓他逃走。劉奉得了這個空子，忙拍馬闖出垓心，落荒而走。伯姬隨後趕去。劉奉扭轉身軀，彎弓搭箭，颼的一箭，向伯姬的右手射來，伯姬手明眼快，忙用梨花槍一撥，那支箭滴溜地直向草地上落下。劉奉見一箭未中，心中大怒，第二箭又飛了過來。

伯姬長嘯一聲，手起箭發，將來箭撥開有三丈多遠。劉奉驚得目瞪口呆，半晌說不出話來，急忙帶馬就逃，還未扭轉馬頭，伯姬的第二箭已經射中他的馬首。

那馬大吼一聲，霍地一跳，將劉奉掀落馬下。伯姬正要下馬來殺劉奉，瞥見岑彭一馬趕到，她深怕岑彭爭功，趕著手起一槍，忽聽岑彭大叫道：「姑娘請慢動手！我有話講。」話還未了，劉奉的喉嚨早已現出一個透明的窟窿，鮮血直噴，一縷魂靈早到閻王那

裡去交帳了。

岑彭道：「姑娘忒也手饞了。」

伯姬笑道：「岑將軍這話，不是奇極了麼？如果我們不是他的對手，還不是照樣被他結果了麼？」

岑彭笑道：「並非這樣，我看這員賊將的能耐，著實不可多得，如果用柔軟的手段來，將他收服住，不是主公的一個大臂膀麼？」

伯姬聽了這話，懊悔不迭地答話：「何不早說，何不早說！如今有什麼法子挽回呢？」說罷，翻身下馬，掣出佩劍，將劉奉的首級割下，和岑彭收兵入城，見城中的百姓，安逸如常，歡聲載道。

他二人見過劉秀，伯姬在帳前將倪宏、劉奉的兩顆首級往地下一擲，向劉秀說道：「三哥請你仔細看看，是不是那兩個賊將的狗頭？」

劉秀哈哈大笑道：「不想賢妹竟有這樣的能耐，我還不佩服麼？」

鄧禹接口說道：「主公哪裡知道小姐的本領，我早就料到小姐今天一定要馬到成功了。」

帳下諸將同聲讚道：「姑娘的武藝實在超凡！這兩個賊將，除了她，別一個實在有些棘手呢！」

劉秀笑道：「今天要算三妹頭功，並非是我的私護。」

眾將忙躬身答道：「那自然，主公不要儘管客氣罷。」

鄧禹取出功勞簿，首先寫起劉伯姬的戰績，第二便是李通，其餘諸將也都按功登記。次日，便要領兵去攻邯鄲。耿況、彭寵二人進議道：「南欒、鉅鹿俱為北伐要徑。馮將軍去攻南欒未知勝負如何，如果南欒一下，邯鄲即易如反掌了。」

話猶未了，馮異的牙將進帳報道：「馮異於午牌時候，已得南欒。」

劉秀大喜，耿況道：「南欒既得，須乘勝進攻邯鄲。但是這兩處俱為重要地方，不可疏失才好。」

鄧禹對他們二人笑道：「依我的愚見，請彭將軍鎮守南欒，耿將軍留守鉅鹿，那就萬無一失了。」

耿況忙要回答，劉秀鼓掌附和道：「先生這話是極了，我也是這樣的設想。」

彭寵忙道：「馮將軍智勇雙全，現在南欒還怕有什麼差錯呢。」

鄧禹道：「彭將軍請不要推辭，馮異目下正要用他，而且鎮守的職位，非要老成持重者不可。」

彭寵再三推託，劉秀道：「彭將軍莫非是見怪麼？」

彭寵忙躬身說道：「既是這樣，末將不才，便去效勞是了。」

鄧禹又點五千士卒與彭寵替回馮異，一面又留下一萬五千精兵，耿況守鉅鹿。

安排停當，第六天是黃道日期，便拔寨起身，一路秋毫無犯，浩浩蕩蕩，直向邯鄲進

發。不到兩日，離邯鄲尚有三里之遙，鄧禹便下令紮營。

王郎早已得知消息，先聽說吳漢反了，已經急得走投無路。後來接二連三的探馬報個不住，又說鉅鹿失守，南欒被陷，王饒等陣亡，把個王郎只嚇得一佛出世，二佛涅槃，搓手頓足。竟像熱鍋上螞蟻一般，一處搔不著，整日價愁眉苦臉，短嘆長吁。劉林、趙猛等一班人，也是面面相覷，無計應付。

正是淚眼相看的當兒，忽見報馬飛來報道：「劉秀的大兵，已到東郊紮寨了！」

王郎聽得這個消息，只嚇得屁滾尿流，張口結舌，半晌說不出一句話來，翻著兩隻眼睛，朝左右說道：「如此便怎麼好？」

劉林說道：「依我的主見，不如去投降劉秀，或者不失封侯之位呢。」

王郎搖頭說道：「不行，不行！這個計策，簡直是自己去討死。我想我們若去投降那劉秀，一定是不旨收納的，到那時，只消嘴一動，我們還想活麼？」

大家正自沒有應對的法子，這時高家四將挺身出班說道：「大王休要高長別人的志氣，滅了自己的威風，愚兄弟四人，願帶三千兵馬出城，包將這班毛賊殺得他片甲不存。」

王郎聽他這番話，忙閃目一看，只見高駿、高騮、高驊、高駒弟兄四個，雄赳赳，氣昂昂地站在殿前。他見此情形，心中又沒了主意，向劉林問道：「在卿家意下如何？」

劉林答道：「依我的話，還是投降的好！高家四將雖有能耐，怎能和劉秀手下的大將廝殺呢？不要講別的，單說昆陽一戰，誰不聞名？他們要去，豈不是以卵擊石麼？」

他還未說完，高駋哇呀呀直嚷起來，大叫道：「偏是你這狗頭，貪生怕死的要去投降劉秀，便在大王面前，信口胡謅，我們今天偏要去拼個你死我活。」

高駿颼地一聲，拔出寶劍，剔起眼睛，向劉林說道：「誰再提投降，先結果了他再說。」

劉林到了這時，真個是噤若寒蟬，一聲也不敢多響。

王郎見他們都動了火，深怕弄翻了臉，不是耍的，趕忙說道：「高將軍的主見不錯！自古道，兵來將擋，水來土淹。還是煩四位將軍的大駕，前去殺退賊兵，孤王就萬分感謝了。」

高駿等昂然退出來，各操兵器，飛馬出城，指揮眾兵，背城排成陣勢，等候廝殺。再說劉秀等正是才將大營紮好，瞥見城門大開，一隊賊兵蜂擁出來，排成陣勢，忙向帳下問道：「哪位將軍願去攻打頭陣？」

景丹挺身出來，向上打躬答道：「末將願往。」

鄧禹心中大喜，即對景丹說道：「將軍肯立頭功，那就妙極了！不過第一陣，用不著將軍動手，將軍的騎兵最好作為後應，殺得他措手不及才好呢。」

景丹點頭稱是。這時馮異、伯姬同時出班，對鄧禹討令出馬，接著王霸、延蓋也過來討令，鄧禹也不阻止，一一發下了令。

四將領令出帳。鄧禹吩咐景丹道：「久聞將軍部下的騎兵非常厲害，今天出陣，務須

趁他不備，衝殺一陣為上著。」

景丹點頭會意，出帳上馬，點齊騎兵，隨後起身趕到垓心。只見高駿立馬垓心，手持四竅八環潑風刀，正在那裡罵陣。

劉伯姬哪裡能忍耐，攪動梨花槍，那桃花征駒曉得要廝殺，雙耳一豎，直衝過去。伯姬和高駿接近了，各展兵刃，奮勇大殺，大戰二十餘合。高駿漸漸不濟，汗如雨下，喘不成聲，高騮見他大哥要走下風，忙拍動征駒，耍起雙鞭來助高駿，雙戰伯姬。

伯姬哪裡放在心上，不慌不忙敵住二人，又戰了五十餘合，高駿、高騮被她那支梨花槍只逼得像走馬燈一樣，近身不得。

高驊、高駒各催坐騎，趕到垓心，將劉伯姬團團圍住，槍刀齊舉，伯姬毫不怯懼，奮起精神，和四將大殺。

這邊早惱動了馮異，手執獨腳銅人，飛馬趕到垓心，厲聲大罵道：「好狗頭！你們以多仗勢麼！」

他飛起銅人，直奔高駿打來，高駿慌忙敵住。高騮撇下伯姬，助戰馮異，伯姬見去了兩個勁敵，登時精神大振，舞動梨花槍，飛花滾雪價地逼住二人。

戰到分際，猛聽得伯姬長嘯一聲，手起槍下，刺高驊於馬下，高駒大驚，兜馬要走，李通帶了一隊兵，從斜刺裡衝了出來，擋住高駒，大吼一聲，手起刀落。高駒的首級竟像西瓜一般，登時和身上脫離關係。

高駿見兩個兄弟齊送性命，不由得心中大驚，刀法一亂，被馮異覷著個破綻，一銅人將他打得腦漿迸裂，翻身落馬。高駿魂飛天外，一鞭坐騎，落荒而走。

馮異帶馬追來，李通喊道：「馮將軍，窮寇莫追，由他去罷！」

馮異收馬回來，合兵一處。景丹正要發出騎兵，忽聽伯姬嬌聲向那些賊兵喊道：「眾賊子聽著，要保全首級趕快拋戈丟甲，還不失本身的地位。」

那些賊兵聽得這話，誰不望風歸附呢？霎時倒戈棄甲，一齊下跪。馮異一一地安慰，共收降卒二千餘人。

大家商量一會子，便領兵乘勝攻城。一時矢石如雨，城上的守城賊兵，死力拒住，看看不支。王郎到了這時，真個是上天無路，入地無門。

諫議大夫杜威對他說道：「高家四將現已陣亡，還有什麼依恃呢？在我愚見，趕緊去投降，還能保全原有的位置，否則立刻攻破了城，玉石俱焚，那時悔之晚矣！」

王郎忙道：「是極，是極！就請你去說罷。」

杜威出來，先命人將城門開放，自己乘馬出城，到了劉秀的大營，將來意說明。劉秀勃然大怒道：「王郎妖言惑眾，罪在不赦，還想保全原有的位置麼？」

杜威道：「大王息怒，久聞大王以仁信昭著，今天邯鄲既降，當然要封邯鄲之主為萬戶侯，以安人心。」

劉秀大怒道：「王郎小丑竟敢冒充漢裔，待他不死，已是格外施恩，還想封他萬戶

侯麼！」

杜威不敢再說，只得告辭出來。

劉秀督隊攻城，一連攻了十數天。城內因為糧食缺乏，眾心惶惶，遂不由王郎做主，一班士卒豎起降旗，大開城門。劉秀督隊進城，再來搜尋王郎，一些影子也沒有了，連劉林也不知去向。

劉秀安民已畢，便命大排宴席，論功行賞。諸將領你誇我的本領，我讚你的功績，吵鬧得一團糟似的。劉秀與鄧禹前來一查點，獨不見了馮異。忙問眾人道：「馮將軍到哪裡去了？」

有個小卒上來稟道：「馮將軍在營後的大樹之下呢！」

劉秀與鄧禹忙到後營，果然見馮異獨立大樹之下，異態消閒，竟像沒有知道論功的一樣。劉秀一把將他拉進營中。正要行賞，瞥見長安的使臣，手執劉玄的封冊徑入帳來，劉秀忙起來迎接，鄧禹展開封冊，只見裡面加封劉秀為蕭王之職。

第七十五回　大樹將軍

文叔正要犒賞眾將，忽然接到劉玄的封冊，賜為蕭王，自是欣喜，忙擺酒席，款待來使。那來使對劉秀說道：「還有旨意一通在此，請王爺細閱。卑職公務匆忙，不敢耽擱，就此告辭。」

那來使將旨意取出，告辭而去。劉秀和眾人將旨意拆開觀看，只見裡面並無別話，只寫著：

掃滅王郎功績隆厚，加晉蕭王，仰即班師西下！欽此。

劉秀看罷，驚疑不止，便對鄧禹說道：「我們方將王郎掃滅，河北一帶的地方還不收復，何能即刻退兵。我倒不懂，他是什麼用意？」

鄧禹笑道：「主公哪裡知道他們主見，主公軍威日盛，所向無敵，百姓歸心，群雄依附，深恐我們一朝翻臉，去報大將軍劉縯的舊恨哪！別的還有什麼用意呢？」

劉秀沉思一會，答道：「恐怕不是這樣的用意罷。」

話還未了，朱祐、馮異齊聲說道：「當此亂世之秋，劉玄何人，怎能為萬民之主？惟大王有日角相，天命所歸，不宜自誤！」

劉秀聽罷，便對二人笑道：「兩位將軍莫非今朝慶功宴上多吃了幾杯酒麼？怎的這樣亂說？須知刺奸將軍鐵面無私，劍下從未留過情面，還勸兩位將軍少說為佳。」

馮異、朱祐果然不敢再說。

鄧禹早知就裡，忙對諸將說道：「今天主公加封晉爵，諸位將軍，且請痛飲一場，不才自有定論。」

耿弇這時向鄧禹一笑，鄧禹也沒答話，大家從容入席，酣呼暢飲，席間鄧禹對文叔說道：「諸將之內，我最佩服是馮異。你看他不邀功，不求賞，端的是個大量大器的英雄。我看，真正不可多得哩。」

劉秀點頭笑道：「果然果然！方才諸將，誰也爭強論勝，惟有他一個人反到營後的大樹底下，可見他的心思與眾不同了。」

李通大笑道：「那麼主公不要封他，我倒有個頂好的封號。」

鄧禹笑問道：「李將軍有什麼封號呢？」

李通笑道：「何不就叫他為大樹將軍呢！」

大家鼓掌附和道：「妙極了，好一個大樹將軍！從此以後，我們就叫他為大樹將軍了。」

劉秀含笑不語，一會子，日落西山，不覺已到酉牌時候了。大家撤退殘席，重新入座，又議了一回軍事，才各自去安寢不提。

在下說到這裡，卻要岔到劉玄那裡去說了。因為一枝筆不能寫兩面事，劉玄那面的消息，至今未有提起一字，恐怕讀者納悶，所以趁他們睡覺的空子，特地抽暇來報告一下子罷。閒話少說，言歸正傳。

且說劉玄在洛陽住了四個月，申徒建、李松等一班人，極力攛掇遷都長安。這時已到更始二年的九月了，劉玄入長樂宮，升坐前殿。郎吏兩旁站立，肅穆一堂，把個劉玄羞得頭也不敢抬起，垂頭播弄衣帶，一言不發。霎時眾臣朝賀已畢，劉玄羞答答地一聲也不敢響，李松、趙萌勸他封功臣為王。

勸了半天，劉玄吞吞吐吐地說道：「教我怎樣封法？」話未說畢，朱鮪大聲抗議道：「從前高祖有約，非劉氏不王，今宗室且未加封，何能先封他人呢？」

李松、趙萌又請劉玄先封宗室，劉玄只是眼管鼻子，鼻管腳後跟地坐在那裡，縮作一團，滿臉緋紅，再也說不出一句話來。

李松催道：「請陛下不要遲疑，就論功加爵罷。」

劉玄急地漲紫了臉，向李松帶怒含嗔地說道：「封他娘的什麼勞什子，儘管來嚕嗦不

了！這個倒頭皇帝，我也不要做了，倒也落得清淨些。」

李松急得走投無路，忙走到他的跟前，附著他的耳朵，正要說話。誰知劉玄見他跑來，將頭移到自己耳邊，他不禁嚇得一大跳，雙手掩著耳朵，大聲哭道：「我不做皇帝，與你有什麼相干，你想來咬我麼？我偏不做，看你們怎樣對待我？」

他說罷，撩起袍服，便要下殿，朱鮪見此光景，又好氣，又好笑，忙來將他拉住哄道：「你不用害怕，他不是咬你的，是來教你主意的。」

他聽了這話，登時露出一嘴黃牙，向朱鮪笑道：「真的麼？」

朱鮪正色說道：「誰騙你呢？」

他才重新坐下，用袖子將眼淚拭去，向李松道：「你來，你來！有什麼話，你就說罷！」

李松悄悄地說道：「你不是不會封嗎？」

劉玄連連點頭道：「不會封，不會封。」

李松道：「你就照封劉秀那樣封法就對。」

劉玄大喜道：「曉得了，共封幾個人？」

李松道：「宗室內共有八個，我來報名與你。我報一個，你封一個，好麼？」

劉玄點頭稱是。

李松便向殿下喊道：「定樂侯劉嘉聽封！」

劉嘉越班出來，到階跪下，三呼萬歲。劉玄卻又弄著莫名其妙，兩眼不住向李松翻看，李松暗暗著急道：「從來沒有看見過這個木瓜。」

他連連用嘴向他一努，劉玄便大聲說道：「大司馬蕭王劉秀。」

他沒頭沒尾地說了一句，便不言語。

階下眾郎吏一個個弄得不知所以，面面相覷。李松、朱鮪、趙萌等一干人，只急得一佛出世，二佛升天，朱鮪忙向李松說道：「誰教你叫他這樣封法的？」

李松急道：「我又何曾這樣說法的。」

劉玄翻起眼睛向李松道：「你還賴呢，不是你方才對我說的嗎？」

李松聽得這話，方才會意過來，忙向他啐了一口道：「不要說罷，五頃田裡長的一隻大傻瓜，誰叫你這樣封的？」

他說罷，向朱鮪說道：「不如我們替他封一下子罷。」

朱鮪沒法，只得和李松假傳聖旨，將宗室以及功臣一一的封贈。

封畢，劉玄才退殿，到了長樂宮，將金冠往桌上一擲，唉聲嘆聲地說道：「我又不知幾時作下什麼孽，弄到如此，不知從哪裡說起。好端端多麼自在，定要壓住我做這晦氣皇帝，我真倒楣極了！」

他一個人正在這怨天尤人的當兒，瞥見趙萌走進來向他說道：「主公……」

他一句還未說完，劉玄剔起眼睛向他說道：「誰是你家祖宗？你不要將我折殺了罷！」

趙萌見他怒容滿面，知道他的宿氣未消，忙滿臉堆下笑來，向他說道：「小臣今天了辦了些狗肉，用沙鍋煨得粉爛，請你去吃一頓，如何？」

劉玄本來酷嗜狗肉，聽他這話，不禁口角流涎，忙笑嘻嘻地對趙萌道：「真的有麼？」

趙萌道：「一大沙鍋子，全是關西狗肉，又香又肥，請你就去罷！」

劉玄只笑得一張嘴合不攏來，忙取了金冠，一拉趙萌便要動身。趙萌慌忙地對他說道：「如今你是皇帝了，要出去是很不容易，要去非要先將衣服換好，才能動身。」

劉玄急道：「誰是皇帝，你孫子才是皇帝呢，你兒子才是皇帝呢！」

趙萌道：「你不換衣服，我也不帶你去。」

劉玄無奈，只得草草地將衣服換好，帶了兩個宮侍，一溜煙跟到趙萌的府內。

趙萌親自到後面，將一沙鍋子狗肉捧到前面。劉玄嗅著狗肉的香味，嘴角上的饞涎像那雨過的簷溜，點點滴滴的險些兒將前襟濕透，偏是那趙萌的話多，和他談了許多閒話。他可再也耐不住了，向趙萌道：「你這人忒也小氣，既請我來吃狗肉，為什麼儘管說廢話，不吃狗肉呢，我難道來和你談話的麼？」

趙萌跌足笑道：「我真糊塗了。」忙命侍者去取一壺好酒來。兩個人對面坐下，吃著狗肉，喝著酒，十分高興。

劉玄一面狼吞虎嚥地吃著，一面向趙萌說道：「你真是我的恩人，自從做了這個倒頭皇帝之後，鎮日價地吃那些鹹雞辣鵝，一點情趣也沒有。可憐我生來就歡喜這狗肉，我有了狗肉，什麼都不要了，今天可讓我吃他一個暢快。」

趙萌笑道：「主公實在喜歡，我每日親自動手，辦一沙鍋子，著人抬進宮去如何？」

劉玄聽他這話，忙停下筷子答道：「那就好極了。」

兩個人一飲一呷，不覺都有些酒意。

在趙萌的用意，想借此籠絡劉玄，自己好肆無忌憚。不想劉玄果然中了他的圈套。他便眉頭一皺計上心來，向劉玄說道：「主公，請暫坐一會，我還有點事情去。」

劉玄忙道：「你有事，儘管請便罷，我也不陪了。」

趙萌起身出去，停了好久，還未回來。劉玄一個人丟下酒杯，弄筷子的吃個不住，真個是滿桌淋漓，渾身斑點。這時突然一陣香風吹了進來，那一股蘭麝之氣，使人欲醉。接著又聽得環珮聲音，零零丁丁地由遠而近。

劉玄放下杯箸，閃著醉眼一看，只見一位如花似玉的美人兒站在門旁，手裡拿著幾枝菊花，生得柳眉杏眼，雲鬢堆鴉。他眼睛便定了神，再加吃了許多酒，便自持不住，不由地笑問道：「美人姐姐，請進來吃杯暖酒罷！」

那女子嬌羞答答地走了進來，在趙萌的位子上坐下去，劉玄真個是喜從天降，忙倒了一杯暖酒，雙手捧了過來。那女子忙站起來，接了過去。

劉玄笑嘻嘻地問道：「美人姐姐，你姓什麼，你叫什麼名字？請你告訴我。」

她先用眼睛向劉玄瞟了一下子，然後又嫣然一笑，說道：「你問我嗎？」

劉玄點頭道：「正是正是。」

她道：「我姓趙，剛才和你吃酒的，就是我的爸爸，他現在出去有事了。臨走的時候，他關照我，說你一個人在這裡吃酒，怪冷清的，特地教我來陪伴陪伴你的。」

劉玄大喜道：「原來如此，我還不曉得咧！姐姐，你今年十幾歲了？你叫什麼名字，告訴我，好照名字喊你。」

那女子微微一笑，然後慢慢地說道：「我今天十七歲了，名叫媚熙。」

劉玄又笑道：「媚熙妹妹，你有婆家沒有呢？」

媚熙啐道：「誰和你夾纏不清呢。」

劉玄忙道：「妹妹，請你不要動氣，原是我說錯了，我還有一句話，不知你肯麼？」

媚熙笑道：「什麼話？」

他道：「我聽人家說，我們男人和美人兒在一起睡覺，極有趣的，我看你今天不如和我睡一會子，究竟有趣沒有？」

她聽他這話，兜頭向他啐了一口道：「誰和你混說不清呢？我也要去了。」

她故意站起要走。慌得劉玄自己用手打了幾個嘴巴說道：「好妹妹，請你不要動氣，我再說，隨你打，好麼？」

媚熙心中又好氣，又好笑，忙過來將他的右手拉住笑道：「又要亂說，又怕得罪人，何苦這樣。」

劉玄一陣酒湧上來，一張嘴吐了一大堆，媚熙掩著鼻子笑道：「黃湯少灌些，也不致這樣嘔了唉。」

劉玄站不住，一歪身，往媚熙的懷中一倒，慌得媚熙一把將他扶住，忙教人將地上的齷齪掃去，自己扶著劉玄到一所小廂房裡面的床上睡下，自己奉了她的父親的命令，和衣在劉玄身旁睡下。

劉玄睡到夜半子牌時候，酒也醒了，伸手一摸，覺得有人睡在他的身旁，他用手在這人頭上一摸，摸到她的雲髻，再往下摸，只覺得雙峰高聳，好似新剝雞頭，他不禁中暗喜道：「那美人姐姐果然來和我睡覺了。」

他摟著她，親了一個嘴，問道：「你可是媚熙姐姐嗎？」

連問幾聲，她總沒有答應一聲。

他可急了，忙用手將她一搖，輕輕地說道：「美人姐姐，你為什麼不睬我呢？」

她才微微地伸開玉臂，悄聲笑道：「你儘管問我怎的？」

他笑道：「人家說的男女睡在一起，有一種不可思議的快樂，我和你一直睡到這時，也不見得有什麼快樂。」

他還未說完，她嗤地笑了一聲，悄悄地說道：「傻子，你曉得什麼，我來教你。」她說罷，輕抒皓腕，寬衣解帶，做了一個薦枕的巫娥。

約莫有兩個時辰，把個劉玄只樂得心花大放，不可收拾，真個是春風一度，恍若登仙，忙道：「好極好極，我們再做一回看。」

她笑道：「這事是逢著高興，萬不可當為兒戲的。」

他得著甜頭，哪裡肯依，不由她分說，硬來上馬，翻雲覆雨了一回，只弄得精竭神疲，方才住手。二人並頭而睡。

直到五更，外面有人敲門，媚熙在床上醒了，曉得她的父親來探聽究竟了。她披衣下床，將門開了，趙萌低聲問道：「所事如何？」

趙媚熙答道：「你老人家去問他罷。」

趙萌心中早已明白了，走到床前，劉玄慌忙坐起說道：「趙老爺子，這時來做什麼的？」

趙萌道：「微臣萬死，將主公留在此地，直到一夜，還沒回去，現在請駕回宮罷。」

劉玄大驚道：「那如何使得？我和你女兒正自睡得有趣，誰願意去呢？」

趙萌聽了，便知已與女兒有了事情了，格外催道：「主公請駕回罷。如果他們尋問起來，微臣吃罪不起。」

劉玄道：「那便如何使得？要想我走，須要叫你家女兒隨我一同進宮去，我才走呢。」

趙萌巴不得他說出這一句呢，忙道：「主公既然看中小女，請先回宮，我即著人送去就是了。」

劉玄道：「那可不行，非要隨我一同去才行呢。」

趙萌忙令人抬著他們二人，繞道進宮。

一連幾天，劉玄也不上朝，鎮日價地宣淫縱樂，不理朝政，將趙萌封為右大司馬，秉理朝政。趙萌這時真是大權在手，為所欲為，一班狐朋狗黨都來極意逢迎。趙萌一一賞給他們官職，小小膳夫，俱是錦衣大帽，出車入馬，威風凜凜。長安城中，充滿了傀儡的官員，軟敲硬詐，只弄得怨聲載道。

一班百姓編出歌謠來，一傳十，十傳百，在街頭巷尾唱道：「灶下養，中郎將；爛羊胃，騎都尉；爛羊頭，關內侯。」唱個不住。趙萌等一干人，哪裡知道是諷刺自己，收吸民膏，無微不至，一班百姓敢怒而不敢言。這也不去多說。

再說劉文叔進得帳來，正要安息，瞥見帳外走進一個人來，往他的床前一跪，說道：「望主公容納微臣數語。微臣雖肝腦塗地，亦所情願。」

劉秀大驚，忙用手將來人拉起仔細一看，不是別人，正是耿弇。劉秀忙伸手將他拉起問道：「卿家深夜前來，有什麼指教？」

耿弇道：「海內萬民，誰不苦恨王莽？於今莽賊已除，復思劉氏；聞漢兵起義，莫不歡騰，如脫虎口，復歸慈母，今更始為天子，昏弱無才，貴戚縱橫都內，政治紊亂，比莽更甚，大王功名已著，天下歸心，若不決計自取，轉眼之間，將此大好山河歸諸別姓了，日間諸將之陳言，未為不是，奈何大王不察耶？」

劉秀聽他這番話，點首無言。

忽然又有一人進帳跪下，劉秀展目一看，原來是虎牙將銚期，只聽他說道：「河北地

近邊塞，人人習戰，號為精勇。今更始失政，大統垂危。明公據有山河，擁集精銳，如果順從眾心，斷然自主，天下誰敢不從，請主公勿疑！」

劉秀聽得，便點首對二人說道：「二卿高見，正與孤暗相吻合；日間諸將陳詞，也非不是；孤為慎重起見，故作一頓。殊不知事未成，機失露，為辦大事者第一忌。既然眾卿一心擁戴，秀非草木，豈得無心？准從眾議便了。」

二人見他答應，真是喜不自勝，忙退出來尋鄧禹。

二人剛剛出得帳來，忽然有一個人將二人的肩頭一拍，悄悄地笑：「你們好大膽，竟敢瞞住眾人在這裡議論這些事情。」

二人大吃一驚，回頭一看，不是別人，正是鄧禹。二人大喜，忙對鄧禹道：「先生來得正好，主公現在被我們諫准了，就請你佈置大計罷。」

鄧禹笑道：「還到這會呢，我早就安排停當了。」

二人驚問道：「你這話不是奇極了麼，你不等主公答應，就好去安排了麼？」

鄧禹笑道：「我早就料定了，目下多說無益，到了後天，自有分解。」

二人聽了，只是納悶。

耿弇笑道：「鄧先生，無論做什麼事，老是不肯說明，全叫人打悶葫蘆。」

鄧禹附著二人的耳朵，如此這般說了一番，二人方才明白，便和鄧禹告辭出來，一夜無話。

到了第二天，鄧禹下令班師。諸將莫明其妙，紛紛入帳，詢問鄧禹何故班師。鄧禹笑道：「請諸位將軍不要細問，我自有道理。」一時撥動大隊，浩浩蕩蕩，直向鄗城進發。正是鞭敲金鐙，人唱凱旋，軍威齊整，旗幟鮮明，在路不止一日。那天到了鄗城，守城的將卒大排隊伍，開城迎接。劉秀等率隊進城。過了數日，劉秀、鄧禹仍然沒有提及一字，諸將領好不氣悶。

一天，劉秀點齊眾將，自己升帳，對眾將說道：「孤家夜間夢見一條赤龍，飛騰上天，不知主吉主凶？到了現在，我的心裡兀的跳個不住呢！」馮異、鄧禹出班賀道：「天命所歸，神靈相感，請主公不必遲疑，克日先正大統，以安萬民之心。」

諸將聽得這話，齊呼萬歲！鄧禹便請劉秀登壇受命。劉秀到了此時，知道推辭不了，只得緩步登壇。祝官宣讀祝文。祝文讀畢，祭禮告祖，南面就坐，受文武百官朝賀。改元建武，頒詔大赦。

第七十六回　妙算如神

劉秀緩步登壇，南面坐定，受文武百官朝賀已畢，改元建武，頒詔大赦，改鄗城為高邑。是年本為更始三年四月，史家因劉秀登基，漢家中興，與劉玄失敗不同，所以將正統歸於劉秀，表明建武為正朔。且劉秀後來廟號叫做光武，遂沿稱為光武皇帝。

小子依史演述，當然人云亦云，從此將劉秀文叔四個字高高擱起，改名為光武皇帝。讀者須要注意，以後如說到光武皇帝，卻就是劉秀文叔了。

閒文剪斷，敘歸正文。如今光武正統已定，先暫按一段，特將劉玄一面細敘一敘。

話說劉玄在長安聽說劉秀正了大統，不由得滿心歡喜，忙將李松、趙萌召到殿上說道：「兩位卿家，你們曉得麼？如今又出了一個皇帝了。」

李松、趙萌聽他這話，大吃一驚，一齊問道：「誰做皇帝？」

劉玄笑道：「就是劉秀啊！適才探事官進來說的。劉秀現在鄗城，自立為大皇帝，頒詔大赦天下了，我想他既然要做皇帝，不如就讓他去做罷，省得我吃辛受苦的麻煩不了。」

李松忙道：「主公，你這是什麼話？自古道，萬民之主，九五之尊，豈可輕易讓與他人的？如今他既然做了皇帝，我們要趕緊想法子將他撲滅才好。」

劉玄翻了一會子白眼，才答道：「你們忒也多事，別人要做皇帝，與你們有什麼相干呢？」

趙萌急道：「你曉得什麼，目下不想法子去撲滅他們，一俟他們勢力養成，就要來撲滅我們了。」

劉玄笑道：「這話便是胡說，天下哪有這樣不講理的人，他做皇帝，我也不去反對他，他反要來尋著我嗎？恐怕沒有這回事罷。」

李松急道：「偏是你講得有理，到了刀斧臨頭，你才後悔呢。」

劉玄把頭搖得像煞撥浪鼓一樣，一百二十個不相信。二人也無法可施。

一班文臣武將早有異心。張卬、申徒建出班奏道：「蕭王劉秀天下歸心，今正大統，正是順天應人。主公識時，何不趁機讓位呢？」

劉玄大喜道：「二卿之言，正合吾意。」

他方才說了兩句，尚未說完，李松剔起眼睛，向張卬、申徒建厲聲大喝道：「賣國求榮的奸賊，快少開口。」

張卬被他一罵，只氣得三光透頂，暴跳如雷，亦潑口罵道：「你這狗頭是什麼東西，擅敢潑口傷人。朝廷大事，自有公論，何用你這膳夫干預？羞也不羞？」

李松更不可忍耐，忙大聲喊道：「武士何在？」

話猶未了，從後面轉出武士十餘人，各懷利刃，直撲二人。張卬見勢頭不對，忙在腰間掣出寶劍，一路砍出殿門，無人敢擋，竟讓他走了。申徒建措手不及，被眾武士刀劍齊下，登時砍得血肉模糊，死於非命。

這時劉玄嚇得矮了半截，渾身發抖地動個不住。這時趙萌、王匡、陳牧三人，也不待令下，便去點了五千精兵，徑紮新豐；李松也帶了三千兵馬，去紮掫城。誰知張卬出來，便飛馬趕到華陰，投奔赤眉大帥樊崇，百般攛掇，勸他出兵，進襲長安。

樊崇早有此心，可巧軍中劫到劉氏子弟二名，崇心中忽生一計，便將一個名叫劉盆子的，扶為皇帝，招搖惑眾，聚眾興師，直向長安進發。一路上搶劫燒殺，無所不為。未滿三日，已到了長安城下。

旌旗蔽天，矛戈耀日。長安城中雖有些兵士，無奈皆是老弱殘卒，哪有抵抗的力量，只得連夜保著劉玄逃到新豐。趙萌、陳牧、王匡等，聞報大驚，星夜聯合掫城李松來復長安，八千人馬將長安圍困得水洩不通。

樊崇、張卬帶了三萬赤眉，進得長安，肆意劫掠。未到半日，已經劫得十室九空。聽說劉玄兵到，慌忙收集眾賊，開城迎敵，各排陣勢，大殺一場。李松、趙萌等抵敵不住，引兵敗走。眾賊兵領隊追上，將李松等，殺的殺，捉的捉，一個未曾逃脫。

眾賊大勝，收集兵士，將劉玄帶到殿上。劉玄嚇得面無人色。劉盆子坐在殿上，好像

泥塑木雕一般，一言不發。

樊崇大喝道：「那個劉玄到了現在，還不將玉璽交出，等待何時？」

劉玄只得將玉璽卸下。張卬大叱道：「這樣無用的東西，留在世上有何用處，還不將他結果了呢。」忽地兩旁邊轟雷價的一聲答應，將劉玄、趙萌等一干人完全縛起。

劉玄滿口哀告，劉盆子倒心中好大不忍，對樊崇說道：「樊老爺子，我看這些人怪可憐的，不要殺罷，將他們放去就是了。」

樊崇倒也強盜發善心，正要傳令放下，誰知張卬恨如切骨，厲聲說道：「斬草不除根，萌芽依舊生。今天將他們放了，難保後來不來作對，到了那時，才後悔不及呢！」

樊崇聽了他這兩句話，心中一動，忙喝道：「推出去砍了！」話猶未了，走出幾個武士，鷹拿活雀般地抓了出去，刀光一亮，可憐劉玄、趙萌等身首異處了。

樊崇對張卬說道：「我看劉玄手下有一個將官，名叫成丹，端的是個好漢，現已被我們捉住，囚在後面，要是將他收服住了，倒是一個大臂膀！」

張卬點首道：「不是你說，我幾乎將他忘了，此人與我有一面之交，憑我三寸不爛之舌，說他來降就是了。」

樊崇大喜道：「如此，就煩神前去罷。」

張卬滿口答應，告辭出來，到了後面，令人將成丹放下來。張卬打躬作揖地說道：

「小弟遲來一步，致將軍受屈了。」
成丹滿面羞慚，低頭無語。
張卬又道：「吾兄智勇雙全，屈居群姦淫威之下，弟實替兄抱屈，如今樊將軍扶助劉盆子為帝，何不施一臂之力，建功立業？將來名垂竹帛，永遠不朽呢！」
成丹答道：「敗軍之將，尚有何顏再事別主，請從速處決罷。」
張卬忙答道：「大丈夫棄暗投明，方不失英雄本色，請將軍不要執一才好呢！」
成丹也不答話，默默無言。
張卬心生一計，忙著人將樊崇請來。樊崇見了成丹，躬身到地，口中說道：「得罪將軍，千祈恕罪！」
成丹趕著答禮說道：「敗將請速處決罷！再加以禮節，實在無地可容了。」
樊崇笑道：「將軍哪裡話來？如今亂世之秋，四方無主，惟盆子是漢家嫡派，所以不才等願效死力，扶助主公，恢復漢家基業，將軍肯以萬民倒懸為念，請助一臂之力，崇等感謝不盡矣。」
成丹仍未答話。又經張卬軟說細勸，成丹才死心塌地地服從他們。
話休煩屑，說光武帝接位之後，連日接到各處消息，先聽說赤眉造反，倒也不十分介意。後來聽說劉玄等被赤眉殺了，長安失守，勃然大怒，便與鄧禹商議道：「如今赤眉猖獗，若不早除，必為大患。」

鄧禹笑道：「赤眉烏合，未足為患，臣願請兵五萬，一鼓蕩平便了。」

光武帝大喜道：「卿家肯去，孤無憂矣！卿家請先出發，孤即首取洛陽，後來隨機策應如何？」

鄧禹在喜，點頭稱是，忙下令點齊人馬，自己帶了馮異、王霸、耿弇、李通、劉伯姬、景丹六員大將，克日與光武帝分頭出發，在路非止一日。

那日到了長安城外，紮下大營，埋鍋造飯，還未晚餐，猛聽金鼓大震，一隊賊兵從西南上斜刺殺來。原來樊崇等早已得著消息，日夜預防。這隊賊兵，正是成丹領兵在城外巡閱，瞥見東南上煙塵大起，曉得漢兵已到，忙來迎敵。

鄧禹見賊兵已有準備，心中也自吃一驚，忙點將帶兵，列成陣勢。一眼望見成丹躍馬橫槍，立在垓心，便眉頭一皺，計上心來，回頭向馮異笑道：「那不是成丹麼？」

馮異道：「如何不是！」

鄧禹道：「點陣要煩將軍出去，方不致失了銳氣。」

馮異心中一想，今天鄧先生獨要我出馬，是什麼意思呢？沉吟了一會，猛的省悟道：「是了，他一定教我去罵他一番，曉諭大義吧。」

他想到這裡，更不怠慢，倒持獨腳銅人，撥馬闖到垓心，向成丹招呼道：「來者莫非成功曹麼？」

成丹雙手當胸一拍，答道：「然也。馮功曹別來無恙否？」

馮異點了一點頭，開口說道：「成將軍，我們分別以後，不覺倒有四年多了。聽人家說，你扶助劉玄，我很替你可惜！以為明珠投暗，永無出頭之日了。」

他說到這裡，成丹也不答話，拍馬搖槍來取馮異。

馮異暗想道：「本來鄧先生教我來指陳大義，不想這狗頭竟不受教訓，只好將他打殺罷。」

他揮動銅人，與成丹翻翻滾滾，大戰了一百多合。

成丹深恐馬乏，忙用槍逼住馮異喝道：「等一會我，我換馬來，和你決一勝負。」

馮異哈哈大笑道：「今天勝負已分，何必再分勝負呢？」

成丹剔起眼睛道：「你待怎講？」

馮異不慌不忙地說道：「你也是個功曹，我也是個功曹，你入赤眉，我為漢將，同是一樣出身，卻變成兩般結局，可嘆呀可惜！請問你的心肝到哪裡去了？不願天下萬人唾罵，竟為赤眉強盜。不獨貽羞三代，且要遺臭萬年。我馮異為漢家名將，功垂竹帛。你成丹為落草強徒，殺之不足以謝萬民。到了勢窮力盡的時候，刀斧加頭，後悔無及了！如今誰勝誰負，天下自有定論，無須我再曉諭了。你且回去，細思我言。」

馮異罵到這裡，成丹滿面雪白，口吐白沫，大吼一聲，往後便倒。馮異見罵倒成丹，忙揮軍掩殺，眾賊兵拚命價地將成丹搶入城中，緊閉城門。

樊崇見成丹這樣，大吃一驚，忙問：「什麼緣故？」

眾賊便將上項事情，說了一遍。

張卬發恨道：「叵耐馮異這個匹夫，信口亂言。成將軍是個直性的人，竟被他占著上風去了。讓我出城和這個匹夫分個高下。」

他說罷，點齊三千人，吶喊出城，一馬闖到垓心，厲聲大罵道：「馮異賊子，快來納命！」

馮異得勝，正要回營，聽他罵陣，勃然大怒，兜轉馬頭正要動手，瞥見耿弇一馬飛出，扭住張卬便鬥。二人戰了八十多合，張卬刀法散亂，力氣不勝，帶馬要走，馮異穿雲閃電般地闖到垓心，大吼一聲，一鐧人如泰山蓋頂地打了下來。

張卬大吃一驚，措手不及，登時腦漿迸裂，翻身落馬。耿弇揮動大隊，掩殺過來，將那些賊失只殺得屍橫遍野，血流成渠，只恨爹娘少生兩隻腿，沒命地四散奔逃。馮異與耿弇又領兵追殺了一陣，才收兵回營。鄧禹大加讚賞，一宵無話。

到第二天，正要領兵攻城，只見城門大開，並無一軍一卒，鄧禹心中生疑惑。

耿弇道：「想是賊人連夜逃去了?」

馮異道：「這倒不可料定，眾賊的詭計多端，倒要小心一點才好。」

他們正自議論，忽見探馬進來報道：「賊人連夜向陽城去了！」

鄧禹問了個實在，才領兵進城。

剛到城門口，猛聽得裡面隱隱地有角鼓聲音，馮異大驚，撥馬帶兵回頭。

眾三軍見頭隊退下，便知有了緣故，連忙陸續回頭。倒把一個鄧禹弄得莫名其故，忙問馮異是什麼緣故？

馮異道：「方才正要領兵進去，猛聽得裡面鼓角怒號，這不是顯係有賊兵埋伏麼？」

鄧禹就沉吟大笑道：「將軍錯矣！豈不聞兵法有云，虛即是實，實即是虛；是實非虛，非虛即實麼？我想一定城內沒有一兵一卒了。」

馮異道：「這倒奇了，你說沒有，鼓角聲音，究竟從哪裡來的呢？」

鄧禹笑道：「你們大膽進去，自有道理。」

李通、王霸哪裡還能忍耐，縱馬入城。大隊也隨著入城了，到了紮營之所，進去一看，原來是幾隻羊被賊兵吊在牆上，頭朝下面，在羊頸下懸著一面大鼓。那羊吊得難過，前面兩隻腳不住地在鼓面上亂搔，在外面聽起來，倒也抑揚頓挫，像煞人敲的一樣。諸將看到這裡，才佩服鄧禹的高見。原來樊崇見張卬陣亡，成丹又病，料知孤掌難鳴，點齊眾賊，向陽城遁去。

到了陽城，正要行劫，有一個頭目上前獻議道：「此去漢家陵墓不遠，何不去掘棺搜抄一下子，一定有不少奇珍異寶呢！」

樊崇大喜，便棄了陽城，轉道向陵寢進發。不到半日，到了園陵。守陵的官吏早已溜之大吉。一眾赤眉闖進陵寢，揮動兵刃，不多時將一百三十二座后妃的塚廓完全撬開，將棺材抬出，動刀動斧，七手八腳將棺木劈開，只見那些妃子顏色如生，渾身珠寶玉器。那

些賊兵將珠玉劫下，每人按著一個死美人，實行工作起來。

樊崇最注意是呂后的塚廓，等到將棺木劈開，只見呂后含笑如活人一樣，真個是千嬌百媚，樊崇淫心大動，叱退侍從，解甲寬衣，竟與呂后做生死交易來了。

等他方才將事做過，那呂氏的屍身突然化成一灘血水和槎樣白骨，把個樊崇嚇得魂不附體，忙從地上爬起。渾沾著許多血水，既腥且臭，懊惱欲死。

正要領隊出陵，猛可裡四處喊聲大起。李通、王霸、耿弇、馮異帶了無數兵馬闖進園陵。一班赤眉，人不及甲，馬不及鞍，全被生生地縛住。樊崇還要抵抗，怎奈來將誰不是猛如虎豹，還容他動手嗎？

眾將奏凱而回，到了長安。鄧禹領隊出城迎接。一一慰勞已畢。耿弇道：「鄧先生妙算如神，果然我們馬到成功，一些也未出先生意料之外。」

鄧禹笑道：「不才早已料到這些奴才，一定是要做出這一齣來的。」

大家進了城，互相道賀，專等光武帝到來。

到了第二天辰牌時候，早有探馬飛來報道：「聖駕現在已到新豐了，請先生定奪。」

鄧禹聽得，便知洛陽已得，十分喜悅，忙預備接駕，大排隊伍。長安城中的百姓聽說光武帝到了，誰也如見天日一般，頂香捧酒，將一條長安大道跪得密密層層。

到了午牌時候，才見斧鉞羽葆，一隊一隊地擁護著聖駕，遠遠而來。後面旗纛飄揚，追隨著無數的大兵，霎時到了城邊，眾百姓齊呼萬歲。

光武帝下龍車，一一親自慰問已畢，然後才慰勞眾將士，一會子領隊進城，即日升殿。鄧禹出班，將掃除赤眉的前後說了一遍。光武帝滿心歡喜，便傳旨將樊崇、成丹等一班渠魁梟首示眾。

劉盆子將玉璽摘下，格外施恩，封為滎陽侯，賜俸終身。發放既定，於是大封功臣，所有什麼官職的名稱，《漢書》上自有記載，無須小子再來饒舌了。從此以後，萬民樂業，國泰年豐。雖有一兩處草寇造反，一經天兵征剿，無不平服。這也不要多贅。

如今單講朝中有一位大臣，姓宋名弘，官居大中大夫，為人生來剛直不阿，清廉如水，政聲卓著。他是光武帝第一個信服的大臣，他本身所得的薪俸，完全分散與貧寒九族。光武帝體貼入微，不時賞賜各種珍寶。可是宋弘生性拘謹，無故斷不輕受。由是光武帝愈加欽敬。

有一天，宋弘薦一個人姓桓名譚，到朝中執事。光武帝料知他所薦的人，諒必不錯，便封為諫議大夫。執事數月，果然清正無倫，光武帝自是歡喜。

後來聽說他喜彈琴，便將他召入宮中，命他彈琴。桓譚也不好推辭，只得彈了一回。光武帝龍心大喜，賞絹五百匹，黃金三十斤。不想這個消息傳到宋弘的耳朵裡，勃然大怒，便將桓譚大大地申斥一番。桓譚垂頭喪氣，自己認錯罷了。

光武帝的長姐湖陽公主，到了現在還未有夫壻，所以光武帝心目中早已屬意宋弘，有一天，光武帝到了湖陽公主的宮裡，探了口氣。湖陽公主果然有嫁人的口吻，不過嫁雖是

嫁，她卻來得非常認真，須要自己親眼選中，才能答應呢。

光武帝忽然心生一計，到了次日，便大筵群臣，召桓譚鼓琴，令湖陽公主立在屏後，聽她選擇。不一會，群臣奉詔，先後俱到，獨有宋弘未到。

桓譚前次被宋弘一責，心中不禁惴惴不安，又礙著帝命，不敢不彈，便胡亂彈著，這時宋弘正色進來，對光武帝奏道：「臣薦譚入朝，無非望他忠誠輔主，稱職無慚，不料他詭道求合，反令朝廷耽悅鄭聲，這是臣所薦非人，應請坐罪。」

光武帝改容，令桓譚退下。

這時跑出一個宮女，附著光武帝的耳朵說了幾句，光武帝點首稱是。宋弘入席，鄧禹、馮異等，無不整容起敬，獨宋弘若無其事。

酒至半酣，光武帝親自向宋弘說道：「孤家聽得俗語有兩句話是：『貴易交，富易妻。』這兩句話，大約也是人情常有的事吧。」

光武帝還未說完，宋弘正色答道：「主公哪裡話來？臣聞『貧賤交，不可忘；糟糠妻，不下堂。』怎好見利忘義呢？」

光武聽他這兩句話，真個啞口無言，暗道：「這事一定不諧了。」

第七十七回　後來居上

光武帝聽得宋弘兩句話，便知婚事不諧，只好打消此議。等到筵散之後，群臣告退，光武帝進了內宮，湖陽公主含羞帶愧地坐在金圈椅子上，默默地不作一聲。光武帝曉得她為著婚事不成，才這樣的，自己也不好上前勸慰，只得用閒話岔開，談了一會便向靜寧宮郭娘娘那裡去了。

湖陽公主坐了一會，自己覺得沒趣，懶懶地朝著架上的鸚鵡發呆。可是那隻鸚鵡非常靈慧，抖著翅膀對她說道：「穆穆文王，意亂心慌。」

湖陽公主聽了，不禁嗤的一笑，悄悄地罵道：「你這孽障，又來作死了，搧得我一頭灰。」

那鸚鵡煞是作怪，又響著喉嚨念道：「窈窕淑女，君子好逑。」她聽了牠這兩句，不禁又打動她的心事，只是對著牠閃著星眼，愣愣地出神，暗道：「畜類尚知有關雎之韻，可嘆我劉黃年過三十，仍然待字閨中，孤衾獨擁，對月興思，畫眉生感，悔不該投生富貴人家，到如今弄得高不成，低不就，從此以往，說不定老死閨中

罷了！若當初托生一個貧賤人家，隨便擇一個如意郎君，夫唱婦隨，百年諧老，倒也受盡人生的樂趣咧。」

她自己對自己嘆息了一回，雙眼沒神，渾身發軟，幾乎要從椅子上軟癱下來。那些宮女見她這樣，誰都曉得她又觸起心事來了。

原來這湖陽公主本來是個多愁多病的佳人，而且年過而立，猶待字深閨，怎能不起摽梅之嘆呢？所以平素那些宮女見她總是愁眉淚眼的，起先大家搭訕著還來勸勸她呢，後來知道她的生性怪癖，所以大家益發不去惹她。見她發起愁來，大家都遠走高飛去遊玩了，樂得她一個人清靜些。

她平時鎮日無所事事，惟有讀經閱史做生活。光武帝是個明白人，曉得他的姐姐獨居寂寞，常常的來和她趕圍棋，論文讀書，替她解除煩悶。可巧今天郭娘娘身體不爽，光武帝放心不下，與她沒有談了幾句，便起身走了。

她悲感了半天，慢慢地起身，輕移蓮步，走到廊下，沒精打采地閒眺了一會。可是一個人心中不自在，憑你怎樣來尋趣，總覺得呆呆的毫無生趣，隨時隨地皆現出一種慘淡的色彩來，其實景物何嘗慘淡，不過隨著她的心地為轉移罷了。

她站了一會子，越覺得十分煩悶，便喚了一個宮女，引著路，一徑徑向御園走來。到了御園的門口，那些後宮衛士和看管御園的官吏見公主遊園，誰敢怠慢，連忙大開園門，一齊敬禮。

湖陽公主見他們過來敬禮，心中大不耐煩，一揮玉腕，便令免禮。那些衛士官吏謝恩，八字排開。她扶著宮女，婷婷嫋嫋地走進花園。這時正當暮春時候，那園內的芍藥牡丹，怒放得和錦蓋一樣，展著笑靨，飄搖欲活。那些桃杏枝頭，早已退了顏色，碧蔭連雲，子藏葉底。她觸景生情，不禁又起了一重感想，暗道：「草木逢春，尚有生榮之日，獨我劉黃人老珠黃，何日才能與草木一樣的逢春向榮呢？」

她想到這裡，忍不住粉腮淚落。可怪那些樹枝上的小鳥，不住地唧唧喳喳地叫個不住，似乎嘲笑她懷春一樣。更有那送春的杜宇，一聲一聲地喚道：「不如歸去！不如歸去！」她的一顆芳心，可憐早就麻醉了，哪裡還有心來領略那些欲去的春光呢？懶洋洋地走競芳亭裡，坐了一會子，便又扶著宮女，回到宮中。從此紅顏易老，白首難偕。

小子是個憨大，直來直道，有一句，說一句，向不喜憑空捏造，顛倒是非。以後湖陽公主她擇婿與否，小子尋遍史鑑，也未有記載，所以小子也只好將她就此擱起，另表別人罷。

光陰似箭，一轉眼十五周年，如飛而逝。這年正是建武十五年的八月十二日。光武帝在那雞聲三唱，譙樓四鼓的當兒，便在淑德宮中陰貴人的臥榻上起身了。金鐘三響，聖駕臨朝。三百文臣，四百武將，蹜蹜蹡蹡，鵠立兩旁，當由值殿官唱道：「有事出班啟奏，無事捲簾退朝。」

話猶未了，只見武班中閃出一人，手執牙笏，三呼萬歲。光武帝見來者不是別人，正

是大司馬吳漢。

光武帝問道：「卿家有班，有何議論？」

吳漢俯伏金階奏道：「臣等一介武夫，追隨聖躬，十有八年，自我主正統以來，四方靜肅，萬民樂業，刀槍入庫，馬放南山，滿布昇平氣象。近數月來，微聞南方交趾以及肖廣之間，又有不良之徒，明目張膽，躍躍欲試。臣之愚見，兵甲許久未經訓練，倘有不測，為之奈何？微臣今天冒瀆聖躬，敢請下旨，將三都軍馬調來，逐日操練，有一征伐，無往不利也。此乃微臣愚見，未識聖躬以為如何？」

他將這番話奏完以後，靜候光武帝回答。

光武聽他這番話，大不為然，便答道：「大司馬的意見未然不是，但現在天下疲耗，急待滋養之氣，且隴蜀一帶，逐次蕩平；交趾、湖廣各處縱有一二莠民，當有該處有司治辦，何須勞師動眾，枉耗資財呢？以後非遇警報，勿再言兵！」

吳漢不敢再奏，只得謝恩退下。

右班中鄧禹向賈復說道：「聖上不納大司馬的奏詞，大人可知道是什麼用意呢？」

賈復笑道：「這無非是聖上久歷兵戎，心厭武事罷了。」

鄧禹笑著點頭。霎時當值官高喊退朝，群臣紛紛退去。

光武帝退朝，徑向靜寧宮而來，郭娘娘連忙接駕進宮。郭娘娘見光武帝面有不悅之色，便問道：「今天退朝，萬歲何故這樣不悅？」

光武帝便將大司馬吳漢所奏的大意，說了一遍。郭娘娘正色說道：「大司馬的意見果然不錯，萬歲何故不准其奏呢？」

光武帝冷笑一聲，向郭娘娘道：「梓童既然這樣替他扳駁，想必另有高見，孤家倒要來領教領教。」

郭娘娘道：「萬歲哪裡話來？妾身並非庇護大司馬的旨意。須知天下清平，還防雞鳴狗盜，凡事俱以預備為佳，免得臨時措手不及，為害不淺。如今內患已平，還防外侮。自古道，軍馬為國家之屏障，豈可置之不理？深望萬歲三思才好。」

光武帝只是拈鬚微笑，一語不發，心中卻一百二十個不贊成。

又過幾天，光武帝大宴群臣，一班功臣爵士俱來入席。光武帝親自執壺與眾臣斟酒。酒至半酣，光武帝執壺向功臣問道：「眾卿家當初要是不遇見孤家，預備做些什麼事業呢？」

真個是肅穆一堂，無不守禮。

鄧禹首先立起來答道：「微臣不遇聖躬，自忖學問，可做一個文學掾吏。」

光武帝大笑道：「卿家出言，未免過謙了。卿家志行修整，可官功曹。」

依次問到賈復，賈復立起來答道：「微臣出身寒素，百無所長，非遇萬歲，素衣終身罷了。」

光武帝益發笑不可抑地答道：「卿家品學兼優，何能落拓如此，最微也可得一縣

令。」又問馬武，馬武起身答道：「臣一介武夫，除廝殺而外一無所長，得遇萬歲，畢身微幸，否則一屠戶耳。」

這幾句話，說得哄堂大笑起來。光武帝笑道：「只要不為盜賊，亭長可以稱職。」光武帝今天有意遍問群臣，一來是暗炫自己，二來是試試群臣有無棄武修文之心，結果心中十分詫異，不獨一班文臣出口之乎，就連一班目不識丁的武將王霸、李通、馬武之輩，也都談吐風雅，超俗不群。

原來自從那日光武帝駁回吳漢上疏之後，鄧禹等一班便徹底瞭解光武帝的心理了，三三兩兩退朝議論，大家皆欲順從天意，你讀書，我閱史，滿口咿唔，鎮日價手不釋卷。更有李通、馬武等一班不識字的人，加倍用功，一天到晚，手不釋卷地苦讀，預備聖上來試驗。

閒話少說，再表光武帝見群臣一個個都像溫文爾雅的書生，將那血戰沙場的武夫氣概一洗乾淨，怎麼不喜呢？他偏與一班武將談個刺刺不休。可怪他們應答如流，口似懸河，滔滔不絕，把個光武帝樂得心花大放，杯不離手，只飲得滿面霞光，醺然大醉。群臣見光武帝已有了幾分酒意，深恐酒後失儀，便紛紛告退去了。

穿宮太監忙扶著聖駕，徑向靜寧宮而來。此刻光武帝雖然有了酒意，卻認得路徑，忙對太監說道：「快扶孤往淑德宮去！」

太監哪也怠慢，連忙轉道，徑向淑德宮而來。不一會，到了淑德宮的正門口。一群宮女忙進去稟知麗華。麗華慌忙出來接駕。

只見光武帝吃得酒氣熏人，踉踉蹌蹌而至。麗華帶著一群宮女迎來，將光武帝迎進宮中。

光武帝醉眼模糊，坐在沈香榻上，用手搭著麗華的香肩，飄搖欲睡，這時可把麗華著了忙，急催宮女去辦醒酒湯，枳橘露，手忙腳亂，一會子將醒酒湯送來。麗華親自接了過來，用嘴吹了一吹，才用羊脂玉的茶匙舀了一茶匙，送到光武帝的唇邊，輕輕地喚道：「萬歲請用一匙醒酒湯呀！」

光武帝微睜醉眼，望著她儘管發笑。她又輕輕地喚道：「萬歲，請用罷，再停一會要冷了！」

光武帝猛的用手一格，麗華一驚，忙將身子往後一縮，幸喜手中的醒酒湯沒有拋去，連忙將碗匙遞與宮女，自己輕舒玉臂，將光武帝扶著，將粉臉偎到光武帝的腮邊，問道：「萬歲，莫非見罪賤妾服伺不周麼？」

光武帝哈哈大笑道：「大司馬哪裡話來？自古道，君不正，臣可諫；父不正，子可諫；水來土掩，兵來將擋。何況你又南征北戰，屢建奇功，孤家何能見罪與你呢？」

麗華聽他滿口醉話，不禁掩口失笑。

光武帝剔起眼睛向麗華喝道：「郭聖通！難道孤家這幾句話說錯了麼？你這樣的輕狂，還稱得起一國之母嗎？我每次有什麼國事，你都要來扳駁我，休要惹得氣起，將你

貶入冷宮去受罪！到了那時，看你扳駁不扳駁了。」

他說罷癡笑了一陣子，伏在麗華的肩上。

麗華聽了他這番話，卻怔住了，細細地忖量半天，暗道：「酒後訴真情，他既然說出這些話來，我想與郭氏一定不睦了。」

她沉思了一會子，暗道：「萬歲本與我結婚在前，而且海誓山盟，永為鶼鰈，不想他又與郭氏再婚，倒弄個後來居上。她竟為梓童，我倒為貴人，天下事哪有這樣反背公理呢？我要和她去為難，無奈她現已大權在手，一翻了臉，拿出正宮娘娘的派子來，我可要吃不消了。如今萬歲在面上看來，對於她也不覺得有什麼不好，而且今朝又說出這些話來，難保暗中不發什麼嫌隙罷。」

她想到這裡，柳眉一鎖，計從心來，忙將光武帝扶著，便教宮女先將枳橘露取來醒酒。一轉眼，枳橘露送來。麗華硬灌了兩茶匙。

不一時，光武帝果然漸漸地蘇醒過來，便嚷口渴。麗華忙去倒了一杯茶，親自用小金盤托到光武帝身邊，含笑說道：「請萬歲用茶罷！」

光武帝忙將茶杯接了過去，呷了一口，便向麗華笑道：「愛妃，這裡宮女盡多，何消煩你的精神？孤家倒生受了。」

麗華含笑答道：「萬歲不用客氣罷，方才賤妾等服侍不周，不見罪就算萬幸了。」

光武帝聽了她這兩句話十分蹊蹺，便知酒後失言了，漲紅了臉，忙問道：「我可是說些什麼的？想也想不起來了。」
麗華笑道：「沒有說什麼。」
光武帝搖頭笑道：「我不信，不一定說什麼話，得罪你了。愛妃，千萬莫要見怪，只怪孤王今天多吃一杯。愛妃，孤王這裡賠罪了！」他說罷，撩起龍袍，便欲跪下去。慌得麗華伸出一雙纖纖玉手，拉住他笑道：「萬歲，這算什麼？不要折殺賤妾罷！」
光武帝涎著臉笑道：「好人，你今天可能恕我酒後無德，我就感謝不盡了。」
麗華掩口笑道：「萬歲！敢是酒還未醒麼？」
光武帝忙道：「早就醒了。」
麗華笑道：「既然醒了，為何顛顛倒倒地纏不清，我又沒有說什麼，儘管這樣磕頭蟲似地向誰賠小心呢？」
光武帝笑道：「孤方才聽見你說出那句話來，恐怕酒後失言，有什麼言詞得罪你，所以向你賠個小心。不料你反而說我未曾醒酒，還不是冤枉人麼？」
麗華也不答話，嗤地笑了一聲，便將外套宮裝卸下，坐到床邊，向光武帝正色說道：「如今萬歲也好去了，專是在這裡纏混什麼？將大好光陰輕輕地耽誤了，豈不可惜！快點請駕回宮罷！」
光武帝見她嬌嗔滿面，越發情不自禁，用手將她的玉腕抓住，笑道：「愛妃！你叫孤王到誰宮裡去？」

麗華道：「萬歲不要胡混罷，再不去，又有人在背後議論我爭寵奪夕了。」

光武帝笑著，一把將她摟到懷中，接了一個吻，說道：「是誰膽敢說這樣的話呢？愛妃！快點寬衣罷，辰光不早了。」

她也不答話，連著小衣往床裡一睡，一言不發。這時來了兩宮女，替光武帝將龍袍內衣脫下，扶他下床，一面又替他們用被衾蓋好，退了出去，光武帝到了這時，正是欲火中燒，不可遏止，而且又是酒後，再也按捺不下，便摟著麗華心肝寶貝地亂叫，像煞嬰孩索乳一般，嘰咕了半天。

麗華心中暗想道：「伴君如伴虎，再不答應，恐怕要決裂了。」便將小衣慢慢地解了半天，才解了下來。光武帝還能再耐一刻麼，騰身上去，大演起來。麗華又做出各種的浪態來，把個光武帝演得喘若吳牛，恨不得將身子化在她的身上。直演到譙樓四鼓，才算停鑼息鼓。

光武帝將她緊緊地摟住問道：「愛妃，你方才究竟為著什麼事情嗔怪孤家呢？請你直接告訴孤家罷。」

她聽了，不禁滿臉淚痕，哽咽不住，一句話也說不出來。

光武帝見她這般模樣，更是弄得莫名其妙，益發加緊問道：「好人，你爽性說出來，孤家好代你出氣。憑她是誰，只消一聲，管教她立刻死無葬身之地。」

她哭得和淚人一樣，總不肯說出端底，把個光武帝弄得又氣又憐，低聲下氣地哄道：

「愛妃，你有什麼冤枉儘管對我說，我總替你出氣就是了。你只管哭，不肯爽爽快快地說了出來，究竟算什麼意思呢？」

她用絹帕將粉腮上的積淚拭去，然後哽哽咽咽地說道：「賤妾與萬歲本是先訂百年，互相可以體諒，不想後來這個……」

她說到這裡，卻又故意噎住不說了。

光武帝愈是疑雲迭起，催問道：「愛妃，你怎的說了兩句又停住作甚呢？」

她說道：「寧教我受一點屈，不要去說罷。省得萬歲聽見，又多增煩惱，還是不說為佳。自古道，冤仇宜解不宜結，為人讓步不為癡。」

光武帝急道：「愛妃平日不是一個極其爽快的人麼，怎的今朝一句話就吞吞吐吐地這樣難說呢？」

她說道：「她的勢力，無論如何比我來得大，山雖高，怎能遮住太陽呢？要想和她作對，不是以卵擊石，枉討沒趣麼？」

光武帝聽了她這兩句話，心中才有五分明白，但是還不知道她們究竟為著什麼事情參商的。他摟著她接了幾個吻，問道：「愛妃，你是孤家的性命，你被別人家欺侮，如我被別人家欺侮一樣，還是請你快一些說出來罷，免得孤家在這裡納悶吧！」

她道：「老實說一句，誰和萬歲是第一個花燭夫妻呢？」

光武帝道：「那個還用問什麼，不是你還有誰呢？」

她冷笑一聲：「現在的天理簡直一點也沒有了，有多少後來居上的人，心還不足，還要依勢凌人，一些兒也不肯放鬆。幸虧我是寬宏的人，換了別一個，不曉得要鬧出什麼花樣來了。自己身為萬民之母，一點不莊重，鎮日價地就將爭寵奪恃的念頭橫著心裡。雞腸猴肚，穿長補短，自己不好出來罵人，卻叫一班宮女出來罵人。萬歲爺！你老人家鎮日價忙著國家大事，哪裡知道我們的內容呢？」她說到這裡，便不再說了。

光武帝本來是個極聰明的人，還要她細說麼，便冷笑了幾聲，對她說道：「愛妃，你且暫且息怒。今天早朝，孤家包替你出氣就是了。」

她假意驚惶道：「萬歲，那動不得，那就害了賤妾了，還是由她去罷。」

光武帝也不答話，合著眼睛打了一個朦朧，已到寅牌時候，只聽雞聲亂唱，鐘鼓齊鳴，麗華急忙先自起身，然後服侍光武起身。光武帝梳洗已畢，帶怒上朝，受了文武百官朝拜已畢，便命值殿官修了一封草詔，廢郭后為庶人。群臣聽了，莫不大驚失色。

第七十八回　名將馬援

光武帝聽了陰麗華一番諷刺讒媚的訣詞，察也不察，竟至下詔將郭后廢了。朝中文武誰都不曉得一回什麼事情，互相驚訝不止。可憐一位德行俱備的郭娘娘，奉了旨意，也不辯白，繳出印綬，徙居冷宮，聽候發落。那個色藝兼全的陰貴人，竟安安逸逸地超居中宮，母儀天下了。

這時群臣中卻惱動了一位大臣，你道是誰？就是大司寇郅鄆，他越班出來俯伏金階，三呼萬歲已畢，奏道：「臣聞夫婦之好，父子間尚且難言，況屬臣下，怎敢參議？但願陛下慎察可否，勿令天下貽譏，社稷方可無憂。」

光武帝尚自猶豫，鄧禹、賈復、馬援、馮異四位大臣，一齊出班，各上陳詞，俱云郭后未失德儀，不可廢為庶人，致失萬民仰望。光武帝才對眾臣說道：「諸卿能深體孤意，但是孤家此舉，想亦未會過甚吧！」

鄧禹奏道：「聖躬威德早著，海內歸心，但此舉微臣等殊不明瞭內容，不敢妄加指議。不過顧名思義，還是請聖躬三思後行才好。」

光武帝道：「眾卿之義，不為無見，孤王格外施恩，順從諸卿便了。」

眾大臣謝恩退下，光武帝便傳旨封郭后為中山太后，郭后次子為輔中山王，還有三子，劉康、劉延、劉焉，亦俱封為王位。也不易儲，原來郭后長子劉疆早在建武二年間，已立為皇太子了。陰氏亦五子，名陽、蒼、荊、衡、京。許貴人寵幸極鮮，故只生一子，名英。至此亦准了諸臣之請，乃令竇容告廟，將各皇子晉封公位，不在話下。

單講前次吳漢曾云交趾有人作亂，究竟是誰？讀者恐怕不甚明白，在下趁此敘一敘。交趾麓冷縣令征凡，生兩個女兒，長名側，次名貳，俱有萬夫不當之勇，雙手可舉千斤。征側行年十九，早與邑人詩索為妻。征貳亦有了夫婿，姓巴名邱，俱是南方勇士。征側的容貌醜得不堪，雙目深陷，有如鷹隼，闊口獠牙，一頭紅髮，慣施兩把截頭刀。征貳卻出落得花容月貌，十二分齊整，性情極其暴戾，慣使兩口青鋒刀。她嫁了巴邱之後，夫妻之間卻不和睦。可是征側的心理，卻非常野橫，常想殺進中原，奪取漢家的天下。她的父親征凡，不准亂動。所以她們不敢重違父命，鎮日價勾徒結類，舞刀弄棒的。征凡以為她們好武，也不去十分阻止，誰知今年六月裡，征凡患疫死了，她們姊妹兩個見她的父親死了，益發無管束，和兩匹野馬一樣，歹心勃發，四處招集兵馬，準備起事。

不到半月，竟招到有三萬多蠻兵，征側便想自居為南方女大王。交趾太守蘇定深恐她們的勢焰滔大，便令兵馬司帶了五千名健卒，到麓冷縣去繳械。征家姊妹聞報大怒，公然引動蠻兵，群起反抗，將五千兵殺得十去八九。還有幾個腿快的逃回去，報告蘇定。

蘇定聞得這個消息，大吃一驚，忙要領兵親自去征剿，猛可裡只聽得四處喊殺連天，金鼓大震，探馬飛報日南、合浦各處蠻兵，俱接應征家姐妹，反進交趾境內，請令定奪！蘇定聽了嚇得張口結舌，半晌說不出一句話來，料想孤城難守，不如棄城逃走罷！他打定了主意，便收拾細軟，帶著家小，騰雲價的不知去向了。這時，征家姐妹帶著各路蠻兵蜂擁進了交趾的城邑，東搶西劫，為所欲為。

未到三日，連奪六十餘城，由是蠻兵愈聚愈多，這時已不下四十餘萬，威名大振，遠近皆驚。更有與交趾搭界的地方，官民人等無不惴惴不安，深怕大兵一到玉石俱焚，你也飛章告急，我也遣使求救。

那告急的表章，真個似雪片飛來。光武帝聞報大怒，對眾臣說道：「不想南蠻竟有這樣的野心，膽敢不服王令，強佔土地，殊深可恨！待孤家親領大兵，前去剿滅便了。」

鄧禹聽了這話，連忙出班奏道：「主公乃萬乘之君，怎好親自勞動聖駕？臣舉一人，包在三月之內，掃除蠻夷便了。」

光武帝問道：「愛卿所保何人？」

鄧禹道：「虎賁中郎將馬援足智多謀，是征討能將，何不著他前去呢？」

光武帝大喜道：「愛卿之言，正合孤意。」便加封馬援為伏波將軍，又令扶樂侯劉隆、明遠將軍段志、偏將軍王霸、大司馬吳漢四人，為左右參贊，點齊精兵十萬，克日興師。馬援奉旨謝恩，次日，便與隨行諸將點齊兵馬，航海南征。

艨艟戰艦多至千隻，鼓浪乘風，其快如箭，在路非止一日。那天到了合浦，馬援下令停泊岸旁，正要登岸。明遠將軍段志立在馬援的身旁，猛的倒下，口流白沫，不省人事。眾將大驚。

馬援對眾將說道：「段將軍不慣登舟，而且初到南方，水土不服，致有此疾，快令軍醫醫治。」

隨軍的醫生忙來診視，藥方還未開下，段志大叫一聲，早已嗚呼哀哉了。眾將軍見還未出手，先亡大將，一個個搖頭咂嘴，都暗道：「此番出兵，不見得什麼順利吧！」

獨有馬援若無其事，對眾將慨然說道：「大丈夫以身許國，血戰沙場當以馬革裹屍，才算幸運呢！諸位將軍，勿以小挫便欲灰心才好呢！」

諸將領聽他這番話，說得慷慨淋漓，誰不興奮鼓舞呢，一個個伸拳擄袖，預備廝殺。

馬援一面令人將段志屍身用棺盛好，運回原籍，一面拔隊登陸。這時方在九月的時候，赤日炎炎，揮汗如雨，和北方的三伏天氣差不多。馬援下令紮起大營，暫住兩日。

吳漢問道：「如今我們方到此地，正好乘著銳氣去攻合浦，怎麼反先住幾天呢？」

馬援笑道：「吳將軍你只知其一，不知其二，士卒們遠涉征途，未免勞苦，而且這兩天又是奇熱得十分厲害，士卒們誰有鬥志呢，不如暫息兩日，一面先派人探明地理，再行進兵，也不為遲。」

吳漢聽他這番話，十分佩服。

到了天晚，馬援一人徒步出去，在大營四周閒行了一回，瞥見山麓裡燈光隱透，似乎有人家的樣子。馬援觸動心事，背著手徑向那燈光處走來，走到那燈光所在，只見數椽茅舍，聽得見裡面隱隱有讀書聲音，馬援嘆道：「如今亂到這樣，這裡還有讀書人安居此地，真是人間仙境。」

他便走近去，用手敲門。裡面一會子有個十二三歲的小僮將門開放，揉著瞌睡的眼睛，問道：「現在半夜三更的，是誰在這裡吵鬧？」

馬援聽他說話的口音，竟不像是南方的口吻，心中暗暗納罕，便答道：「勞你通報你家主人一聲，就說有個姓馬的求見。」

那小僮答應進去。不多時，裡面走出一位儒冠道服的人來，年紀大約在二十左右，面如冠玉，唇若丹朱，一種風雅態度，直令人望而生敬。

馬援雙手一拱，那少年也答了一個禮，便請馬援入室。只見裡面陳設得精雅非凡，明窗淨几，書櫥內滿堆著牙籤玉軸，琳瑯滿目，美不勝收。

那少年便請馬援入坐，自己陪著，小僮獻茶。那少年首先向馬援問道：「尊駕莫非平西羌的虎賁中郎將馬援將軍麼？」

馬援聽他這話，不由得大吃一驚，忙答道：「正是在下，不知尊駕何由得知呢？」

那少年笑道：「小子去年在春富山舍舅處，聽得舍舅談起將軍來，端的是個絕大的英

雄，鄧禹以後，一人而已。當時小子還不十分盡信。及聽說將軍平服西羌，屢建奇功，小子才心意神往。今日見將軍的面貌，與舍舅所說相同，故冒昧奉問一聲，不料果然是將軍，真是三生有幸呢！」

馬援聽他這番話，便料到他一定是嚴子陵的外甥了，便肅然起敬道：「蒙嘉獎許，實不敢當，但不知尊駕可是嚴老丈的令甥尤清麼？」

那少年起身答道：「然也。」

馬援問道：「不知閣下何故遠來此地？乞道其詳。」

尤清笑道：「辱承下問。小弟七歲時即到此地從師求學了，到了十五歲的時候，家嚴家慈相繼棄世，小弟孑然一身，不願再往北上，所以就在此地與亂世相混了。」

馬援道：「以先生的天才，退隱未免可惜。小弟身膺王命來平蠻虜，先生還肯出山助弟一臂之力麼？」

尤清笑道：「山野村夫，厭世已久，自忖菲材，不堪大用，只請收回成命罷。」

馬援再三敦請，無奈尤清立志頗堅，不願再與塵世相見。馬援知道勸也無益，便問道：「先生既不願出山，但是小弟遠來此地，水土民情皆未瞭解，與軍事上不無發生許多障礙，敢請給以指教！」

尤清也不再推辭，便將地勢民情風俗一一地指示與他。馬援心中大喜。這時譙樓已敲四鼓，馬援忙辭了尤清，便要回營，尤清親自將他送到大門以外。

馬援正要動身，尤清忙喊道：「馬將軍請暫留一步，我還有一句話要告訴與你。」馬援聽罷，慌忙住腳，回頭問道：「先生有何指教？」尤清道：「在軍出發之前，務要多辦大蒜，每人嘴裡都要含一瓣大蒜，方可人平馬安。此地山嵐瘴氣，極其厲害，而且一班士卒又是初到此地的，不耐噁心，就要發生瘟疫，有了大蒜，就不怕什麼山嵐瘴氣了。」

馬援稱謝回營。

到了辰牌時候，便下令去買大蒜一百擔備用。軍需官奉令去辦，眾將不知是什麼緣故，齊問馬援買蒜何用，馬援便將尤清的囑咐說了一遍。眾將大喜，霎時大蒜辦來，馬援便如法炮製，下令動兵，直向合浦進發。

未到半日，大兵到了合浦城下。早有探馬飛報蠻兵首領哈明。哈明聞報大怒，點兵出城迎戰。哈明手持熟銅大砍刀，坐下烏騅馬，衝到馬援的營前，厲聲罵戰。

馬援領著眾將軍帶了三千兵馬，列成陣勢。只見哈明耀武揚威，正在那裡罵陣。吳漢便過來請令。馬援見吳漢討令，心中大喜，忙令他出陣。吳漢拍馬闖到垓心，厲聲大喝道：「蠻囚少要逞能，快快過來納命！」

哈明掄起熟鋼刀，兜頭就砍，吳漢舉槍相迎。二人大戰了一百多回合，吳漢覷準一個破綻，長嘯一聲手起一槍，哈明翻身落馬。馬援見吳漢得勝，便令王霸帶兵前去搶城，自己和劉龔吳漢揮軍掩殺，將那些蠻兵殺得東逃西散，血流成河。

王霸這時早將城奪了，在城上鳴金收兵，馬援見城已得了，滿心歡喜，忙率大軍進城。又命王霸帶了三萬精兵，去攻九真。

未到半日，九真已下。話休煩屑。不到半月，將蠻兵佔據的六十多個城邑，完全奪了回來，十萬雄師一齊向交趾進發。

那天到了交趾，便下令交交趾城團團圍起。側、貳姐妹，聽得各探報，正要起兵去迎敵天師，不想失敗得這樣快法，兵臨城下。她們哪裡有一些懼怯，姐妹商議迎敵之計。征貳道：「讓我去打頭陣，不將這幾個狗頭捉住，誓不回頭。」

她說罷，點齊了三千蠻兵，開城挑戰。王霸也等不得馬援令下，大吼一聲，一馬闖到垓心，厲聲喝道：「你那蠻婆娘，快來納命！」

征貳怒從心上起，惡向膽邊生，揮動青鋒刀，來戰王霸。兩個搭上手，翻翻滾滾地大戰一百多合，未分勝負。金鼓大震，兩邊士卒吶喊助威。又戰了三十合，王霸漸漸不支，錘法散亂，只有遮架工夫，沒有還手的能力。

吳漢長嘯一聲，一馬飛來，替回王霸。那征貳戰著王霸，不禁心中暗道：「久聞北方出美男，怎的這人也生得這樣醜怪呢？」

及見吳漢出馬，已不像王霸那樣醜怪了，三綹長鬚，方面大耳，鳳目有神，心中已起了愛慕之心，和吳漢又戰了五十多合，吳漢不是她的對手，虛晃一槍，敗回陣來，對馬援喘息說道：「叵耐這蠻婆著實厲害，非常棘手。」

馬援勃然大怒，便要親自出馬。劉隆上前說道：「殺雞焉用牛刀？諒這蠻婆能有多少伎倆。讓末將前去，將她結果便了。」

馬援道：「劉將軍須要小心為要！」

劉隆點首答應，拍動白馬，耍起長槍，徑取征貳。征貳見自己連敗兩將，不禁十分得意，站在垓心，罵不絕口。瞥見漢陣中衝出一個少年將軍來，面如冠玉，唇若丹朱，目似朗星，眉比漆刷，真個是千般秀麗，百樣溫文，她把一縷愛的念頭，從腳底一直透到頭頂上，閃著星眼，看得呆了。

劉隆闖到垓心，一聲大喝道：「你那蠻婆娘，發的什麼呆？快來納命罷！」這一聲，方才將她飛出去的魂靈收了轉來，忙舞雙鋒，和劉隆戰了二十餘合，故意兜轉馬頭落荒就去，劉隆哪裡肯捨，縱馬追來，趕到無人之處，征貳霍地扭轉馬頭，認真和劉隆廝殺。不到十二合，劉隆槍法散亂，被征貳看個破綻，一伸玉手將劉隆的腰用力一扯。劉隆坐不穩，翻身落馬。

征貳隨著飛身下馬，將他往懷中一摟，偎著粉臉，展開笑靨，向劉隆說道：「我的冤家，你今天可不要強了，可依我一件事情放你活命，否則青鋒刀它沒有眼睛，用手一帶，你可要到閻王那裡去了。」

劉隆聽她這些話，心中早已明白，他卻生出一計，便涎著臉皮問道：「小姐你請說罷！我劉某不是不知趣的，憑你怎麼我沒有不答應的。」

她向劉隆瞟了一眼，然後笑道：「你要是不棄我是個蠻女，我願隨你做個……」她說到這裡，雙頰飛霞，便噎住了。

劉隆笑道：「你的意思，我已曉得了，但是還有一個人，將他放在哪裡？」

看官，這本是劉隆有心和她開玩笑的，誰知竟碰上了疼指頭了。征貳聽他這話，卻大費躊躇，沉吟了一會子，便毅然對劉隆道：「將軍且請放心，奴家自有道理。」

劉隆便知她已有夫婿了，便又對她說道：「既蒙小姐青眼相加，劉某感激無地，不過要想真正百頭偕老，那麼小姐非依順我們漢家不可。」

征貳笑道：「這也無須將軍多慮，奴不將身子附托你便罷，既然將身子事你，焉有夫南妻北之理，當然報順漢家呀。」

劉隆見她事事遵從，卻一時想不出別的法子來難她了。正要開口，瞥見西北上煙塵大起，便知兵卒趕來，忙對征貳說道：「姑娘請放手，後面的兒郎趕到了，被他們看見反而不美。」

征貳連忙放了手。兩個人驀地分開，飛身上馬，各持兵刃故意大殺起來。不一刻，兩邊的士卒，俱已趕到。二人假意大殺四十個回合，征貳晃了一刀，帶馬收兵入城而去。

劉隆也隨後領兵回營。見了馬援，也不隱瞞，便爽直地將上項事情說了一遍。馬援鼓掌笑道：「將軍的豔福，真正不淺！」

帳下諸將俱來道賀。劉隆心中早已打定主意，此刻也不作聲，這也不在話下。

再說征貳回城，征側連忙接入大帳，慰勞了一陣。征貳懶洋洋地退入自己的住處，這時已經到申牌時候。不一時，吃過晚飯，她一個人坐在房裡，兀的亂想出神。她的腦海裡不住地浮著一個劉隆，何等俊俏，何等英武，何等溫文。越想越愛，正在這閒思的當兒，侍女跑進來報道：「巴將軍回來了！」

她聽了這一句，怒從心上起，便啐道：「他回來就回來，何必你們大驚小怪的做什麼？難道我還去迎接他不成？」

那個侍女碰了一個釘子，努著嘴，站在一旁，一聲不響。

一刻兒巴邱已經走進房來，見她怒容滿面，忙滿臉堆下笑容來，低聲問道：「小姐今天敢是和誰鬥氣，這樣的不悅？」

她見巴邱那一副可憎的面目，和劉隆相比真有天淵之別，不禁將平日的愛情完全付與東洋大海。見他問話，便氣衝衝地答道：「我和別人生氣，與你什麼相干？誰要你來獻這些假意殷勤呢？」

巴邱不覺十分詫異，暗道：「她從來沒有待我這種樣子，今天究竟為著什麼事情，這樣動怒？」

他便走到她的身邊，說道：「莫非不才有什麼不到之處，得罪了小姐麼？」

她見他這樣問，不禁大聲說道：「誰敢得罪誰呢？我十年不見你這個東西也罷，只怪我當初瞎了眼睛，嫁了你這個不尷不尬的鬼罷了。」

巴邱聽了，把那無名火高舉三千丈，按捺不住大聲罵道：「好不識抬舉的賤人，估量著今天在戰場上，一定是看見什麼美男子，便生野心了。好好好！咱老子也不是一盞省油燈。」

她更不能耐，用手在桌子上一拍，罵道：「好雜種，我看中美男子，你便怎麼樣？」

巴邱更不能下臺，用手去拔寶劍。她早已掣劍在手，說時遲，那時快，一劍飛來，巴邱早已身首異處了。她殺了巴邱，總算洩了心頭之恨。

第七十九回　見色不迷

征貳將巴邱一刀殺了，總算除去心頭之恨，拔去眼中之釘，登時怒氣全消。嚇得那些侍女跌跌爬爬地便要逃走。她圓睜杏眼，掣刀在手，嬌聲喝道：「誰敢走，就教和巴邱一樣！」

那些侍女聽見這話，嚇得連忙止住腳步，渾身發抖，一齊跪下央求道：「萬望小姐開恩，饒恕我們罷！」

征貳問道：「你們可願意隨我歸漢？」

眾侍女沒口地答應。她結束戎裝，飛身上馬，正要出城，瞥見征側蓬著一頭紅髮，躍馬而來，口中喊道：「妹妹何故將巴將軍殺去？莫非生了異心麼？」

看官，你們看了這一段不要奇怪嗎？這裡剛才將巴邱殺去，征側哪裡就知道呢？原來有個原因。當巴邱回來，他有個馬夫，是寸步不離的。他進了臥房，那馬夫就在外面伺候。等到征貳將巴邱殺了，他可嚇煞，拚命價地奔向大帳報信去了。

征側正在晚餐，瞥見巴邱的馬夫飛也似地跑進來，忙放下杯箸，問道：「什麼事，這

樣驚慌？」

馬夫本來有些口吃，直喊不不不不不不，一連喊出六七個不字來，臉急得和豬血一樣，一句話還未說出來。征側見他這樣情形，料知事非小可，忙向他說道：「你且慢慢地講出來，不要心急！」

那馬夫又停了一會子，哇的一聲哭道：「女大王爺，不好了！二王爺將我們家巴巴巴老爺殺了。」

征側大吃一驚，不暇細問，飛身上馬，手執兵刃來到征貳的門口。瞥見她戎裝齊整，預備到哪裡去的樣子，征側心中早料著八分了，便開口問她。

她圓睜杏眼，向征側喝道：「我殺巴邱，與你有什麼相干？要你來查問什麼？難道我還怕你不成！」

征側勃然大怒，向她喝道：「你做下這種逆倫的事情，難道還不准我問嗎？好賤人！你究竟為了什麼緣故，將巴將軍殺死？莫非今日在沙場上看中漢將了麼？好賤人！你如果是這樣的念頭，我勸你不要夢想罷。」

征貳大怒喝道：「你是我姐姐，又不是我的媽媽，我就是看中漢將，難道你還敢來阻止我不成？識風頭，趁早走開，不要惱得我性起，任憑你是誰，馬上教你死無葬身之地了。」

征側聽她這番話，便知她認真地反了，氣得一佛出世，二佛升天，那一副可怕的面孔登時變了顏色，和豬肝差不多，張開大嘴，露出兩排金黃色的牙齒，哇呀呀地直嚷起來，舞動兩口截頭刀，來取征貳。征貳哪裡懼怯，耍起雙刀，來鬥征側。一媸一妍，相映成趣。她兩個大殺了一百多合，征貳一心要走，哪裡還有心和她廝殺，虛晃一刀，兜轉馬頭直向東門而來。一路上誰也不敢前來討死，只好望著她衝出城去了。征側趕了一程，知道難以追上，只得回城。

征貳一馬放到漢營之前，對守營的士卒說道：「煩你進去通報一聲，就說征貳要見。」那守營連忙進去通報。馬援聽說征貳，心中明白，忙教請進來。守卒連忙出來，對她說道：「請進去罷！」

征貳下了馬，在馬項下取下巴邱的首級，走進大帳，雙膝跪下，雙手將首級奉上說道：「罪女殺了巴邱，決志歸依漢家，萬望大將軍收錄。」

馬援笑道：「小姐深明大義，棄邪歸正，乃漢之福，某等亦不勝榮幸。但是劉將軍也不可失約，當此軍事倥傯的時候，不如就在今晚先成大事，以便明日進兵。」他說罷，向劉隆說道：「小姐誠心歸漢，為何你連迎接都不去迎接，未免太覺無情。」

這兩句話說得劉隆面紅過耳，俯首難言。

吳漢、王霸兩人又走過去對劉隆說道：「小姐絕義歸來，將軍自然要遵守前約才是。」劉隆也不回答話，走到征貳身旁，躬身施禮，口中說道：「小姐駕到，劉某有失遠迎，望乞恕罪！」

征貳慌忙答禮。馬援忙命軍需官替劉隆去預備婚事，一面令劉隆將征貳帶到他自己的帳篷裡去。劉隆也不置可否，便與征貳到了自己的帳篷裡。征貳向他問道：「那坐在帳上的那位將軍，姓甚名誰？」

劉隆答遭：「就是我們行軍的主將，伏波將軍馬援。」

她微微頷首，可是心中另又看上馬援了。她心中暗想道：「怪不道人家常說，北方帝國之邦，多出郎才女貌，今日才知端底。可恨我征貳生長蠻邦，與一幫禽獸般的人物終日廝混，還算老天見憐，今日與劉將軍得成大事，也算終身之幸了。」

這且不表。再說劉隆見她追問馬援，心中暗想道：「這個賤貨，眼中卻又看上馬援了，真輕薄桃花，隨波逐浪呢！她既然能將她的親夫殺去，難保後來不看上別人，一看上別人，我還怕不和巴邱一般麼？」

他想到這裡，不禁怒從心上起，惡向膽邊生。但是他不露一分神色，和她有說有笑的。眼看著日落西山，劉隆便對征貳說道：「小姐請暫坐一會，我去去就來。」

她忙答道：「將軍有事，請便罷。」

劉隆出了自己的帳篷，徑向大帳而來。剛走到大營門口，瞥見一個小卒，手裡捧著一顆人頭往外面去，他連忙問道：「所捧首級是哪裡來的？」

那個小卒見他問話，忙立定答道：「這是蠻婆子的男人首級，馬將軍令我去掩埋的。」

原來劉隆將征貳帶走之後，吳漢便與王霸議論道：「主帥這事，未免陷人於不義了。」

王霸悄悄地說道：「可不是麼！這種亂倫無恥的蠻婆娘，不要說劉隆是大丈夫，任憑是誰，也不要的，你看主帥硬做下了主，令他兩個成婚，這事真正做得太無道德了。」

馬援本已聽見，他佯作不知，便令人將巴邱的首級拿去示眾。吳漢忍不住勸道：「馬將軍，巴邱雖是蠻人，念他死的可慘，將他首級掩埋了罷。」馬援便准了他的所請。

王霸便對馬援說道：「主帥今天令劉隆與這逆倫偷淫奔的蠻婆結婚，不是硬陷劉隆於不義麼？」

馬援笑道：「王將軍哪裡知道，我看劉隆今天面帶殺氣，不要談結婚，只怕這征貳還有些不利呢。」

王霸哪裡肯信。吳漢道：「主帥既不願劉隆與她結婚，就該將這女子當下斬了，不是免得許多周折麼？」

馬援笑道：「談何容易，你們不知她的厲害麼？而且她又未曾將兵刃卸下，一旦翻起臉來，恐怕大家還要受累呢！」

吳漢道：「寧可和她廝殺，拼個她死我活，倒不致失了劉隆的德行。如今洞房花燭，我想劉隆不是個魯男子柳下惠吧？萬一和她真的成起夫婦來，不是將一個好端端的劉隆陷得身敗名裂麼？」

馬援連連搖首說道：「將軍們且請放心，斷不會有此一齣戲的。不信，今天三更時，自有分解了。」

他們哪裡肯信，仍是爭論不休。

再說劉隆聽那小卒說是巴邱的首級，不禁心中暗暗傷感道：「巴邱，我和你今日無冤往日無仇，你喪了性命，可不要在陰間埋怨我劉隆霸佔你的妻子，在戰場上我不過以此話來難她，不想她認真就將你殺了。你可放心，我劉隆堂堂的奇男子，那些禽獸的行為，我斷不做的，請你放心罷！」他暗暗禱祝了半天，才進了大帳。

馬援與吳漢、王霸正在那裡議論不休，見劉隆來了，連忙將話頭擱起。

馬援首先向劉隆笑道：「將軍命賦桃花，不想在這裡巧遇這段天賜良緣，我們今天可要吃杯喜酒呢！」

劉隆冷笑一聲道：「主帥哪裡話來？不是主帥極力作成我，又焉能白白的得到一位如花似玉的美人呢？喜酒當然要吃，不獨主帥，就連諸位將軍，我也要一一請過去吃喜酒的。」

馬援大笑道：「好哇！俗語說得好，人饞做媒，狗饞吃蛇，可見還是媒人的口福不淺咧！」

大家談談說說，已是戌牌的時候。當由吳漢代作儐相，引新郎新娘同入洞房，共飲交杯，鼓樂喧天，十分熱鬧。眾將領俟婚禮告成後，一齊擁進新房，鬧了一陣子。

劉隆忙命人在外帳擺酒。他們出來依次入席。狼吞虎嚥，大吃在喝，猜拳行令，三元八馬，喊得震天價的響。一直吃到二更將盡，大家都有了酒意，便出席告辭，劉隆便出帳相送。

王霸回頭向劉隆笑道：「劉將軍！今天可要仔細些，不要過於孟浪才好呢！」劉隆冷笑不言。接著諸將又和他嘲笑一陣子。他任憑人嘲笑，也不去爭論，一味含笑敷衍。

吳漢笑道：「人生最快活的一天，就是今朝了，我想劉將軍於異地突然遇到此良緣，心中不知怎樣的快樂呢？但是現在別的不要去說他，就是等到明天送玉麟，珠胎暗結，十月之後，生出一個小劉將軍來，不知還是像爺像娘呢？如其像娘，那就有趣極了，鎮日價蠻言蠻語的，倒是一個變種的國民呢！」

這句話說得眾人大笑起來。王霸大笑道：「我可保定像爺。」

吳漢問道：「怎見得呢？」

王霸道：「男子為天，女人為地，如果生下一個小弟弟來，便是劉將軍替身，怎好像娘呢？」

大家又笑了一陣子，才紛紛地告辭回去。

劉隆一人進了洞房，只見她低垂粉頸，默默含羞，早有喜娘喜姑等前來迎接劉隆，口中說道：「現在二更敲過了。」意思要請劉隆入帳，共效于飛了。

劉隆一擺手，低聲說道：「我還沒有吃酒呢，向後天長地久的，何在乎今天忙呢？」

喜娘喜姑迭迭稱是，連忙去斟酒。劉隆忙擺手道：「這裡用不著你們了，你們退

出去罷。」

喜娘等睡眼婆娑，巴不得這一句話，連忙狗顛屁股似地走了。

劉隆走到她身邊，並肩坐下，手執銀壺，自己面前先斟三杯，然後又在她的面前滿斟三杯，口中說道：「娘子，請飲三杯，算鄙人一些兒敬意。」

她連忙將三杯酒一仰粉脖喝了。劉隆又斟滿三杯，口中說道：「娘子，不才承你垂愛，感謝無已，請飲此三杯，好待不才聊伸歉仄。」

她也不推辭，又將三杯喝了。以後劉隆甜言蜜語，說得天花亂墜，哄得她心花怒放。試想她生長蠻方，哪裡碰到這樣風流如意的郎君，又喜又愛，不知不覺的一連喝下二十餘杯。她本來是個杯酒不近的人，哪裡禁得起喝了這許多的酒呢？不禁面泛桃花，眼含秋水，嬌軀無力，輕舒玉腕，搭著劉隆的肩頭，微微地笑道：「將軍，奴家實在不能再喝了。」

劉隆偎著她笑道：「卿卿！我也知道你不能喝了，我就和你入帳安息罷。」

她閃著星眼向劉隆一瞟，含笑不語。劉隆便將她抱起來，放到床上，替她寬衣解帶，用被衾蓋好，自己將燭花挑去，關起房門，掃手著燭臺，走到床前，但見她香息微呼，已經入夢。

真個如雨後海棠，嬌眠正穩，鼻似瓊瑤，眉如春黛，說不盡千般旖旎，萬種風流。劉隆看得眼花繚亂，魄蕩魂飛，那一股孽火直湧到丹田之上，情不自禁的放下燭臺，便去寬衣解帶，要同入巫山之夢了，剛剛將頭盔除下，猛的省悟道：「唉！劉隆呀，劉隆呀！你怎麼這樣的見色忘義。」

他又將頭盔戴上，拿起燭臺，走到窗前坐下，暗自尋思道：「我好糊塗，這種不倫不類的女子，我當真就和她配偶了麼？不要說別的，就是巴邱的陰靈也要來尋我的。我劉隆本是個頂天立地的奇男子，將來的前程正是不可限量呢，怎好為此等賤貨，敗裂我的身名，被天下萬世唾罵呢？唉！實在不值得！但是我既然不願和她配偶，將她又怎樣發放呢？」

他沉吟了一會，自己對自己笑道：「劉隆！你好糊塗，你將她勸醉了做什麼的，不是預備將她……」他把話連忙噎住，輕手輕腳地走到床前，細細一聽得裡面鼾聲大作，方才放心。

他又走到窗前，猛的想起了一件事情，便又執著燭臺，躡足潛蹤地走到外帳，將自己的防身佩劍掛在腰間，重進房來，將房門緊緊地閉好，自己對自己說道：「劉隆，你這時還不下手，等何時？再遲一會，等她的酒醒了，那可要棘手了。」

他想到這裡，惡狠狠地執著燭臺，拔出寶劍，大踏步走到床前，正要動手，只見她那一副嬌而且豔的面孔，任憑你鐵石心腸，也要道我見猶憐，誰能遣此哩？他可是心軟了，連忙又將佩劍入鞘，坐在床邊，呆呆地望著她一會子，那顆心由怒生憐，由憐生愛的，不覺又突突地跳了起來。他暗道：「不好，不好，我今天莫非著了魔嗎？」

硬著心腸，離開床邊，又到窗前坐下，對著燭光浩然長嘆道：「我劉隆血戰沙場，殺人如草，從未有一分懼怯，卻不料今天對這弱小女子，反而不能將她殺去，昔日的勇氣，卻向何處去了？」

正自猶豫之間，忽聽得軍中刁斗已敲四次，不禁暗自吃驚道：「眼見馬上天要亮了，如何是好？」

他此番下了決心，鼓足勇氣，走到帳前，颼地拔出佩劍，一眼望見她那副芙蓉面孔，不禁手腕一軟。他那支佩劍嗆啷一聲，落在地下。他大吃一驚，連忙從地上將劍拾起，送到她的粉頸旁邊。可是奇怪極了。任你用盡生平之力，他手腕像棉花一樣，一分勁都沒有。

正在這萬般無奈的當兒，瞥見她輕轉嬌軀，口中說道：「劉將軍，你可來吧！」她說罷，用手將寶劍一抱。這時帳子裡突起一陣冷風，將燭光吹暗。劉隆大驚，忙將燭臺移過來仔細一看，只見白羅帳裡一片鮮紅，那一個如花似玉的美人兒，不知何故，首級早離了肩膀了。

劉隆好奇怪，仗著膽，將她的首級提起，徑往大帳而來。

這時已到卯牌時候了，他大步進了大帳，只見馬援已經升帳。他大聲說道：「哪不倫不義的賤人已被我殺了，請令定奪！」

馬援正在與吳漢議論他的事情，只見劉隆手提一顆血淋淋的人頭走進帳來，心中已經料著八九分了，又聽他這兩句，便齊聲稱讚道：「劉將軍見色不迷，端的是大英雄，大豪傑，我們怎能不佩服呢！」

馬援又道：「劉將軍休要見怪，昨天本是權宜之計。其實我早就料到你的心理了。但是能夠這樣的決裂，我們怎能不佩服呢？如今不獨為國家除一大害，就是將軍也得名揚海內了。」

劉隆一面謙遜著，一面著人將征貳的首級高吊杆頭示眾。

大家便議攻城之策。正議論間，只見守卒進帳報道：「外邊有個蠻婦帶了一隊蠻兵，在營外罵戰，請令定奪！」

馬援便吩咐劉隆帶兵一萬，繞道襲城，自己和王霸帶著眾將，一齊出營迎敵。到了戰場，兩面排成陣勢。只見征側躍馬橫刀，大聲喊道：「送死的囚徒，趕快將我家妹子送出，萬事全休。如不然，使得我性起，殺得你片甲不回，那時悔之晚矣！」

王霸揮動雙錘，一馬飛到垓心，大聲喝道：「賊婆娘！你難道眼睛都沒有生麼？看那杆頭是誰的首級呢？」

征側抬頭一看，不禁氣得三屍神暴跳，七竅內生煙，潑炸了喉嚨直喊道：「氣死我也！先將你這狗頭殺了，好替我妹子償命！」說罷，拍馬舞刀來取王霸。

王霸舉錘相迎。二人半斤八兩，正自不分高下。詩索看得眼熱，揮動蛇矛，前來助戰。馬援更不怠慢，飛馬接住。大戰了八十餘合，馬援奮起神威，大喝一聲，刀光到處，

詩索翻身落馬，死於非命。

征側看見她的丈夫被殺了，咬緊牙關，拚命價來取馬援，馬援掄刀相迎，他兩人翻翻滾滾地大戰了五十多合。猛聽得城上一片鳴金聲音，征側不敢戀戰，丟了一個架子，收兵回城。誰知到了城下一看，只見城上滿插著漢家的旗幟。

劉隆站在城頭，向她笑道：「賊婆娘！可惜你來遲了，城被咱老子得了，請你到別處去罷！」

征側這才知道漢兵厲害，帶著一隊蠻兵，沒命地向翡翠峰逃去。

馬援也不回城，帶著大兵，一路追了下去，直追到獅頭山翡翠峰，卻不見一個蠻兵的蹤跡，忙與王霸、吳漢領後在翡翠峰下尋了半天，果然尋到一個大窟窿，上面鐫著「金谿穴」三個大字。馬援對眾將笑道：「我想那賊婆娘一定和那些蠻兵在這穴裡呢。」

吳漢點頭，獻計道：「末將倒有一計，用樹木堆在穴口，燒起來，現在正刮著北風，那股煙吹進去，還怕不將他們熏出來麼？」

馬援道：「正是這樣辦法。」忙令兵士就去伐木，堆在穴前，放起火來。

北風怒吼，那股濃煙直向洞裡鑽進去。不到一會，那些蠻兵果然在裡邊被煙熏得十分難過，一齊都往外跑。馬援指揮兵將，來一個，殺一個。

第八十回　黃粱一夢

眾蠻兵被煙熏得雙目滿布紅雲，兩手不住揉擦，淚如雨下，不能再在洞裡藏身了，只得拚命價你擠我，我軋你，向洞外紛紛出來，各尋生路。誰知奔到洞口，嚇得倒抽一口煙，回身又往洞裡逃生。洞裡面的蠻兵不知底細，只往外擁來。

有幾個曉得洞口有漢兵守著的，出去準是送死，要想開口，無奈煙焰噤口，不能說話，身不由己的被眾人推了出來。真個是禿頭上的蒼蠅，來一個，死一個。

那征側也被煙熏得十分難過，手揮兵刃，殺出洞來，迎頭碰著馬援。只聽他大喝一聲，手起一刀，將征側斬為兩段，霎時數千蠻兵，死的死，亡的亡，自相踐踏，要想半個活的也沒有。

馬援見蠻兵已經絕跡，隨後遣官填缺，自己班師回朝。光武帝聽說馬援班師回來，當然喜不自勝，忙命校尉排齊儀仗親自出都迎接，慰勞備至。這也不在話下。

再說陰麗華自從做了正宮之後，可是願望已足，每每想起皇太子還未易去，仍舊是郭娘娘生的劉彊為儲君，心中未免常常憂慮，暗想：「如果皇太子不易，將來我一定做不成

正娘娘的。」

就此，常在光武帝面前撒嬌撒癡的。無奈光武帝雖然被她迷惑，但是皇太子彊實在沒有一點不好之處，所以不忍更易。

陰娘娘屢次挑撥劉彊的罪惡，光武帝只是裝聾作啞，不去理她。她曉得欲更易皇太子，斷非言詞可動，便暗中設法買通劉彊的近臣，旁敲側擊，嚇詐他自己讓與劉揚。

那劉彊本是一個大賢大孝的人，見自己久處於疑忌的地位，早有退避之心，現在又聽得各處的傳聞，俱說光武帝急急的就要易儲，自己也落得借此告退，免得旨下反而不美；遂毅然上表，請卸皇太子之職，願為藩位。光武帝不忍答應，劉彊又請左右諸臣代為說項。光武帝見劉彊辭意已決，萬分無奈，只得下詔道：

春秋之義，立子為貴。東海王陰皇后之子，宜承大統。

大皇太子彊崇執謙退，願備藩國。父子之情，聖賢同其以彊為東海王。

此詔。

劉彊奉了詔書之後，忙將太子印綬交給劉揚。光武帝即日冊立東海王劉揚為皇太子，改名莊。從此陰娘娘高枕無憂，也不再妄生邪念了。

光陰易過，略泛泛眼，已到了建武三十三年了。光武帝在二月間突然染病，日重一日，未到十天，在南宮的前殿中壽畢歸天了。總計光武在位三十三年，起兵舂陵，迭經艱險，終能光復舊物，削平群雄。可見他的智勇深沉，不讓高祖了。

閒話少說，光武帝既然駕崩，太子莊當然嗣位，是為孝明皇帝，即日正位，命太尉趙熹主持喪事。自從王莽亂後，舊有禮節出一概散佚無存。諸王俱來奔喪，全與孝明帝同食同桌。

凡為藩家的官屬，亦得出入宮廷，百官無別。此時惱動了趙熹，正色立朝，手執寶劍，分別尊卑，整理儀節，復令校尉把守宮門，無論藩爵，皆不得擅入宮闈，如有故犯，格殺勿論。

孝明帝又是個無剛斷的人，只得聽趙熹指使。此時內外百官，沒有一個不懍遵法律，真個是穆穆雍雍，一堂肅然。尊陰娘娘為皇太后，奉葬光武帝於原陵，廟名世祖。

光武帝曾有遺言，一切葬具，俱如孝文帝制度，務從節省，不得妄費。因此多從樸實，屏去紛華。明帝承奉遺囑，在南宮的雲臺中命巧手畫匠，圖繪亡故的二十八個功臣的遺像，乃是：

太傅高密侯鄧禹　　中山太守全椒侯馬成　　大司馬廣平侯吳漢
河南尹阜成侯王梁　　左將軍膠東侯賈復　　琅琊太守祝阿侯陳俊
建威大將軍好畤侯耿弇　　驃騎大將軍參蘧侯杜茂　　執金吾雍奴侯寇恂

積弩將軍昆陽侯傅俊　征南大將軍舞陰侯岑彭　左曹合肥侯堅鐔
征西大將軍陽夏侯馮異　上谷太守淮陵侯王霸　建義大將軍鬲侯朱祐
信都太守阿陵侯任光　征虜將軍潁陽侯祭遵　豫章太守中水侯李忠
驃騎大將軍櫟陽侯景丹　右將軍槐里侯萬脩　虎牙大將軍安平侯蓋延
太常靈壽侯邳彤　衛尉安成侯銚期　驍騎將軍昌城侯劉植
東郡太守東光侯耿純　城門校尉朗陵侯臧宮　捕虜將軍楊虛侯馬武
驃騎將軍慎侯劉隆

以上諸將在小子這部《漢宮演義》裡，有的曾提過，有的沒有提過。不過有個疑問，我想讀者諸君一定是要來責問的：以上諸將，在什麼時死的，怎麼不一一的敘明呢？是的，應當要敘明。不過小子有幾句話，要對讀者們道歉，我所著的是《漢宮演義》，不是完全歷史小說。所以沒有什麼驚奇和香豔的資料，只得高高擱起，不去多說廢話了。所以將他們的死亡情形，也只好馬馬虎虎地總束一筆了。

再說明帝令人將二十八個功臣的遺容描好，擇日登臺。文武百官一齊頂禮致敬。東平王劉蒼也到雲臺敬禮，遍看遺容，獨少馬援，不禁滿肚狐疑，便向明帝問道：「馬援勞苦功高，為什麼反落雲臺之外呢？」

明帝微笑不答。

看官，馬援自從征了交趾之後，又領兵去征武陵，在壺頭山病歿了。可是他血戰沙場，南征北討，論功績不在鄧禹、馮異之下，為何反落雲臺之外呢？有個極大的緣故，小子趁此交代明白。

馬援平交趾之後，誰知他是患濕氣的人，愛吃交趾出的薏仁，臨回的時候，特買了十餘石，用車裝回。因此引起文武的議論，說：馬援賣國求榮，此番回來，裝著十餘石珍寶回來。這個風聲，傳到光武帝的耳朵裡，心中大怒，便要拿馬援問清楚。幸虧朱勃一力保奏，始得罷議。但是光武帝從此不肯重視馬援了。馬援死後，光武帝越發恩待稀少。

蘭夫人見丈夫蒙此不白之冤，終日啼泣。還是朱勃上了一封奏章，將馬援生平的戰績，細細地表明，又替他剖白冤枉。光武帝才准歸葬舊塋，又到馬援家中，將他生的第三個女兒選進宮中，伺候陰娘娘，格外施恩，又封馬援四個兒子爵位。

誰知馬援的三女兒靜儀進了皇宮，一舉一動，陰娘娘無不歡喜，選入宮中的時候才十三歲，舉止端莊，不同凡女，所以光武駕崩之後，陰太后便將馬靜儀冊立為正宮。這一點，也可稍慰馬援於九泉之下。

再說明帝見劉蒼問詢，含笑不語。劉蒼暗忖明帝的心理，大約是為內親的關係，不便列入吧！其實內舉不避親，何妨列入呢？

明帝與眾大臣致敬已畢，禮成告退，是晚入宮所幸的是扶玉宮。睡到三更時候，突然入夢，恍惚中瞥見有兩個青衣童子，手執幢幡寶蓋，頭梳雙丫髻，面如古月，走到明帝跟

前，點首示禮。明帝不知不覺地立起來，隨著兩個童兒，信步出了皇宮，腳下生風，漸漸地平地而起，把個明帝大吃一驚，身不由己地隨風逐霧的行去。

走了多時，只見前面有條極闊的黑水大河，他騰身過去，到了對岸，再睜眼一看，只見青山隱隱，殿閣重重，祥光瑞氣，五色紛呈，鸞鶴成群，花木籠罩。明帝十分高興，暗道：「孤家為一朝萬民之主，論福也算享著了，不知道還有這般出處呢！真個是神仙之處，何日到此靜修一世，倒比做皇帝來得好呢！」

正自遲疑之間，那兩個青衣小童一轉眼不知去向了。明帝好生奇怪，東張西望，哪裡還有一些蹤跡呢。瞥見那座山頭上，霞光直沖霄漢，從那霞光裡面，泛出無數的蓮花，霎時萬朵菡萏，結成一個修羅寶蓋，在寶蓋上面又現出一個丈六的金人，頂上白光，像煞雨後白虹一樣，扶搖直上，和祥光一樣透入雲端。明帝仰起脖子，看得呆了。

不一會，祥光漸漸散去，那個金人也就淡淡地消滅於無形了。明帝還仰著頭在那裡望呢，猛聽得震天價響的一聲狂吼，明帝低下頭來，仔細一看，只見斑斕猛虎從山麓裡跳了出來，張牙舞爪，直奔明帝。把個明帝嚇得魂不附體，連呼救命。

正在這危急之時，瞥見天空落下一種東西來，像屏風一樣，擋住大蟲的去路。那個大蟲見了，倒豎著尾巴，向山麓裡沒命地逃去了。明帝好不奇怪，忙近來仔細一看，哪裡是屏風，原來是一本極大的書，上面簽著四個大字，乃是《大乘寶卷》。

明帝暗自尋思道：「這書我倒沒有看見過呢，不想它竟有這樣的厲害，居然將大蟲嚇得走了，倒要細細的來看它一看。」他邁步就向這《大乘寶卷》跟前而來。

到了這書的面前定睛一看，可奇怪極了，不獨那書上沒有一個字，便是那簽上明明白白的《大乘寶卷》四個字，也入於無何有之鄉了。明帝十分詫異，暗道：「久聞靈山有佛，此地莫非就是靈山麼？」

明帝偶然一回頭，那書冉冉地騰空而起。明帝再抬頭一看，那《大乘寶卷》升到半空，迎風一晃，猛的化成萬丈金龍從半空搖頭擺尾地翻騰下來，將明帝周身纏住。明帝嚇得張口結舌，一身冷汗。

猛可裡聽得有人在耳邊呼喚道：「萬歲醒來！萬歲醒來！」明帝再睜眼一看，原來是黃粱一夢，見賈貴人在身邊不住地輕輕叫喚。明帝醒來，覺得一身冷汗，翻著眼睛，只是在榻上尋思夢境。

賈貴人見他從夢中驚醒，頭上汗珠如黃豆一般流個不住，不禁著了忙，低聲問道：「陛下方才夢見什麼的？這樣大驚小怪，敢是著了夢魘了麼？」

明帝搖手道：「沒事，沒事。」

賈貴人不敢再問，忙喚宮女將香湯伺候。明帝盥了面，稍定一定，賈貴人復又含笑問道：「萬歲！方才究竟看見什麼的？將臣妾嚇得抖做一堆。」

明帝便將夢中的情事，仔細說了一遍。賈貴人緊簇娥眉，想了半天，莫名其妙。一會子，景陽鐘響，明帝披衣而起，匆匆地上朝，受了百官朝拜已畢，便對眾臣將夢

境細細地說了一遍。眾大臣中有的說好，有的說壞，議論紛紛，莫衷一是。

獨博聞大夫傅毅出班奏道：「臣聞西方有神，傳聞為佛，佛有佛經，旨玄意奧。從前大將軍霍去病征討匈奴的時候，曾得屠修王所供的金人，置於甘泉宮，早晚焚香致敬；後被王莽一亂，想不復存。萬歲所夢的金人，莫非就是佛的幻影。而且西方有一國，名叫天竺國，離此地不過萬餘里，世稱為佛主隆生之地。佛的始祖，名叫釋迦牟尼，乃是天竺迦淮衛國王的太子。國母摩耶氏夢得天降金人，後來有娠，生下釋迦牟尼。生時正當周靈王十五年，天放祥光，已有一種預兆。到了他十九歲的時候，自以為人生在世，永遠脫不了生老病死四個字。他想超出三界之外，便立志修行，摒絕六欲，不食煙火；經過了二十八年，方得成道，獨創一種教旨，傳受生徒。

「教旨分淺深兩種：淺的名叫《小乘經》，深的名叫《大乘經》，有地獄輪迴的討論。這時天竺國頗多邪教，能使猛虎毒龍，化為幻術；自從佛主得道之後，便一一反邪皈正了。後來突然在無那宮中死了。國王國母，大驚啼哭，用棺將他的屍身盛好。不意他突然在棺中坐起，講經說法，說得玉龍彩鳳，俯伏階前，聽他說法，花雨繽紛，瑞氣滿布宮廷。他將經講過之後，屍身又復倒下在棺材外面。不知哪裡來的一蓬火，將棺材和屍身完全燒化。在空中現出丈六的金身，祥光照耀，鼻子裡沖出兩道白毫，像兩條玉籠管一樣。頭上滿露舍利子，金光直沖霄漢。

「他的大徒弟阿難，二徒弟迦葉，領著五百多名的信教人，虔心朝禮。停了半天，那空中的莊嚴佛祖，才淡淡地騰空而逝。阿難、迦葉後來到寶鷲峰修道。不知道兀立山上有一隻大鵬，殊為厲害，一口能將四十里方圓的人吸下肚去。當時阿難、迦葉便同心協力，想將這大鵬除去，無奈自己法力微淺，不能制服。

「有一天，觸動了大鵬之怒，便和阿難、迦葉二人為難，鬥起法來。阿難、迦葉竟不是大鵬的對手。正在性命相搏的時候，佛祖和普賢、文殊兩菩薩，從空而至，各自先將蓮花寶座降下，隔住他們。誰知大鵬不知高下，竟來和佛祖較量。佛祖廣大慈悲，不忍傷牠性命。那大鵬見佛祖未曾動作，只當他沒有什麼能耐，便展開雙翅，掄起利爪，來抓佛祖頭上的舍利子。佛祖用手一指，喝道：『好孽障！你還不皈依，等待何時？』那大鵬張著翅膀，再也飛不起來。阿難、迦葉、文殊、普賢合掌念道：『善哉！善哉！』那大鵬立在佛祖的面前，厲聲說道：『釋迦你使廣大法力，將我纏住，害了我也！』佛祖諭道：『爾作惡萬般，食人無算，上天早已震怒，欲雷劈汝身，風裂汝肉，汝至今尚不知省悟，如今快快依皈佛門，懺悔前愆，同登樂土。』大鵬點首會悟，飛上佛祖的頂上，斂翅合目。佛祖便邀文殊、普賢永住靈山了。

「萬歲德行感動天地，昨夜莫非是到靈山去嗎？再則萬歲曾云親眼看見《大乘寶卷》，並佛祖的金身，更是班班可考，再無疑惑了。」

這番話，說得明帝滿心歡喜，忙對傅毅說道：「卿家的高見，是極！是極！孤家意欲派人到西域去求取真經，以救萬民而拯愚惡，但未知卿家以為如何？」

傅毅忙奏道：「天下現在清平，正需感化，萬歲此舉真是甘露遍施，澤及萬民了，微臣等敢不仰望呢！」

孝明帝便對眾臣說道：「哪位卿家肯體貼孤意，往天竺求經去呢？」

連問數聲，竟未有一人答應，一個個面面相覷，呆若木雞，不置一詞。誰也不願意拋妻別子，遠涉異地啊！還有幾個曠達之流，可不要將肚子笑痛，暗嗤迷信，只好在腔子裡格格的不敢笑出聲來。

明帝連問十幾聲，見沒有人答應，好不動氣，便發作道：「朝廷有事，現在連應命的都沒有了，將來一有什麼變化，可不是束手無救麼？」

眾大臣見明帝怪罪，越發不敢聲張，木立兩旁，毫無聲息。

這時中郎蔡諳出班奏道：「微臣願往天竺求經。」

明帝見蔡諳願去，滿心歡喜，忙道：「卿家肯去，真是社稷之幸了。」

蔡諳又奏道：「微臣尚有一言，不知我主可能准許否？」

明帝答道：「卿家只管奏來，孤家無不依從。」

蔡請奏道：「微臣此去，預算行程，來去至少有一年的時光，但是沿途千山萬水，無數的艱險，一朝遇著毒蛇猛獸，可不要枉送了性命麼？」

明帝忙道：「既是卿家願去，孤家早就預備三千武士，隨你保護了。」

蔡諳又奏道：「主公差矣！此行非尋常可比，如果照陛下的意思，一則多費時日，二則徒耗金錢，於是有損無益。依臣看來，不若差一二勇士，與微臣一同前去足矣！」

明帝道：「卿家之言，正合孤意。但是階下群臣，誰能再像卿家這樣體貼孤意呢？」

話猶未了，武班中走出一人，大踏步走到金階之下，三呼萬歲，俯伏奏道：「微臣願保蔡中郎前去。」

明帝展目仔細一看，原來虎賁中郎將林英，心中大喜，正要傳旨，瞥見胡明也挺身出班奏與明帝，情願隨往。

明帝便准了旨，擇了吉日，沐浴齋戒，在西門外建立一壇，名叫受經壇。到了他們起程的那一天，命文武百官一齊登壇敬禮。明帝每人親敬三杯御酒，命人獻上黃金三百斤，作為路程之用。蔡諳等拜謝受下，便辭了明帝，又和群僚作別之後。

三人道出西門，直向潼關進發。在路非止一日，有一天，走到酉牌時候，看看天色已晚，無處投宿。一眼望去，俱是荒郊曠野，衰草連天，蔡諳好不心慌，忙對林、胡二將說道：「如今天色已暗，肚中非常的饑餓，又無住宿的去處，如何是好？」

林英道：「且再走一程看，總有人家的。」

話猶未了，瞥見前面樹林中有一絲燈光，直透出來。三人大喜，放馬直奔這燈光的所在而來。

第八十一回　廢院花妖

蔡諳等正苦沒有住處，林英用手向前面一指，說道：「看那樹林裡面，不是有燈光閃出嗎？顯見是有人家的去處啊！」

蔡諳和胡明齊朝前面一望，只見前面的樹林裡，果然有一絲燈光，從樹林中直透出來。蔡諳大喜，忙對二人說道：「慚愧，今天不是那裡有人家，險些兒要沒處息宿哩！」

林英道：「可不是麼？我們就去罷！」

說話時，三人馬上加鞭，三匹馬穿雲價地直向那燈光的去處而來。一轉樹林，果然露出一座小小的村落來。三人在黑暗裡，還能辨認一些，只見簷牙屋角，參差錯落，只能望見大概，可是夜深了，一切都沉寂了，靜悄悄地連雞犬都不聞。

三人下了馬，各自牽著轠繩，走到第一家門口，向門裡一瞧，只見裡面黑黝黝的一點燈光也沒有，胡明便要上前敲門，蔡諳忙道：「胡將軍休要亂動！這裡人家大約已是睡熟了，我們到別家去借宿罷！」

胡明聽他這話，忙住了手。又走第二家，仍然是雙扉緊閉，一些聲息也沒有，林英嘖

嘖地奇怪道：「我們方才不是看見這裡有燈光的麼？怎的走到這裡，反而不見了，這是什麼緣故呢？」

蔡諳笑道：「這一點道理你都不明白。我們在遠處看來，這裡差不多全在眼中，現在到了跟前，只能一家一家的在我們的眼中，那有燈光的人家或許在後面，也未可知，再則這有燈光的人家，現在已經睡了，亦未可知。」

林英點首稱是。三人順著這個村落，一直向西尋去，剛走村落的中間，瞥見有個黑影子，蹲在牆根旁邊，把個蔡諳嚇得倒退幾步，林英忙問道：「什麼緣故？」

蔡諳附著他耳朵，悄悄地說道：「看那牆根下面黑黲黲的是個什麼東西？你去看看！」

林英拔出佩劍，走到前面，故意咳嗽一聲。只見那黑影子忽然立了起來，大聲問道：「半夜三更的，你是什麼人，在這裡轉什麼念頭？」

林英才知道他是個人，忙走近來低聲說道：「請問這裡可有宿店沒有？」

那人說道：「有的，有的，你們幾個人？」

林英忙答道：「三個。」

那人道：「你走這裡一直朝西去，前邊就是宿店了。」

說話時，靠身邊一家人家忽地將門開了，裡面露出燈光來，照在那人的臉上，只見他已經鬚眉斑白了。從裡面走出一個二十多歲的少年人來，將老頭子攙扶著說道：「老爺子，你老人家這幾天肚子裡不適意，應該請郎中先生來診視診視才好呢，夜裡常常到外面解手，萬一受了風，可不是耍的。」

那老頭子蹺起鬍子說道：「不打緊，不打緊，用不著你們來擔心。」

他們說著，走進門去，砰然一聲，將門關起。

蔡諳等忙向西而來，走了數家，果然見一家門口懸著一個幌子，門內燈光還未熄去，門邊還有一塊招牌，上面有幾個字，因為天時黑暗，辨不出是什麼字來。

胡明性急，便大踏步走上前，用手在門上砰砰砰敲得震天價響的。

裡面有人問道：「誰敲門呀？」

胡明答道：「我們是下店的，煩你開一開門罷！」

那裡的人答道：「下店在酉牌以前，現在不下了。」

胡明道：「請你開門罷，因為我們遠途而來，一時尋不到下宿的地方，所以到這會才到這裡的。」

裡面答道：「不行，不行，我們這裡沒有這種規矩的，你們到別處去罷！」

胡明按不住心頭火起，大聲說道：「你這裡的人，好不講道理，咱們下店，又不是不給錢的，為什麼偏要推東阻西的？難道你們的招牌上標明過了酉時就不下客麼？」

蔡諳忙道：「胡將軍！他不下就罷了，何苦與他去口辯作什麼來。此處不留人，自有留人處，自古道，東村不下客，西有一千家呢！」

說話時，門已開了，走出一個身高九尺的大漢來，上面穿一件藍布短襖，露著一隻碗

粗的赤膊在外面，下面圍著一條虎皮的腰裙，雙目陷入印堂，高鼻闊口，滿面橫肉，打量他這個樣子，竟像一個屠戶。只聽得他揚聲問道：「哪裡來的幾個鳥人，在這裡吵鬧什麼？咱家不下客，難道你一定要強迫我們下客不成？」

胡明把那一股無明的業火，高舉三千丈，按捺不下，搶過來，劈面就是一拳，那大漢原是個慣家，忙將身子一側，讓過一拳。胡明一拳沒有打中，身子往前一傾，忙立定腳，正要再來第二拳，哪知那大漢趁勢一掌，向胡明太陽穴打來。

胡明曉得厲害，趕緊將頭一偏。誰知大漢早已將掌收回，冷不提防他一腿從下面掃來。胡明手靈眼快雙腳一縱，又讓過了他一腿。正要還手，瞥見那大漢狂吼一聲，撲地倒下。不能動彈了。胡明莫名其妙，立在一旁，直是朝那大漢發呆。

這時林英走到那大漢跟前，喝道：「好雜種！你想欺負我們遠來的旅客麼？今朝可先給你一個厲害。」

那大漢血流滿面，躺在地下，只是哀告道：「爺爺們，請高抬貴手！小人有眼不識泰山，萬望饒命。」

林英冷笑一聲說道：「你可知道咱們的厲害了。」

那大漢只是央求饒命，林英才俯下身子，將他一把拉起來，用手朝他的右眼一點，那大漢怪叫一聲，身子一矮，右眼中吐出一顆彈子來。

林英喝道：「快點去將上好的房間收拾出來，讓咱們住！」

這時店裡的小夥子、走堂的一齊擁了出來，預備幫著大漢動手。瞥見那大漢走了下風，誰敢還來討死呢？齊聲附和道：「就去辦，就去辦。」

胡明還要去動手，蔡諳一把扯住道：「彀了，彀了，讓人一著不為癡。」

這時那小廝嚇得手忙腳亂，牽馬的牽馬，備飯的備飯，鳥亂得一天星斗。蔡諳倒老大不忍。一會子盥面漱口，接著吃了晚飯。胡明問道：「哪裡是我們的住宿地方？」

那些小廝沒口地答應道：「有，有，有，請客官們隨我們進來吧！」

蔡諳隨著那個禿頭小廝直向後面，一連進了幾重房子，到了最後面一宅房子，一共是三間，靠著一所廢院，門朝南。

他們進了門，仔細一看，原來是兩暗一明，裡面每間裡設著一張楊木榻帳子被褥，倒也潔淨，一切用具都是灰塵滿布，好像許久沒有住過人的樣子。蔡諳不禁疑惑起來，忙向那禿頭小廝問道：「你們這裡，別處可有房間麼？」

那小廝把頭搖得像撥浪鼓一樣地說道：「今天的生意真是好極了，別處一間空房也沒有了。」

蔡諳又問道：「我看這房間裡，好像許多天沒有住過的樣子。」

那禿頭小廝答道：「果然，果然。因為我們這裡平常沒有什麼客人來下店，所以這房子只好空起在這裡預備著，如果客人多了，就將此地賣錢了。」

胡明忙道：「那麼，這裡既然空著三個房間，方才那個漢子，為何又說不下客呢？」

禿頭小廝答道：「客官們不知道，原來有個緣故。」

蔡諳忙問那小廝道：「什麼緣故呢？」

禿頭小廝突然噎住了，翻著雙眼只是發呆。

林英倒疑惑起來，大聲喝道：「小狗頭，又要搗什麼鬼？有什麼話，趕緊好好的從實說來，不要嘔得咱老子性起，一把將你這小狗頭捽得稀爛。」

那禿頭小廝嚇得屁滾尿流，忙跪下來央求道：「爺爺息怒，小的就說。」

蔡諳忙叫他立起來。那小廝立起來。吞吞吐吐地說道：「我們這裡有個例子，到了酉牌一過，就不下客了，別的沒有什麼緣故。」

林英道：「叵耐這小雜種搗鬼，說來說去，不過這兩句話，給我滾出去。」

那個禿頭小廝得到了這一句，宛如逢著救星一般，一溜煙地出去了。

蔡諳對林、胡二將說道：「請各自去安息罷，明天還要趕路呢！」

林英正色對蔡諳說道：「我看這店裡的人，鬼頭鬼腦的，倒不可不防備一些呢！」

蔡諳說道：「可不是麼？出門的人，都以小心一點為是，不要大意才好呢！」

胡明大笑道：「你們也忒過慮了，眼見那個牛子已經吃足了苦頭，還敢再來捋虎鬚麼？我不相信。」

材英道：「這倒不要大意，明槍易躲，暗箭難防。」

胡明哪裡在心，笑嘻嘻地走進房間去睡覺。林英也到西邊一個房間裡去了。

蔡諳在中間明間裡，他一個人坐在床前，思前想後，又不知何日方可到天竺，將經取了，了卻大願。尋思一陣，煩上心來，哪裡還睡得著，背著手在屋子裡踱來踱去，踱了半天。這時候只有兩邊房間裡的鼾聲，和外邊的秋蟲唧唧的聲音，互相酬答著，破這死僵的空氣，其餘也沒有第三種聲音來混雜的。

蔡諳悶得好不耐煩，便開了門，朝外面一望，只見星移斗換，一輪明月已從東邊升起。這時正當深秋的時候，涼飆吹來，將那院裡的樹木吹得簌簌地作響。

他信步走出門來，對著月亮，仰面看了好久，才又將頭低下，心中暗暗地觸動了無限閒愁，思妻想子，十分難過，信步走到一座破壞的茅亭裡，坐了一會。

那些秋蟲似乎知道他的心思，兀的哽哽咽咽叫個不住，反覺增加了他的悲傷，暗自嘆道：「悔不該當初承認這件事的，如今受盡千般辛苦，萬種淒涼，還不知何時才到天竺靈山呢？沿途能安安穩穩的，將經求回，就不負我一番苦心了；萬一發生了什麼亂子，那就不堪設想了。」

他自言自語地一會子，猛的起了一陣怪風，吹得他毛髮直豎，坐不住，便立起來要走。

這時星月陡然沒有什麼光彩了，周近的樹木，只是簌簌地作響。

蔡諳此時心中害怕起來，便大三步小兩步地跑進門來，將門關好，挑去燭花，又坐了一會，覺得漸漸地困倦起來，便懶洋洋地走到自己的床前，面朝外往下一坐，用手將頭巾除下，放在桌上；又將長衣脫下，回過身來，正要放下，瞥見一個國色無雙的佳人，坐在

他的身子後面。

他可嚇得一佛出世，二佛升天，忙要下床，無奈兩條腿好像被什麼東西絆著的一樣，再也抬不起頭來。又要開口喊人，可是再也喊不出來。真個是心頭撞小鹿，面上泛紅光，瞪著兩隻眼睛，朝著那女子只是發呆。

只見她梳著墮馬髻，上身穿著一件湖縐小襖，下身繫著宮妝百褶裙，一雙金蓮瘦尖尖的不滿三寸，桃腮梨面，星眼櫻唇，端的是傾國傾城，天然姿色。

蔡諳定了一定神，仗著膽問道：「你這位姑娘，半夜三更，到我的床上做甚？男女授受不親，趕緊回去，不要胡思亂想！須知我蔡諳一不是貪花浪子，二不是好色登徒。人生在世，名節為重，不要以一念之差，致貽羞於萬世。」

他說了這幾句，滿想將這女子勸走。誰知她不獨紋絲不動，反而輕抒皓腕，伸出一雙纖纖玉手，將蔡諳的手輕輕握住。嚇得蔡諳躲避不迭的，已經被她握住了，覺得軟滑如脂，不禁心中一跳，忙按住心神。

只聽她輕啟朱唇，悄悄地向他笑道：「誰來尋你的？這裡本是我的住處，今天被你占了，你反說我來尋你的，真是豈有此理！」

蔡諳忙道：「既是小姐的臥榻，蔡某何人，焉敢強佔呢？請放手，讓我到他們那裡息宿罷！」

那女子哪裡肯放手讓他走，一雙玉手緊緊地握住，斜瞟星眼，向他一笑，然後嬌聲說道：「不要做作罷，到哪裡去息宿去？今天難得天緣巧遇，就此。」她說到這裡，嫣然向他一笑。這一笑，真是百媚俱生，任你是個無情的鐵漢，也要道我見猶憐，誰能遣此哩！

蔡諳定了定心神，正色地向她說道：「小姐千萬不要如此，為人不要貪圖片刻歡樂，損失終身的名譽。」

她微露瓠犀說道：「久聞大名，如雷貫耳，今日一見，果然名不虛傳。要知奴家亦非人盡可夫之輩，今天見君丰姿英爽，遂料定是一位大英雄，大豪傑，不料果然中了奴家估量。良宵甚短，佳期不常，請勿推辭罷！」

蔡諳此時正是弄得進退兩難，想要脫身，無奈被她緊緊地握住雙手。想要聲張，又恐大家知道了難以見人，只怕得渾身發軟，滿面緋紅。

她見他這樣，不禁嗤的一聲，悄悄地笑道：「君家真是一個未見世面的拙男子了，見了這樣的美色當前，還不知道消受，莫非你怕羞麼？你我二人在此地，要做什麼，便做什麼，怕誰來呢？」

她說罷，扭股糖似地摟著蔡諳，將粉腮偎到他的臉上，輕輕親了一個嘴，把個蔡諳弄得上天無路，入地無門，只是躲讓不住。她笑道：「請你不要盡來做作了，快點寬衣解帶，同上巫山吧！」

蔡諳此時被她纏得神魂不定，鼻子裡一陣一陣地觸著粉香脂氣，一顆心不禁突突地跳

了起來，滿面發燒，那一般孽火從小肚子下面直泛到丹田上面，暗道：「不好，不好，今天可要耐不住了。」想著，趕緊按定了心神，尋思了一陣子，猛的想起：「這女子來時，不是沒有看見嗎？而且我親眼看見那禿頭小廝收拾床鋪的。怎的我出去一會子，她就來了，莫非是鬼麼？」

他想到這裡，不禁打了一個寒噤。忽然又轉過念頭，自己對自己說道：「不是，不是。如果她是鬼，就不會開口說話了。」

他定睛朝這女子的粉面上細細地打量了一會子，卻也未曾看出什麼破綻來，那一張吹彈得破的粉龐上面，除卻滿藏春色，別的一點看不出什麼的色彩來。蔡諳暗想道：「無論她是人是鬼，能夠在半夜淫奔，可見不是好貨。」

他想到這裡，將那一片羞愧的心，轉化了憎惡，不禁厲聲喊道：「林將軍！」他一聲還未喊完，只見她死力用手將他的嘴掩住，一手便來硬扯他的下衣，蔡諳死力拽著。

正在這鬧得不可開交的時候，林英正自睡得正濃，猛聽得蔡諳喊了一聲。他原是個極其精細的人，便從夢中驚醒，霍了坐了起來，側耳細聽，不見得有什麼動靜，他不禁倒疑惑起來，暗道：「我方才不是清清楚楚地聽見得蔡中郎的聲音麼，怎的現在又不聽見動靜呢？敢是我疑心罷了。」

他想到這裡，便又復行睡下。猛可裡聽得蔡諳喘喘吁吁的聲音說道：「無論如何，要想我和你做那些可恥的事情，那是做不到的。」

林英聽得，大吃一驚，忙又坐起，取了寶劍，輕手輕腳地下了床，躡足潛蹤地走到房門口，探頭朝外面一望，只見明間裡的蠟燭還未熄去；又見蔡諳的帳子亂搔亂動，似乎有人在裡面做什麼勾當似的。林英一腳縱到蔡諳的床前，伸手將帳子一揭，定睛一看，瞥見一個絕色的女子摟著蔡諳，正在那裡糾纏不休。

林英按不住心頭火起。

蔡諳見了林英前來，便仗了膽，喊道：「林將軍！快來救我一救！」

林英剔起眼睛，大聲喝道：「好不要臉的東西，還不放下手，再遲一會，休怪咱老子劍下無情。」

誰知那女子嬌嗔滿面，一撒手好似穿花粉蝶一般地飛下床來，向林英喝道：「我和他作耍與你何干？誰教你這匹夫來破壞我們的好事？須知姑娘也不是好惹的。」

她說話時，便在腰間掣出兩口雙峰劍來，圓睜杏眼向林英喝道：「好匹夫，快來送死罷！」

林英更是怒不可遏，揮劍就砍，她舉劍相迎大戰了三十多合，未見勝負。

這時屋裡面只聽得叮叮噹噹的寶劍聲音，把個蔡諳嚇得抖做一團，無地可入。

這時林英一面敵住那女子，又恐怕她去害蔡諳；一面又到蔡諳床前，展開兵刃掩護著。又戰了五十多合，林英越戰越勇，殺得那女子只有招架之功，並無還手之能，香汗盈盈，嬌喘細細，林英揮著寶劍，一步緊一步地逼住。

那女子殺到分際，虛晃一刃，跳出圈子，開門就走。林英哪裡肯捨，一縱身趕了出來。二人又在天井裡搭了手，乒乒乓乓地大殺起來。

再說胡明睡到半夜的時候，被尿漲得醒了，一時又尋不著尿壺，赤身露體地奔了出來，正要撒尿，猛的聽得廝殺聲音，吃驚不小，忙定睛一看，只見林英和一個女子，正在那裡捨死忘生地惡鬥，他可著了急，連尿也不撒了，跑到自己的房裡，將一對臥爪大錘取了出來，赤著身子，跑了出來，大吼一聲，要動雙錘助戰那女子。

那女子正被林英殺得招架不來，還能再加上一個嗎？只往後退，一直退到一棵老樹的旁邊，被胡明覷準一錘。只聽得殼禿一聲，那女子早已不知去向，將那棵老樹砍了倒下。

第八十二回　雙雄擒獸

胡明手起一錘，看見中了那女子的首級，接著殼禿一聲，那女子早已不知去向。原來這一錘正中了一棵老樹的中段，呀的一聲，連根倒下。二人好生奇怪，借著月光，四處找尋了多時，哪裡有一些影子。

這時將店中各人均已驚醒。那店裡的夥計早知就裡，一個個曉得他們和妖精對仗了，只嚇得東藏西躲，不敢出頭。

倒是一班下店的朋友，一骨碌爬了起來，只當是何處失了火呢，有的光著頭，有的赤著腳，還有的連下衣都來不及穿，赤條條地衝了出來，登時秩序大亂，一齊擁到後面。追問根底，才知道他們正自在那裡捉拿花妖呢，都嚇得倒退不迭。

林英忙對眾人說道：「不用怕！有我們在此。」

那些旅客才仗著膽，立定腳，探頭探腦地朝著他們，只是發怔。

其中有一個瞥見胡明一絲不掛，赤身露體的雙手執著臥爪大錘，虎頭環眼，十分可怕。他嚇得魂不附體，大聲喊道：「不好了，妖精來了，快逃快逃！」

眾人聽他陡然一聲，嚇得魂落膽飛，各自爭先逃命。林、胡二人忙擎兵刃張目四下亂望！未見有一點蹤跡，不覺好笑。

林英一轉身，只見胡明渾身上下一絲衣服也沒有，惡形怪狀的，不禁哈哈大笑道：「原來如此。」

胡明被他笑得倒莫名其妙。林英向他笑道：「怪不得那些人見神見鬼的沒命地跑了，果然有個妖怪在此。」

胡明伸頭四下望了一會，忙道：「在哪裡？在哪裡？」

林英笑得腰彎答道：「你不是妖怪麼？」

胡明還不知道他是什麼用意，翻著一雙白眼朝林英說道：「林兄休要取笑。妖怪在什麼地方？趕緊說出來，讓我去捉它！」

林英道：「誰和你取笑，你自己朝自己細看看，究竟可像一個妖怪？」

胡明朝自己身上一望，不禁也好笑起來，對林英道：「我見了你們動手，連衣服都沒空子去穿，就來助戰了，怪不得那些狗頭嚇得屁滾尿流地逃了。」

林英笑道：「廢話少說了，快點去將衣服穿起來吧，萬一走進一兩個婦人來，像個什麼樣子呢？」

胡明點頭晃腦地走到自己的房間裡，將衣服穿好，走了出來。

蔡諳縮在帳子裡連氣也不敢出，提心吊膽，見了胡明連忙在帳子裡喊道：「胡將軍，那個女子可曾打死了嗎？」
胡明答道：「不曉得打死了沒有。」
蔡諳忙又問道：「林將軍呢？」
胡明道：「在外邊呢！」
蔡諳道：「既是妖精不見就罷了，趕緊回來，不要遭了她的暗算。」
胡明也不答話，一手提著兩隻大錘，一手執著燭臺走了出來。林英迎上來笑道：「胡將軍，你拿燭臺出來做什麼的？」
胡明道：「用燭臺四處去找一找，看這個妖怪究竟躲到哪裡去了。」
林英道：「法子是不錯，但是要提防她從暗地裡跳了出來。」
胡明道：「你防著，我來尋就是了。」
二人商議已定，便向各處去尋了一會，不見有什麼蹤跡，再尋到原處，林英猛的一聲道：「哎喲！妖精打殺了。」
胡明忙問道：「在哪裡？在哪裡？」
林英道：「這棵老樹根上，不是滴著鮮血麼？我想那女子一定是這棵老樹的精靈。」
胡明忙低頭一看，只見那棵老樹的根上，果然鮮血迸流。
胡明笑道：「咦！我倒是頭一次碰著呢，不想這老樹竟成精作怪，可不是絕無僅有的事麼？」

林英笑道：「那倒不要說，天地間無論什麼飛禽走獸、動物植物，只要年深日久，受天地的靈氣，日月的精華，皆能成為精怪的。」

他說著，蹲下身子，細細地辨認了一回，立起來對胡明笑道：「那個女子卻是這棵老桂樹化身的，估量它也不知迷了多少人了。」

胡明道：「可不是麼，但是它能夠吃人麼？」

林英笑道：「吃人卻不能，只能迷人。」

胡明搖頭說道：「你這話未免也太荒唐了，它既然成了精怪，怎會不吃人呢？」

林英笑道：「你只知其一，不知其二。大凡動物成了精怪，卻要吃人；植物質體呆笨，其性極甚馴良，所以它只能迷人。」

胡明大笑道：「難道這桂花樹不是動物嗎？」

林英笑道：「你又夾纏不清了，花草樹木均為植物；飛禽走獸，鱗介昆蟲，才是動物呢！」

胡明點頭笑道：「原來這樣。但是植物與動物一樣的成了精怪，怎麼它就不會吃人呢？」

林英道：「你真纏不清，我不是說過植物的性子馴良，不要說別樣，單講一個很淺近的比喻給你聽聽，那些毒蛇猛獸，還未成為精怪，就想來吃人了，可見動物的心理，與植物大不相同了。」

二人討論了半天，才進了臥房。一進了門，就見蔡諳驚得面無人色，蹲在床角，只是亂顫。

林英忙道：「妖怪已經被我們打死了，請中郎放心罷。」

蔡諳忙問道：「果真打殺了麼？」

林英便將以上的事情說了一遍，把個蔡諳嚇得搖頭咋舌地說道：「今天要不是二位將軍，我可要把性命丟了。」

林英咬牙發恨道：「這事，那個狗頭的店主一定曉得，明明的送我們來給妖怪害的。如今妖怪既被我們打死，那個狗頭的店主可也請他吃我一劍。」

說到這裡，胡明哇呀呀直嚷起來，大叫道：「不將這狗頭打殺，誓不為人！」

他提起雙錘，就要動身。林英一把將他扯住說道：「你又來亂動了，現在等我們將各事完畢，先去問他一個道理。那時他如果知罪，便可以饒他一條狗命；如其不認，便再結果他也不為遲呢！」

胡明氣衝衝復行坐下。蔡諳又勸他一陣子，胡明兀是怒氣不息地向林英問道：「我們此時有什麼事情沒有做呢？」

林英道：「自然是有的，此時需不著你問。」

說話之間，天色大亮。林英便與胡明一齊到了前面，剛剛走過中堂，只見那個昨天被打的大漢，扶著兩個小廝，一跛一瘸地走到林英的前面跪下，叩頭無算，口中說道：「感

蒙大德，夜來將怪除了，小人萬分感激。」

林英笑道：「你倒好，多少地方不要我們去住，獨將我們送到後面去給妖精傷害；虧我們有些本領，否則不是要丟了性命麼？」

那大漢叩頭謝道：「這孽障，小的受它的害，著實不淺了，至今沒有人敢去和它對手。昨天我曉得二位不是凡人，故借尊手殺了妖怪。小的知道有罪，萬望二位饒恕我罷！」

林英聽他這些話，不禁心腸倒軟了好多。又見他眼睛瞎了一隻，所以不願再去追究了，忙對他道：「如今事已過了，我們也不是雞肚猴腸之輩，你且去將早膳備好，我們吃過，還要去趕路呢！」

那大漢連忙著人去辦了一桌上等的筵席，將蔡諳等三人請來上坐，納頭又拜了下去。林英忙道：「無須這樣的客氣了。」

他們將酒吃過，蔡諳便給他十兩紋銀。那大漢啊呀連聲地再也不肯收，忙對林英道：「恩公等遠去，小的正該奉上盤纏呢！」說罷，忙命人捧了二百兩一大盤的銀子來。蔡諳再也不肯收他的。

胡明笑道：「不想昨晚一打，倒打出交情來了。老大，你也不要盡來客氣罷，我們兩免就是了。」

那大漢無奈，只得將銀子重行收下，忙命人預備坐馬。三人告辭上馬，向西而行。這時一傳十，十傳百的沸沸揚揚傳說，近來客店裡捉住一個妖怪。這個消息傳了出去，大家都作為一種談料。有多少好事之徒親自跑來觀看的，烏亂得滿城風雨，盡人皆知。究竟是否有無，小子也未曾親眼看見，只好人云亦云罷了。

閒話丟開，再說蔡諳等策馬西行，在路又非一日，餐風沐雨，向前趕路。一轉眼，殘秋已盡，北風凜凜，大雪紛飛。蔡諳在馬上禁不住渾身寒戰，對林胡二將說道：「天氣非常之冷，如何是好？」

林英道：「我們且再走一程，到了有人家的去處，再為設法罷！」蔡諳點頭道好。

三人又攢了一程，只見前面一座高山，直聳入雲，那山腳下面有不少村落。他們便向這村落而來，不多時，已經到一個村落。這個村落十分齊整，四面濠河。三人下了馬，挽著轠繩，走進村口，尋了一家酒店。

三人進了店，將馬拴入後槽。胡明便擇了一個位置，招呼他們二人坐下。

林英便四下一打量，見這店裡的生意十分熱鬧，一班吃客擠擠擁擁的坐無隙地。那些堂倌送茶添水的，忙個不了。他們空坐了半天，不見有一杯一箸送來。胡明等得不耐，厲聲喝道：「酒保，快點拿酒來！」

那些堂倌只是答應著。他們又等了半天，仍然沒有一個人前來招待他們。

胡明按不住心頭火起，將桌子一拍，厲聲罵道：「好狗頭，難道我們不是客麼？等到這會，還未見一杯水來。」

他正在發作，走近來一個堂倌，向他躬身笑道：「請問爺子們要些什麼？小的就去辦。」

林英忙道：「你去將竹葉青帶上十斤，烤牛脯切三斤，先送來。」

那個堂倌滿口答應，腳不點地的走去，將酒和牛脯捧來，滿臉陪笑道：「今天是莊主請客，捉山貓的，所以我們這裡忙得厲害。累得爺子們久等，實在對不起！」

他說著，放下酒和牛肉。

林英忙問道：「你們莊主是誰，請這些人捉什麼山貓呢？」

那堂倌答道：「客官們有所不知，我們這裡，叫做寧白村。莊主姓富名平。他有個兒子，常常到村前的崆峒山上去打獵。不想這山上忽然來了兩樣歹蟲，一隻山貓，一條毒蛇，將莊主的兒子和一干打獵的人，吃得一個不剩。我們莊主又悲又憤，便出去請了許多打獵的老手來，捉這兩個畜生。前天造好一隻大鐵籠子，每根柱子都有碗來粗細，內面放著雞鴨之類，用牛拉到那畜生出沒之所。到了第二天，再去望望，可是籠子四分一裂，雞鴨都不見了，估量著那畜生一定是進了籠子，被牠崩壞了的。一連去了好幾次，不獨沒有捉著，倒被牠吃了二個，你想厲害不厲害？」

林英點頭又問道：「那蛇是什麼樣子？」

堂倌咋舌說道：「啊呀！不要提起，那畜生的身段，有二十圍粗，十五丈長，眼如燈籠，口似血池，有兩個採樵的看見，幾乎嚇死。可是那畜生日間不大出來，完全藏身在嶙峋洞裡。到了夜裡，就出來尋食了。那畜生與山貓分開地段，各不相擾，一個在山的東邊，一個在山的西面，所以我們這裡，還沒有受牠什麼害。」

蔡諳忙問道：「我到天竺國，可是從這山上走過？」

那堂倌驚訝地問道：「爺子們是到天竺國嗎？」

林英道：「正是。」

那堂倌將頭搖得撥浪鼓似地說道：「趕緊回去罷，去不得，去不得！不要枉丟了性命啊。」

蔡諳聽了這話，雙眉緊鎖，放下酒杯，將一塊石頭放在心上，半晌無語。

胡明狂笑一聲道：「你們這裡的人，忒也無用。料想這畜生，有多大伎倆，合群聚眾，還不能將牠捉住。要是碰到咱老子的手裡，馬上請他到閻王老爺那裡去交帳。」

那個堂倌聽他這話，登時矮了半截地說道：「老爺子！你沒有看見呢，那兩個孽障委實十分厲害，近牠不得啊！」

胡明道：「嗄！我倒不信，讓我今朝去看看，究竟這兩個孽畜，什麼樣的厲害？」

蔡諳忙搖頭道：「動不得，千萬不要去送死！」

林英道：「我想這山貓倒不足為害，倒是那一條蛇，據他說，倒有些棘手。如今別的不說，人家去驅除不驅除，究竟還沒有什麼關係，倒是我們不將這兩個孽障剷除，怎好到天竺去呢？」

蔡諳忙道：「寧可設法從別的地方走，也犯不著去碰險啊！」

那堂倌笑道：「你這位爺子可錯了，要到天竺國，須從此山經過，要是轉到別處去，走三年也走不到的。」

蔡諳聽他這話，十分煩悶，也不回答，低頭長嘆。

他們在這裡說話，早被那班捉山貓的獵戶聽見了，一個個冷笑道：「話倒說得一些不費力氣，如果前去逞雄，管教你送了性命。」

不表眾獵戶在那裡譏笑，且說富平聽見他們在這裡說話，忙過來問了名姓，便對林英說道：「林兄，兄弟方才聽得二位的高見，不勝欣幸。可肯一展身手，將這兩個孽障除去，好替我們這裡眾民除害，再則也好便利行人了。」

林英忙站起來答道：「富大兄，我想我們是到天竺國的，橫豎是要先將這兩孽畜除了，才好過去呢。不過山貓容易，就是那條毒蛇，倒很棘手呢。」

富平忙道：「只要先將這山貓辦了，那條毒蛇就好設法驅除了。」

林英道：「怕不很容易吧！」

富平忙道：「三位既然下降，小弟想請到舍下去再議如何？」

林英也不推辭，便與胡、蔡二人，隨著富平一直到他的家裡。富平叫家丁到酒店那裡，將馬匹行李取來，又去請了十三名強勇的獵戶來。富平命人重行擺酒。

席間胡明對富平道：「我們今天晚上先去探一探虛實如何？」

富平大喜道：「既是胡將軍肯去，那就好極了！」

林英便對富平說道：「今天我們去，不過是探一探形勢，萬一在無意之中，遇到那畜生，倒要措手不及呢！我想請幾位熟悉路的，隨我們一同去。如果碰見了，也用不著他們動手，他們盡可躲開就是了。」

富平忙道：「那個自然，我早已預備了。」

不一會，散了席，胡明、林英渾身包紮，各執兵刃，預備動身。蔡諳見他們兩個執意要去，又因為自己的障礙，所以不便阻攔了。

胡明和林英帶了眾獵戶乘著酒興，出了村。走不多時，眾獵戶便向他們說道：「二位當心，現在已到了牠的範圍之內了。」

二人答應著，又攀藤附葛地走了半天，只見有一座小廟，立在山崖上。眾獵戶走到那座破廟門口，便不敢向前走了，就對林英說道：「這廟的後面一條路，大約就是那畜生出入的要道了。」

林英見大家都露出害怕的情形，便開口說道：「既是這樣，你們先在這裡躲著，我去探聽一回虛實。」

胡明道：「我和你一同去罷。」

林英搖手道：「用不著，人多岔事。你和眾位在這裡候著，如有動靜，我就吹起畫角，你們就來接應我吧！」胡明點頭稱是。

那些獵戶都是些驚弓之鳥，誰也不敢隨他去，爬上樹的，爬上廟的，四下裡分頭散開。惟獨胡明抱著一對臥爪錘，坐在廟前一塊大石頭上面靜候著。林英別了眾人，一手提著寶劍，一手挽著彈弓，向廟後又走了半里之遙，幸喜雪霽天晴，一輪明月掛在天空，還認得路徑。他本是個打獵的出身，焉有不知野獸蹤跡的道理。

他見路旁的細草好像被人踐踏的樣子，光溜溜閃出一條六尺寬的大道。他暗自吃驚道：「這畜生恐怕不是山貓呢？我想山貓沒有這樣寬的身段。」

他揀了一塊大石，往下一坐，靜悄悄地等了多時，不見有什麼動靜。他暗道：「難道這畜生出去了麼？」

又等了多時，還未見有一些動靜。

他暗想：「山有猛獸，獐貓鹿兔全無，這話果然不錯。」

他等得不耐煩，正要立起來回去，瞥見正南山凹裡現出兩盞碧綠的燈來。林英識得是獸睛，暗道：「那畜生來了！」忙立起來，往一塊大石後面一躲。

沒一刻，那大獸慢慢的一步一步地走了上來，噓著氣，後面豎起一根桅杆似的尾巴。林英偷眼看去，哪裡是山貓，原來是一隻極大的花斑豹，心中暗自吃驚道：「有生以來，還未看見過這樣的笨獸呢！」

他輕輕地取出彈弓，讓牠走過。林英拽開弓，閃了出來。那豹好像屁股上生了眼睛似的，大吼一聲，好似半天裡起了一個霹靂，翻轉身子，直豎起前面兩爪來撲林英。林英連發三彈，不知向何處飛去，曉得不能再慢了，忙將彈弓摔去，揮劍來迎。

這時豹已撲下，右邊一爪，正撲在劍口上，已經劃破爪腕。林英禁不起牠這一撲，便將寶劍嗆啷啷的摜去。那豹兩爪搭著林英的肩頭，張開大口。林英趕緊將牠一摟，把頭往那豹項下一埋，雙腿往牠後肋一夾，那豹往下一倒。

他兩個在草裡掙扎了一會。林英便想出一個主意來，用力在那豹氣管下亂咬，不一刻，將氣管咬斷，那豹狂吼一聲，登時不能動彈。

這時胡明聽得狂吼的聲音，接著又是摔劍的聲音，曉得不好，便與眾獵戶打著燈籠火把，一路尋來。

胡明當先喊道：「林兄！我來助你。」

一直尋到他們相搏的所在，才見他和大豹滾在一堆。胡明舉起大錘，一連在那豹肋下著力打了十幾下，那豹眼見得不活了。林英才站起來，滿嘴毛血。胡明吩咐眾獵戶扛了回去。

富平見這樣大的斑豹，不禁也倒退數步，滿口讚道：「林將軍真是神人！」話才說完，瞥見一個小廝跑進來報道：「外面有個討飯的，他說能捉毒蛇，要見員外。」

富平忙道：「請進來！」

第八十三回　異丐斬蟒

富平見林英等扛了一隻極大的斑豹吆吆喝喝地走進村來，心中大喜，忙迎了上去，滿口誇讚：「林將軍是神人，誰也想不到竟能將這畜生結果了。」

林英搖頭說道：「僥倖，僥倖！險一些兒將性命送掉了。」說著，和眾人進了富平家。林英渾身發軟，已經不能動彈，而且雙膊又擦傷了。富平忙吩咐家人將他扶到一間靜室裡息下。那些打獵的聽說林、胡二人將山豹打死，誰也不肯相信，一窩蜂擁到富平的家裡。一進門，瞥見一隻極大斑豹睡在階前，嚇得眾人倒退數步。

胡明帶笑喊道：「提防著這豹還沒有斷氣呢！」

眾人聽了這話，嚇得連忙回身要走。富平笑道：「用不著怕得什麼似的，這是死豹呀！」

眾人聽說是死豹，大家滿面羞慚，重新擁了近來，仔細一看，只見那豹的項下露出碗口大的一個窟窿，忙問了究竟，眾人伸舌搖頭，你驚我詫。有兩個說道：「我早就知道胡、林兩位將軍，定是兩位大英雄，大豪傑了。」

還有的說道：「我早已說過，人家既然能誇下大口，必然是有一種驚人的本領呢！」

大家正在這擾亂的當兒，有一個小廝走進來報道：「外面有個乞丐要見員外，他自說能夠去捉毒蛇。」

富平忙道：「快請進來！」

那個家丁忙出來，不一會，帶進一個人來，滿臉麻子，右邊一隻眼已經瞎了；頭上紮一塊舊布，滿頸的瘰癧；上身穿一件破爛不堪的襖子，下面穿一條犢鼻褲，百孔千洞，橫一塊，豎一塊的補釘；一雙爛冬瓜似的腿上，滿發著惡瘡，那一股腥臭氣直衝進來。

眾人嗅著這股異味，不約而同地一齊泛了一個噁心，睜眼看時，只見他一顛一簸的提著一隻大竹籃走了進來。

富平忙上去恭而有敬地雙手一拱，開口問道：「吾兄下降，小弟有失遠迎，望乞恕罪！」

那異丐略點點首。

富平又問道：「敢請教老兄尊姓大名？仙鄉何處？」

那個乞丐搖頭說道：「承你問我，自己不知姓什麼，叫什麼名字，更不知生在何處。還記得我在關西的時候人家叫我異丐，我想大約就是這個名字罷。」

眾人見他這個樣子，誰也要掩口失笑。

富平向他瞅了一眼，又向那異丐說道：「老兄下降，不知道還肯助兄弟一臂之力麼？」

異丐點頭笑道：「那是自然的，我不來便罷，既來當然是要動手的。」

富平道：「不知老兄需用什麼兵器？小弟好去預備。」

那異丐搖頭說道：「需不著，我自有東西去克服這孽障。」

富平忙命人擺酒。一會子，酒席擺下，便請異丐入席。

富平和胡明等接著一齊入了座，那異丐毫不客氣，拖湯帶水地滿口大嚼，甚至還用一雙黑笊籬似的手來做代表，吃得不亦樂乎。在座的幾個人，見他一雙尊手到碗裡來一撈，誰也不敢再去動箸了。

他見眾人不動手，索性往凳上一蹲，捧著大碗啅啅嘓嘓地一掃而空，忙對富平道：「快點拿飯來，吃飽了，好去動手！」

富平連聲答應，忙呼家丁去盛飯。他接著一碗飯，風捲殘雲似地三口兩口就吃完了，忙又嚷著添飯。

那幾個家丁往來不停地替他添飯，像煞走馬燈一樣，不多時，吃得碗空鍋空，才放下碗，拍著肚皮對富平謝道：「我還是舊年在關西一家人吃了一個飽，一直至今還未曾吃過一個飽肚皮，今天多蒙老兄賞賜我吃一頓，此刻天已大亮，便好去動手了。」

富平問道：「可需人隨老兄一同去？」

異丐搖手道：「需不著，需不著。他們膽小，恐怕要嚇殺。」

胡明倒有些不佩服，一定要去，還有幾個膽大的，也要跟去一觀究竟。

那異丐點頭笑道：「你們既然一定要去，我也不必十分阻止，但是既然跟我去看，須

要聽我吩咐，才准你們隨我一同去呢！」

眾人忙答應道：「那個當然。」

異丐問道：「一共有幾個隨我同去呢？」

胡明一點答道：「十個。」

異丐道：「可以，就隨我一同動身吧！」

胡明和眾人各懷利器，跟著那異丐出了村口，進了山道，誰知那個異丐上了山，健步如飛，輕如禽鳥。眾獵戶和胡明暗暗詫異。

直走了半天，那異丐回頭向眾獵戶道：「此地離嶙峋洞還有多少路？」

眾獵戶齊聲答道：「大約還有半里之遙。」

那異丐對他們說道：「你們卻不能再向前進了，再進卻要中毒的。」

眾人忙停住腳步。那異丐在竹籃裡取出檳榔般大小的一把紅石頭來，每人給了一塊，說道：「你們將這塊石頭含在嘴裡，就不會中毒的了。你是要看得清楚，趕緊爬上樹去，如果那孽畜來了，切不可聲張，我自然有法子去治牠。」

眾人點頭應允，一齊爬上樹去，靜悄悄候著。

只見那個異丐在竹籃裡搬出一塊大的紅石頭，安放在山路當中。他就地一連發了幾聲嘓嘓嘓！他便穿雲閃電價地爬了上樹。

不多時，一陣腥風撲面而來。腥風過去，閃出一條錦鱗大蟒，那一顆癩花頭，足有十斗來粗細，刺刺刺地竄到這紅石頭面前，閃著眼睛，吐出舌尖，便來舐吮。舐吮了多時，一口便將這塊石頭吞了下去，霎時只見牠渾身亂顫，翻身打滾，盤起放開，攪了一陣，路旁的亂草被牠滾得光溜溜的，攪到分際，一伸腰，直條條地僵斃了。

異丐在樹上，拍掌大笑道：「好孽障！我什麼地方都尋遍了，不想你竟在這裡害人。」他說罷，縱身落地，走到那條大蟒跟前，在竹籃裡取出一把牛耳刀來，將那大蟒的雙眼挖下來，又到肚子旁挖了一個窟窿，不知他又取出些什麼東西來，放在籃裡，向眾人招手說道：「你們下來吧！」

眾人看到這時，一個個驚得呆了，見他招手才敢下來，都走到異丐的身旁，一齊問他道：「方才那塊紅石頭，究竟是什麼東西，那樣的厲害？」

他笑道：「你們哪裡知道，我為了這個孽畜，不知費了多少心血，今天才得成功。那塊石頭，是從我的師兄那裡借來的，名叫石雄膽，沒有它，永遠除不了這孽畜。我在崑崙山已經看見過牠一次了，不過那時我因為沒有石雄膽，才未去和牠為難。我們師兄借了這石雄膽給我，我的師父又執意命我來滅這孽畜，我又推辭不下，所以才來將它殲滅的。」

胡明忙將含在嘴裡一塊小紅石頭取出來，對他笑道：「照你說，這個差不多也是石雄膽了。」

他點頭笑說道：「正是，這個可是我需不著了，送給你們罷，我此刻要去了，你們回

去取些火種來，將牠燒化了吧，這蟒叫什麼比鱗兒，乃是蛇類中最毒的一種，只有眼睛和膽有用處，別樣沒有什麼用處了。你們可取些乾柴來偎著牠燒了罷，此刻恕我不陪了。」他說罷，便飛步地走了。

胡明便和眾人忙回到寧白村。將以上的事說了一遍。富平驚喜交集，忙命人扛了些乾柴引火之物，前去將毒蟒的屍身燒化不提。

再說富平家裡有位小姐，名叫淑兒，年方二九，長得花容月貌，渾身的武藝，馬上馬下十八般兵器，運動如飛。此番她的兄弟被大豹吃了，她又悲又憤，三番兩次要去擒大豹，給兄弟報仇，俱被富平攔住不准。她無奈，只得暫且隱忍。

可是雖然二九年華，卻未有個如意郎君，富平每每見有人來作伐，曉得她生性高傲，便命她自己去選擇，她一選擇了三四年，終未有一個合意的人家。她就此耽擱下來，高不成，低不就。要想她做女人，非要先和她比試三合，起初倒有個小後生，會幾手拳腳的，癩狗想吃天鵝肉，來和她比試，不上三合，俱被她打得一佛出世，二佛升天的回去。因此富淑兒的威名，遠近皆知。

還有幾個望梅止渴的朋友，見她這樣的厲害，只得將念頭打斷了，所以連說媒的也不見一個上門。昨天聽說漢家大將林、胡二位要去擒獸捉蛇，她的一寸芳心不禁一動，暗想道：「久聞天朝的人物，十分英武。這林、胡二位，究竟不知是個什麼樣的一個人。」

她急於要一見，無奈自己又是個女孩子家，不便擅自出閨門，惹得人家瞧不起，十分納悶。到了晚上，夜飯也懶得去吃，一個人獨坐香閨，手托粉腮，不住地出神亂想，暗道：「如果這兩個之內，果真有一個才貌雙全，武藝卓絕，將奴家託付於他，豈不是好？」

她想了多時，不禁紅暈雙頰，芳心突突地亂跳個不住。停了一會，瞥見一個小丫頭跑了進來，向她說道：「姑娘！你可知道，現在外面有兩個東方上國來的人，他們說是今晚去捉山貓呢。」

這兩句話，正打動她的心事，忙向她說道：「你可看見那兩個人的？」

那小丫頭答道：「怎麼沒有看見呢！」

她又問道：「是什麼樣子的呢？」

那小丫頭答道：「他們一共來了三個人，一個有鬍子的，聽人說他是個文的，不會動手；一個黑面孔，比西村老杜喬還要高一尺，說出話來，和銅鐘一樣；還有一個，卻與這個大漢是兩樣，生得唇紅齒白，眼似明星，眉如漆刷，生得十分儒雅，和小主人一樣。比較起來，恐怕小主人還要不及他呢。」

她芳心早有了主見，便一揮手，那個小丫頭退了出去。她暗自尋思道：「原來天朝的人物，也是醜俊不齊的。但是他的武藝卻不知如何，若是有全身武藝，奴家便許了他，也算不枉了。」

她整整地胡思亂想到三鼓已過，還未登床安寢。正要收拾去安寢，猛聽得外面大聲

小怪的人聲嘈雜，沸反盈天，她大吃一驚，只當是出了什麼岔子呢！一操兵刃，縱身出來，迎頭就撞著富平。她忙問道：「爹爹！前面什麼事鬧得這個樣子，敢是出了什麼岔子麼？」

富平笑道：「我兒你還不曉得？那隻害你兄弟的畜生，現在被上國林將軍拿住了，放在前面天井裡，你快點去瞧瞧。」

她聽到這話，忙入房放下兵刃，和一個小婢婷婷嫋嫋地走了出來。到了前面的天井裡，閃著秋波一看，只見一隻極大的花斑豹，睡在地下，嗓子下面現出一個透明窟窿，鮮血迸流。有兩個獵戶，架著一個美貌的郎君，往後面去了，只見眾人點點指指地說道：「你們看見麼，剛才扶到後面去的，他就是林將軍，這豹就是他打死的。」

還有幾個人問道：「難道他被這豹咬傷了麼？」

眾人道：「你哪裡知道，林將軍捉豹的時候，兩隻臂膊在豹的肋下擦傷，現在到後面去休息了。」

她聽了眾人的話，又喜又悲，又敬又愛。喜的是大豹已被他奮勇捉住了；悲的是兄弟被這畜生吃掉了，現在雖然這畜生被他打死，可是兄弟卻不能再活了；敬的是他能見義勇為；愛的是他武藝超群，人品出眾。她扶著小丫頭，可是一寸芳心，早就弄得七顛八倒了。

她立夠多時，才扶著小丫頭徑往後面而來。可巧從林英睡的靜室旁邊經過。她見許多人擁在這間房裡，問長問短的，估量八分是林英睡的所在。她不由得走到房門口，止住蓮步，慢展秋波，朝他的臉上細細地打量，但見他生得伏犀貫頂，星眼有神，鋒眉似墨，掩映著一張俊俏俏的面龐，越顯出這英武之氣。

這時林英也早就在意，卻也瞟著眼睛，向她打量個不止。四目相接，互相飽看了一回。

此時富平正要到林英房裡來慰問，瞥見他的女兒癡呆呆地立在房門口，朝著林英出神。他心中有數，連忙退了出來，暗道：「我倒早有此心，難得她又是這樣，這頭親事，倒可以靠得住了。」

他卻轉到他的夫人臥房裡面，笑嘻嘻地向她說道：「夫人，你知道麼？現在我們小姐看中一個人了。」

他的夫人笑道：「看中誰呀？」

富平笑道：「那就是這位打豹的英雄林將軍啊！」

他夫人道：「就是方才小廝們扶他到上房安息的那個人麼？」

富平笑道：「不是他還有誰呢？」

夫人笑道：「你怎麼知道她看中的？」

富平便將方才的情形說了一遍，他夫人拍手笑道：「不想這個癡丫頭，眼力果然不錯！」

富平道：「你且慢慢地誇讚，我不過是忖度的意思，還不知道她是否看中。我女兒的終身，除了這個，再去找別的像他這樣品藝兼優的，恐怕就不容易了。你馬上到她的房中先去探探她的口氣，如果她果真看中了，那是再好沒有，設若沒意，你可用好言去勸慰她，此事務要辦到，你我夫婦得著這樣生龍活虎的女婿，一輩子也算有靠了。」

他的夫人滿心歡喜，一連幾聲不錯，忙起來帶了一個侍女，逕向淑兒的房中而來。走不多時，已經進了她的臥房。

她在上房偷看了一會，回到自己的房裡，只是發愣，暗道：「我不信，天下竟有這樣的奇男子，從外面看起來，竟像一個軟弱的書生，卻不料他竟有這樣的驚人武藝。」

她正自想得出神的當兒，瞥見她娘和著一個侍女走進房來。忙立起來，勉強笑道：「母親，這會你老人家還沒有安息麼？」

夫人笑道：「我兒！為娘的昨晚聽你爹爹說的，上國來了兩條好漢，今夜要去捉山貓。我聽了這話，大為驚異，我想我們這裡幾十個狼虎似的人，也沒有將這個畜生捉住，他們兩人能有多大本領，難道就能將這山貓捉住了麼？誰知竟出人意料之外，據說被捉住的，還不是山貓，是一隻大豹，而且是那個姓林的一個人動手捉住的。這樣大本領的人，天下也找不出第二個來了。」

她插口說道：「這人不但本領好呢，就是生得也十分漂亮，估量著他總在十八九歲的樣子罷。」

夫人笑道：「我兒難道你已經看見過了麼？」

這句話，說得她兩頰緋紅，低垂粉頸，自悔失言。夫人見她這樣，忙用話岔開。一會子，夫人又向她說道：「我兒，你也年齡不小了，我為你這孽障，不知操了多少心，如今不是懸著一頭未著實。我兒！今天我的來意，你曉得麼？」

她也不回答。

夫人又道：「在我看，這位林將軍一則是身膺皇命，二來是品藝兼全，而且年紀又與你不相上下，在我們兩老的意思，就此替你了脫一層手續罷。」

夫人說到這裡，用眼向她一看。但見她垂下粉頸，一句也答不出來，其實心中早已默許了。

夫人又道：「我兒，我知道你的脾氣，所以特地來求你的意見，請你快些兒答覆我罷。」

她含羞帶愧地只說了二句道：「孩兒不能擅自作主，一切均隨母親便了。」

夫人聽了這話，滿心歡喜，便回到房中，將方才的話說了一遍。富平自是歡喜，忙去和蔡諳商議。蔡諳也十分贊同，當下便到林英那裡，將來意說了一遍，林英還假意推託了一陣子，才答應下來。蔡諳因為急於動身，便請富平擇一個最近的吉期，替他們完了婚。

成婚的那一天，諸親友全來道賀，車水馬龍，十分熱鬧。附近的村落聽說富淑兒出嫁，一齊爭先恐後擁來看新郎，究竟是個什麼英雄。

這看新郎的如潮水一般，你來我去，川流不息，真個是萬頭攢動。富平一面命人招待，一面叫他們出來交拜天地，好讓大家看見。一會子，由儐相扶著一對璧人出來，交拜天地。那些看新郎的人，無不嘖嘖稱讚道：「果然是個美豪傑，俏丈夫！」

富平老夫妻兩個，見了這對粉捏玉琢的佳兒佳婿，自然是喜不自勝。可是又惹他想起自己的兒子來，不免暗暗地傷感，這也不在話下。

一轉眼，大三朝過了。蔡諳便連日催促動身。可是他們正在打得熱刺刺的情投意合的當兒，焉能一旦撒手分開？究竟英雄氣短，兒女情長，暗地不免又說了許多不得已的苦衷。

林英擇了一個日子，便要動身。富平也知道他皇命在身，不能久擱，料知留他不住，只得命人擺酒餞行。席間富小姐手執銀壺，滿斟三杯，送到林英的面前，低聲問道：「郎君此去，大約有多少日子才回來？」

林英答道：「多至三月，少則兩月，就要回來的。」

富小姐哽哽咽咽地也不再問。一會子，散了席，林英進去告辭出來，又和富平作辭。富小姐依依不捨地一直送到村口，只說一句道：「沿途保重呀！」

第八十四回　天竺取經

蔡諳等離了寧白村策馬西行，又行了一月有餘，不覺漸漸地到了西域的境界了。異鄉風景，自是不同，到處皆聽著佛聲吶吶，鐘聲噹噹，果然有修羅世界，與各處不同。

蔡諳在馬上對林英道：「我們東方的人民，只知爭貪搶殺，利慾薰心，斷不知懺悔修行，可見連年內亂外患，大約也是上天見罪罷了。」

林英點頭稱是。

三人趲了一程，不覺肚中饑餓。胡明便對林英說道：「我們也好去找一家酒店吃飽了再走罷。」

林英道：「正是這樣，我也要用中膳了，肚子裡餓得轆轆地亂響，再不用些飯，恐怕要餓壞了。」

說著，見前面樓臺隱隱，殿閣重重，約摸著是一個城池的樣子，他們馬上加鞭。不多時進了城門，只見裡面三街六市，買賣得十分熱鬧。

那市中的買賣大半以香火為最盛。他們三人尋了半天，竟未尋到一家飯店。他們好不

奇異，互相說道：「這真奇怪了，怎的找了半天，為什麼一家也沒有呢，難道此地沒有酒館飯店麼？」

說話之間，只見四處的人一齊攏近來，合掌當胸，一齊念著阿彌陀佛。霎時將三人團團圍住。蔡諳大吃一驚，忙對林英說道：「你看這些人困住我們算什麼用意呢？」

林英也茫然不解他們什麼用意。胡明揚聲問道：「你們將我們三人困住做什麼的？」

那些人也不回答，合掌一齊念著是：「無量佛，無量功德佛，慈悲佛，慈悲功德佛，哆羅哆羅。」

胡明一句也不懂，而且肚子裡又餓得慌，不得脫身，不禁勃然大怒，剔起眼睛，大吼一聲，在腰間取出雙錘，大聲罵道：「哪裡來的這些牛子？哼你娘的什麼晦氣！趕緊給我滾開去，不要惹得老子氣起，一個個將你們打殺了。」

那些人見他這樣，只嚇得跌跌爬爬，一齊喊道：「快去請大師婆來捉這野人！」

那些人東奔西散，霎時走得精光。蔡諳忙埋怨胡明道：「你也忒魯莽了，也不問青紅皂白，就發起脾氣來了。萬一觸動他們首領的怒，領兵來捉我們，豈不是束手待斃麼？」

胡明大笑道：「中郎也忒過慮，我們也沒有做什麼違法的事情，怕他什麼？不來便罷，如果真來尋我們，只消一頓錘，請他一個個送命！」

蔡諳搖頭說道：「休要嘴強，人眾我寡，出外人豈能生事！你不要執性，須知強中還有強中手，天外有天，人外有人。自古道，謙虛天下去得，剛強寸步難行啊！」

胡明哪裡肯說服氣，只是冷笑不言。這時瞥見兩旁有一隊人蜂擁而來，前面兩個一排的童子共有十數排，手裡執著幢幡寶蓋，後面隨著許多沙彌，頭上披著袈裟，鐃鈸叮噹的，向他們這裡而來。

蔡諳吃驚不小，忙對林英說道：「這些人一定是方才逃走的人去告訴的，他們來了，怎生回對呢？」

林英道：「事到如此，也沒有別的辦法，來者如講情理，最好，否則只有動手厮殺，別無他法可想了。」

蔡諳搖頭說道：「動不得！縱使我們在這裡可以逃出去，他們的人多，終於不是他們的對手，凡事宜和平為妙。」

正議論間，那隊人已到面前。蔡諳翻身下馬，步行來到那最後蓮花寶輦的面前，躬身施禮。在這蓮花的旁邊有一個人，頭戴捲邊帽，身穿灰黑色的外氅，忙對他還了一禮，操著漢邦的口音問道：「尊駕莫非由東土來的麼？」

蔡諳躬身答道：「正是！」

那人笑道：「怪不得他們竟誤會了。」

蔡諳道：「適才我們手下衝撞了貴邦的人，望乞恕罪！」

那人道：「豈敢！豈敢！」

蔡諳又問道：「還未請教老兄尊姓大名呢？」

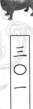

那人連稱不敢的答應：「小弟姓蘇名比，在這波斯國裡當了一名翻譯，方才一眾百姓，到大師婆那裡報告說保聖市口有幾個野人，騎馬入市，他們禱祝了一會，竟沒有用處，特請大師婆前來捉拿你們。那時兄弟就曉得一定是漢邦的人物，才有這騎馬入市的規矩呢！敢問尊駕可是漢邦來的？」

蔡諳答道：「正是。」

他說道，又通了名姓。

蘇比笑道：「談起來還與兄弟同鄉呢。」

蔡諳問道：「老兄這樣說來，想也是敝處的了。」

蘇比笑道：「小弟十七歲的時候，即遊歷西歐了；到了二十二歲的那一年，回到東土去，沒有住到一個月，見國內亂得不可收拾，小弟便又出來，在這裡差不多已有二十五六年了。」

他說罷，又問蔡諳道：「敢問蔡兄下顧敝處，有什麼事呢？」

蔡諳答道：「我主刻思政治復興，萬民樂業，極欲想出一種法子來感化萬民，勸善規過。久聞西方有佛，佛有真經，據云傳留天竺，所以特著小弟和林、胡二將，不辭辛苦，到天竺求取真經的。」

蘇比聽他這話，不禁喜形於色道：「我倒早有此心，想將真經傳入漢邦，以期感化愚民。不意我主竟有這樣的高見，真是福至心靈，阿彌陀佛！」

他說罷，便走到蓮花寶座之前，打著番話，嘰嘰咕咕說了一陣子。只見繡幕開處，那寶座上現出一個人來，穿著半截緇衣，赤條條地露出一對粉藕似的膀子，下面也是一雙赤腳，頭上滿垂纓絡，柳眉杏眼，梨面櫻唇，卻原來是個十七八歲的女子。

蔡諳嚇得連忙將頭低下，敬了一個禮，口中說道：「女菩提！敝人這廂有禮了。」

蘇比忙對那個女子嘰咕了兩句。那女子微開杏眼，朝蔡諳瞟了一下子，便合掌念道：「羅羅哩哩。」

蘇比便對蔡諳說道：「蔡兄！我們大師婆剛才吩咐，請你們到信林驛暫留數日。」

蔡諳忙道：「小弟們在路上已有四個多月了，千萬不能再耽擱了。」

蘇比笑道：「蔡兄，恭喜你！用不著你煩神了，請你在這裡暫住幾日，真經自然有人替你去取。」

蔡諳聽了這話，驚疑不定地問道：「蘇兄！你這是什麼話？」

蘇比笑道：「目下且不要問，到了館驛之後，我自然會告訴你的。但是你先去請胡、林二位下馬步行，我們這裡沒有人在市上騎馬的。」

說話時，那女子嘴裡又嘰咕了兩句。只見那執幢幡的童兒，一齊念著：「羅羅哩哩，哩哩嗹羅。」念了幾聲，便拔步回頭走了。那幾個扛蓮花寶座的人，一齊念著：「大力王菩薩摩訶薩。」

念罷，扛起蓮花寶座，一徑向西而去。

蘇比便和蔡諳走到胡、林二人面前。蔡諳便將方才的話告訴他們二人。胡、林正自弄得莫名其所以，聽了他的話，方才明白，連忙下了馬，隨著蘇比轉街過市。到了一所房子面前，只見門口有兩個人在那裡談話。見了蘇比連忙合掌低眉，口中念道：「阿彌陀佛！」

蘇比嘴裡嘰咕了幾句。他兩個忙跑了進去。不多一會，走出十幾個人來，牽馬的，搬行李的，一窩蜂地弄進館驛。

蘇比便請蔡諳、胡、林等一同進了館驛。蔡請進了裡面，抬頭一看，只見另是一種陳設，一間大廳中間，供著許多佛像，香煙繚繞。兩旁站著許多的小沙彌，見了他們進來一齊過來打個問訊。

蔡諳和他們敷衍了一會子。胡明便向蘇比說道：「我們早已餓了，煩你先去辦飯給我們吃罷！」

蘇比連連答應，忙喚人去辦飯。林英向蘇比笑道：「你們這裡怎麼一家酒館也沒有呢？」

蘇比笑道：「要尋酒館，這裡是沒有的了。」

蔡諳道：「假使人家遠路來的過客，吃些什麼呢？」

蘇比笑道：「這個也難怪，你們在漢邦弄慣了的，卻不知我們這裡的規矩呢！我們這裡從前沒有佛教，卻和漢邦一樣。自從有了佛教，我們主公就步步修行，不肯殺生害命了。因為酒館飯店裡，他們殺生最厲害的。所以一概禁止了。」

蔡諳道：「你這話我又不明白了，人家遠來的過客，一沒有親眷，二沒有朋友，難道人家活活地餓死了不成？」

蘇比笑道：「你哪裡知道，我們國王，他禁止了旅館飯店之後，便設立許多常覺林，便是供應過客設立的，裡面有吃有喝，還有安歇的地方。」

蔡諳道：「原來如此，那麼你們全國的人，全要吃素了？」

蘇比合掌念道：「阿彌陀佛！誰敢開葷呢？」

蔡諳又道：「方才出來的那個女子，大約就是國王吧？」

蘇比道：「不是，不是。」

蔡諳道：「不是王，她究竟是誰呢？」

蘇比道：「她是大師婆，就如漢家的一個大將軍一樣的。」

林英笑道：「她是一個弱小的女子，怎能當得這樣的責任呢？萬一發生什麼關係，難道她還有什麼法力去克服麼？」

蘇比道：「你倒不要將她看輕，她的本領真不小咧，這波斯國裡的民人，無一個不曉得她這哈達摩的。憑他發生了什麼事情，只要哈達摩一到，馬上就得瓦解冰消了。她還有一種絕技，能起死回生，醫人百病，因此我們國王很器重她的。」

林英笑著問道：「她醫人怎樣醫法呢？」

蘇比道：「人生了病，先到她的府中去祈禱三府，然後她自然有一種藥來醫治。如果你的毛病不能回生，她也看得出來，不過進了她的府，至少也要到半月以後才能出來。如果是在府裡死了，她大發慈悲，自己拿出葬費來給人家。」

蔡諳又問道：「你們國王叫做什麼名字呢？」

他道：「叫做白爾部達。」

林英道：「此地離開天竺國還有多少路？」

他道：「不遠不遠，只隔著一條苦海，過了苦海，便是天竺國的境界了。」

蔡諳又問他道：「蘇兄！你方才對我說的，何人肯替我們到天竺去求經呢？」

蘇比道：「大師婆方才對我說過。她說你們都是五葷雜混的人，真經好取，苦海難過。她可憐你們遠道而來，不忍叫你們白白地送了性命，她願發慈悲，打發大沙里邱、二沙里邱到天竺國替你們去求經。但是你們在這裡，還須到她的府中懺悔七周天，方可將真經領了回去；否則就有天神魔鬼從半路上來搶奪你們的真經了。」

蔡諳聽他這番話，毛骨悚然，忙問道：「照你這樣說來，我們這些人，真經萬不能取回東土了。」

蘇比道：「有什麼不能，不過要將一身的罪惡先要懺悔淨了，然後自然能將真經安安穩穩地保送歸國的。」

他們正在談話的當兒，有一小沙彌進來報道：「齋已齊備，請進去用罷！」

蘇比忙對蔡諳說道：「現在時已過午，請到裡面去用齋吧！」

蔡諳等隨著他進了一間靜室，只見裡面已經擺好一席。大家入了座。蔡諳見席上有酒，不禁十分詫異地問道：「蘇兄！你剛才說的，你們這裡不是沒有人吃酒的麼，怎麼這裡又有酒呢？」

蘇比笑道：「這是葡萄釀，完全淨素，你且吃一口，恐怕比較漢家的酒來得還要有味咧！」

蔡諳舉起杯子，呷了一口，果然芬香冽齒，甜美無倫，不禁極口稱讚。

這時敲鐘上館。他們吃了半天，簡直連一樣都不認得。

蘇比對他們笑道：「這裡的小菜，還吃得來麼？」

蔡諳點頭笑道：「吃倒吃得來，只苦是認不得叫什麼名字。」

蘇比便用箸一樣一樣地點著對他們說道：「這是蜜勒茄子，那是海威白蘇。」說了半天，他們只是誇讚不已。林英笑道：「這差不多全是素菜了。」

蘇比笑道：「自然是素菜，我們這裡可算屏絕五葷了。」

林英咂嘴說道：「這素菜倒比較我們家葷菜來得好呢。」

不說他們在這裡用飯，再說那個大師婆自從見了蔡諳後，真是個神魂失據，便想出一個法子來，叫蘇比留著他們，好慢慢地來勾引他們。看官，你們看了我以上的兩句話，不是要罵我胡言嚼舌麼？原來有個極大的秘事，小子趁此替她揭出罷。

閒話丟開，單講這裡的國王白爾部達，在十年前，本是殺人不眨眼的魔王。有一天，他抓了數十個囚犯，解到法場，瞥見有一隊沙彌擁護著一個千姣百媚的女子，走了過來，對他說道：「主公為萬民之首領，豈可輕害人命？上天有好生之德，這樣的亂殺，豈不怕鬼神震怒麼？我有佛經，可以感化愚氓，能使天下一般不肖之徒棄邪歸正。」

白爾部達見了她這樣的美貌，身子早就酥了半邊。又聽她這些妙語綸音，忙教將那幾十個引頸待殺的囚徒放了下來。

她教那些囚犯一齊望空跪下，口中念了一百聲阿彌陀佛。那些囚徒正自在那裡頸項伸長預備送命，誰也不希望憑空來了一位天仙似的玉人兒，將他們救活了性命，忙著不住嘴地念著阿彌陀佛。

五百聲念過之後，她又吩咐小沙彌朝空頂禮，一齊敲起鐘鼓，念了一回。

她做作了一會，便走到那些賊盜的前面，一個一個打量了半天。走到白爾部達的面前說道：「這眾人裡面有兩個有善骨的，他們能夠傳我的大道呢！」

白爾部達連忙問道：「是哪兩個？」

她便指了兩個年輕貌美的。

白爾部達便對她說道：「敬請女菩薩就在敝國住下，好麼？」

她滿口答應。白爾部達滿心歡喜，便封她為大師婆，特地替她在金殿右面造了一所房子，請她在裡面居住。她沒事的時候，就到白爾部達的宮裡去傳道。聽說她傳道，很為奇怪，有三不傳：女子不傳，二人在一起不傳，白日裡不傳。但是這傳道的方法，固然是很奇怪而又秘密的，可是究竟怎樣傳法，讀者們誰不是過來人，還須小子饒舌嗎？

白爾部達自從受了她的傳教之後，真是百依百順。她便四處張羅，招搖撞騙，用了一班人在外面信口雌黃，說她是菩薩化身，來救濟眾生的；她有大法力，能定人生死，無論什麼人做下什麼不正當的事情，她能知道一切，並且能醫治百病，起死回生。試想波斯國裡一班從未受過教化的頑民，怎能不上她的圈套呢？於是一傳十，十傳百，不上半月，通國皆知，誰也不敢錯做一件壞事，倒被她弄得道不拾遺，夜不閉戶了。

她又命國王禁止殺生，絕葷茹素，家家念佛，戶戶誦經，城裡從沒有什麼糾纏事情。如其發生了，只要她一到場，眾人馬上就死心塌地的不敢再鬧了。所以白爾部達十分信仰她，崇拜她，總而言之，將她當作活菩薩一樣地看待。

可是一班愚民，東也來求醫，西也來乞福。她十分冗忙，求醫的，乞福的，日多一日，簡直有應接不暇之勢。她也乖覺，便命她的兩個徒弟大沙里邱、二沙里邱分頭敷衍。如果一個死了，她便說是這人功成圓滿，登上極樂了。那死人的家屬，聽她這話，便以為十分的榮耀。所以一班求醫的人，但願死了成仙成佛。這樣一來，她越發肆無忌憚，每日至少有十個八個小後生隨她去傳道。

她胃口越來越大，每日沒有十幾個來傳道，簡直是不能挨忍。有一天，突然來了一個白面郎君，十分俊俏，到她府中求福。她端坐在蓮臺之上，見了這樣的漂亮人物，食指大

動，忙對來人說道：「你這人倒有些善相，可惜少懺悔，你肯懺悔？」

那人道：「怎樣懺悔法？」

她杏眼斜睇，向他一笑說道：「你如懺悔，自然帶你到一個去處去懺悔。」

他點頭冷笑，也不答話。她下了蓮臺，輕舒玉手，將他拉起。那人便隨著她，轉樓過閣地走了半天，到了一間小靜室裡。只見裡面陳設得非常精緻，錦屏繡幕，四面壁上掛著無數的裸體美人畫片，有的睡在床上，有的仰在椅子上，各處浪人的姿勢，不一而足。不怪那些小後生，一到這裡，便要成仙成佛了。她慢慢地將衣服一件一件地脫下，最後脫得精光，便向那人笑道：「你可來吧，我替你來懺悔。」

那人走到床前，將帳子一揭，只見裡面掛著四軸畫，卻是赤條條的男女合演玩意兒。那人用手朝畫上指著問道：「這算什麼意思呢？」

她微微一笑，然後對他說道：「你哪裡知道？這是和平之神，你要懺悔，須先和我照這個樣子先做了一回，那時我佛歡喜，自然就會赦除你的罪惡，賞賜你的無量福了。」

她說到這裡，便用手來替他寬衣解帶了。

那人陡然變了顏色，嗖地在腰間拔出一把利刃來向她臉上一晃，大聲說道：「狗賊婆，你可認得我哈特麼？我早就曉得你的玩意兒了，今天且饒你一條狗命。快些改過自新，不許再做這些無恥害人的事業，還可留下你這顆狗頭，否則一刀兩段，為萬民除害。」

他說罷，將刀往床邊一插，飛身出去，

第八十五回　波斯俠客

那個自稱哈特的一個人，將哈達摩當面奚落了一番，便將刀往床邊一插，飛身出屋，早已不知去向。把個哈達摩嚇得面如土色，將那一縷芳魂直飛了出去，一直等他走了之後，方才將飛出去的驚魂收了轉來，又羞又怕，慢慢地重行將衣服穿好，下得床來，將利刃拔下，藏在一邊。從此以後，她卻不敢再做那些無恥的事情了。

列位，這哈特來無跡，去無蹤，究竟是個什麼人呢？小子趁此也要交代明白了。

那哈特本是波斯國裡一個頂有名望的俠客，他鎮日價的沒有別的事情，專門剷除惡暴，扶濟良善。但是他有個怪癖，無論做下什麼事情，從來不肯露出真名真姓，所以波斯國裡常常發生什麼離奇的案子，大家不曉得內容，便疑神疑鬼，疑到大師婆身上去了。因此人人膽戰，個個心寒，不敢做一件不好的事情。

這哈特早就曉得白爾部達請了一個女子為大師婆了，不過這女子的行為，究竟好與不好，他尚未知道呢。

有一天，他因為聽了一個朋友告訴他，就是阿司地方的官長，貪婪無比，殘殺人民，

敲詐財物。他聽了這些話，不禁怒從心上起，惡向膽邊生。他一個人也不帶夥伴，單身直往阿司城而來。到了阿司城裡，四處一探聽，果然這阿司郡守殘暴非常，怨聲載道，他便存在心裡。

一轉眼，天色已晚，他懷著利刃，一躍上屋，身輕似燕，毫無半點聲息。瞬間到了阿司郡守的府中，他鶩行鷺伏地直向後邊而來。不一會子，到了那個郡守的臥房屋上了，他使了一個倒掛金鉤的勢子，從屋簷口直掛下來，只見裡面燈光未熄。

他用舌尖將紙窗上面舐破了一些，閃目朝裡一望，又見裡面有一個漢子，坐在床前。床上有一個十七八歲的美貌的女子，兩個中年的婦人在他的身邊。那一個年輕的女子，哭得和淚人一樣，閃著黑眼，向兩個中年的婦人說道：「你們不要盡來勸我！須知無論什麼事情，都要人家願意呢。老爺雖然愛我，我卻不愛他，難道就因他看中我，就來強迫我麼？」

那兩個中年的婦人一齊勸道：「薇娘，你不要這樣的固執罷，你順了我們老爺，一生的吃穿都比人家好的，請你答應了吧，不要嘔得他性起，將你殺了，你還有什麼本領來反對麼？」

她哽哽咽咽地說道：「用不著你們來花言巧語的，我既然不答應他，難道因為他要殺我，我就答應了麼？他不怕大師婆在暗中監察，他就將我殺了吧！」

那兩個中年的婦人聽她說出這句話來，不由面上現出一種驚慌的色彩來，便走到那個郡守的身邊，不知她們說些什麼。只見那個郡守哈哈大笑了一陣子，然後對那個年輕的女子說道：「薇娘，你可呆極了，別人不曉得那個大師婆，便疑神疑鬼地說她有多大的法力了，唯有我卻去領教過了。老實對你說罷，她是一個萬惡不顧廉恥的貨色，難得你還將她抬了出來；不瞞你說，她已經和我做過了這一回玩意兒了。」

他說著，伸出手來做了一個手勢，將那個女子羞得面紅過耳。

他又發出鸕鷀似的聲音，咯咯地笑了一陣子。那兩個中年婦人合掌當胸，口中念道：「阿彌陀佛！你不要這樣的信口胡言，不要被哈達摩大師婆知道，大家皆沒有性命了。」

那郡守笑道：「用不著你們擔心，怕她什麼，橫直不過一個招搖撞騙的女人。」他說罷，剔起眼睛，對那個年輕的女子說道：「你不肯依從我，還是真，還是假呢？」

那個年輕的女子說道：「憑你怎麼樣，我是不從你的。」

他哼了一聲，便用手在身旁那一口鐘上一擊，鐺的一聲，霎時跑出四個大漢來。不由分說，走過來將那個女子，就像抓小雞似地扯了過來，往一張睡椅上一按，可憐那個女子無力撐持，只得滿口匹靈匹靈地罵個不住，霎時身上的衣服，被那幾個虎狼似的大漢脫得精光。那個郡守笑眯眯將身上的衣服卸下，正欲過來做那個不能說的玩意兒。

這時哈特在窗外，不能再耐了，大吼一聲，一刀將窗子挑去，從窗子口飛身進去，手起一刀，將那個郡守送到極樂國裡去了。那四個大漢吃驚不小，一齊放了手，正要去取兵器來抵敵。說時遲，那時快，刀光飛處，頸血亂噴。那四個大漢早已變成無頭之鬼了。還

有兩個中年的婦人，見此情形嚇得張口結舌，忙合掌只是念著：「修羅修羅，哩連哩羅。」

哈特索性轉過身子，一刀一個，將兩個中年的婦人也結果了，才到這年輕的女子身邊，問個究竟，原來這女子是郡守的親眷，被他強索來做義女的。不想他竟要做這樣禽獸的事情，殺了真真不枉了。哈特問明了她的住址，便連夜送她回去了。

到了第二天，滿耳朵裡只聽人家沸沸揚揚地說個不住，齊道這郡守惡貫滿盈，不料大師婆知道了，一定差了什麼神將來將他們全殺了，可見大家還是要歸心的好。

哈特聽見這些話，不禁暗笑這些人好愚騃！但是他心中急切要來一探這大師婆的究竟，便不辭勞苦，遠道而來。

在波斯國城裡暗暗地刺探了三天，果然察出許多荒謬不倫的馬腳來。他便決意假裝著香客，去試探一下子。果然合了那郡守的話了。他暗想道：「我將她一刀殺了，真個和殺雞的一樣，毫不費事。但是將她殺去，不免將國內人民信仰她的心使之一旦灰了的麼？罷罷罷，不如且指斥她一番，如其能革面自新，就隨她去；如果怙惡不悛，再來結果了她，也不為遲咧！」

他想到這裡。因此就放了她一條性命，他便走了。

這是哈特的一番來歷，小子原原本本地已經說過了，現在也好言歸正傳了。

且說那個善於迷惑人的哈達摩，自從經他這一番驚嚇之後，果然不敢再任意妄為了。一直過了五六年，寧可死挨活耐地忍著，卻不敢有一些非分的行為。其實哈特哪裡真去監察她呢，不過借著這番恐嚇恐嚇她罷。

她今天在保聖市口見了蔡諳那一種品概，真個是冰清玉潔，更有那個林英面如冠玉，唇若丹朱，她不禁起了一片的戀慕心。她便命蘇比先將他們留住，以便慢慢的來施展媚惑的手段。

再說蔡諳等在驛館裡，將飯用畢，蘇比立起來，正要說什麼話似的，瞥見有一個人，穿著黃色緇衣，頭戴毗盧帽，腰束絲絛，手裡執著一根錫杖，走了進來。蘇比連忙站得直挺挺地合掌念道：「阿彌陀佛！」

那人將頭微微地一點，口中說道：「羅多嗹哈，哈哈羅畦，羅駃嗹哩咖。」他說了兩句，便向蔡諳合掌唱個大喏。

蔡諳等見他這樣，正弄得丈二尺高的金剛，摸不著頭腦。蘇比忙過來對他們翻譯道：「這是我們這裡的大國師潛于大和尚，他奉了國王的命令，特地前來拜訪諸位的。」

蔡諳等聽得這話，忙一齊立起來還禮。

蘇比又對潛于翻譯了他們的意思。潛于合掌又念了一聲阿彌陀佛。蘇比便對潛于將蔡諳的來意說了一遍。潛于大師合掌說道：「蘇道引，你可知道西方有一重苦海麼？」

蘇比道：「怎麼不知呢？」

潛于大師道：「既然知道西方有苦海，須知惡蛇怪獸，不可勝數，他們能有多大法力，能夠超過苦海呢？」

蘇比道：「我並非不知，原來大師婆發廣大慈悲，預備差大沙里邱、二沙里邱替他們到天竺去求經。我想既是這樣，卻能將真經取來了。」

潛于聽了這話，對蘇比冷笑一聲說：「蘇道引，你不要一味糊塗，難道他們的伎倆，你還不曉得麼？他們就能去將真經取來了嗎，這不是欺人之談麼？」

這番話說得蘇比滿面緋紅，低頭無語。

蔡諳等見他們這樣的情形，便估量著一定是談的他們的話了，不過苦的是不懂他們究竟是談些什麼。大家默默的半晌。

潛于大師又向蘇比道：「據你方才說的，他們不是你的同鄉麼？」

蘇比點頭道：「是的！」

潛于大師道：「既然是你的同鄉，難得他們有這樣的善行，你就該發廣大慈悲，助他設法才是！」

蘇比連忙雙膝往下一彎，撲的往潛于大師面前一跪，口中念道：「阿彌陀佛！求大師發廣大慈悲，佛駕高升，替東土萬民造福吧！」

潛于大師忙將他從地上拉起來，說道：「我們出家人須不著這些圈套，只知道慈悲為本，方便為門。我到這裡來，無非就是這個意思。但是我還有一句話，要對你說，我去將真經取來，我還要隨他們一同到東土參觀參觀。」

蘇比忙道：「只要大師肯去，那是再好沒有了。」

潛于便向蔡諳等打了一個稽首，便動身走了。

蘇比和蔡諳一直將他送到大門以外。潛于便對蘇比說道：「我動身之後，你須叮嚀他們，千萬不要到她那裡去！」

蘇比連連答應。潛于正要動身，忽然又向蘇比笑道：「我真糊塗了！險一些兒白跑一趟。」

蘇比聽他這話，倒不知什麼緣故，忙問他道：「大師這是什麼話？」

他笑道：「他們來求真經，可有法牒沒有？」

蘇比連忙對蔡諳道：「你們來求經，漢帝可曾下旨意與你們不曾？」

蔡諳道：「有的，有的。」

蘇比便將潛于大師的來意對他說明。蔡諳十分感激，忙到自己的房裡，在箱子裡將聖旨取了出來交於蘇比。蘇比便送給潛于。潛于反覆看了幾遍，點頭微笑，辭別他們飄然而去。

蔡諳暗道：「怪不道人說西方佛地，人盡慈悲，今天才應驗了。」

他們回到中廳，蔡諳便向蘇比道：「敢問這位潛于大師，是這波斯國裡什麼人？」

蘇比道：「問他的根底，可是深固到十二分了。她就是普賢菩薩的大弟子，他卻不是常到這裡來的，這也是我主的洪福齊天，不期而然地遇著他，真是巧得極了。」

他們正在談話之間，那國王已經派人來請蔡諳了。

蘇比便陪著蔡、林、胡三人一齊到了貝普殿前。蘇比先朝國王打個稽首。蔡諳等也跟著打了一個稽首。白爾部達便命賜坐。蔡諳等一齊坐下，白爾部達向著蘇比嘰咕了一會子。蘇比便將蔡諳等的來意和潛于替他們去求經的一番話，翻譯上去。

白爾部達喜形於色，連連合掌念道：「阿薩羅多，蜜羅阿陀。」

蔡諳偷眼見那國王，生得赤眉暴眼，闊口獠牙，十分可怕。他右面的蓮花寶座上，端坐著一個千姣百媚的女子，在那裡低眉垂目。他仔細一看，卻正是昨天在街上碰見的那個女子，又見國王身後繪著三尊大佛，兩旁的侍臣，大半是不僧不俗的打扮。

停了片晌，只見那個女子朝國王嘰咕了兩句，國王便向蘇比說道：「薩克薩克，阿嗹哩羅。」

蘇比便對蔡諳說道：「大師婆現在要請你到她那裡用晚齋，不知你的意下如何？」

蔡諳一想，暗道：「我們生長東土，這裡的形式一些兒也未曾看見過，何不趁此機會去看看呢？」

他想到這裡，也不推辭，竟一口地答應下來了。

不一時，鐘鼓亂鳴，國王退殿，蘇比便領著蔡諳等徑向哈達摩的府中而來。

不一會，到了哈達摩的府中，只見那大廳裡，梵貝聲繁，異香撲鼻，果然又是一番景象。蘇比對他們悄悄地說道：「馬上你們到佛前拜佛，須先將帽子除下，等到用過晚齋，才能將帽子重行戴上呢。」

胡、林二將齊聲問道：「這是什麼規矩呢？」

蘇比笑道：「這裡在佛前朝禮和用齋，皆要先除下頭盔，才算不失儀節呢。」說話間，那右邊的大鐘噹噹噹地敲了三下子。蘇比便向三人悄悄地說道：「朝禮了。」他們聽說這話，趕緊除下頭盔，隨著蘇比走到佛像面前，躬身下拜。行禮已畢，哈達摩輕移足步，走到蔡諳面前，打了一個問詢。蔡諳也不知道她是什麼意思，只管翻著兩隻白眼。

蘇比看見他窘住了，連忙替他向哈達摩翻譯道：「他姓蔡，他名字叫諳，是大漢皇帝的駕前使臣，差往西天拜佛求經的。」

她伸出玉手，向林、胡二將指著問道：「他們二人姓甚名誰？」

蘇比答道：「那個白臉少年，姓林名英；那個黑面大漢姓胡名明。他們是保護蔡中郎的官將。」

她聽罷，滿面春風，對蘇比笑道：「道引，我看這幾個人，卻有仙姿道骨，如果肯懺悔一周天，便可以入門了。」

蘇比聽她這話，明知她不懷好意，卻因位置的關係，不便和她去作對，只得答道：「這原是大師婆慈悲之念，無奈他們初到此地，一切尚未十分瞭解，懺悔一層，恐怕他們不見得就肯領教吧。」

她含嗔帶怒地向蘇比說道：「你倒先替他們頭門口回掉了。」

蘇比忙道：「大師婆請不要見怪！方才這兩句話，原是我忖度之言，是否他們是這樣的心理，尚未可知，待我來問他們，看他說罷。」便向蔡諳說道：「大師婆要請你在這懺悔七天，不知你肯麼？」

蔡諳連忙搖頭說道：「這卻不能，一來，我們是五葷雜亂慣的人，二來，對於經懺一門毫無研究，只好請收回成命罷。」

蘇比便對她將蔡諳的一番話說了一遍。只見她緊蹙蛾眉，十分不悅。她不答話，便叫人擺席。大家一齊入座，她也在末座相陪。

可巧末座與首座恰在對面，蔡諳見她也入座，不免倒局促不安。可是她倒落落大方，毫無羞澀的態度。

一刻兒，菜上兩道，蔡諳便要起身告辭了。蘇比猜到他是因為哈達摩在桌上的緣故，便悄悄地笑道：「中郎休要這樣的羞縮難堪，須知大道不分男女。」

蔡諳道：「無論如何，男女怎好在一起入座呢？」

蘇比笑道：「你這人也未免太拘執了，自古道，舉一體，行一事，到什麼地方說什麼話，才好呢。這裡素來有這樣的規矩，難道為著你就減去了麼？快快的不要被他們笑話！」

蔡諳無奈，只得耐著性子，將頭垂到胸前，一直等散，才抬起頭，便起身告辭，再尋頭巾，卻早已不知去向了。

哈達摩見他們要走，粉面上突然不悅，也不挽留，癡呆呆地坐在椅子上，一言不發。蘇比忙叫小沙彌去尋頭盔，找了半天，哪裡有一些影子。

胡明等得不耐，正要發作，蔡諳向他一搗，胡明卻誤會他的意思，只當是蔡諳教他發作的呢，他便大聲喝道：「我們的頭盔難道被佛老爺偷去不成？真是豈有此理！」

那些小沙彌見他這樣惡聲怪像的，嚇得跌跌爬爬地走了。

哈達摩見胡明發作，心中也覺害怕，忙叫三沙里邱跑進去，將他們的帽子取了出來，又對蘇比嘰咕了一陣子。蘇比點點頭，便領著蔡諳等回到驛館之內。

蔡諳向蘇比問道：「我們出門的時候，那個大師婆向你說些什麼呢？」

蘇比笑道：「她說潛于替他們去取真經，她是最歡喜的，也省得再叫她的徒弟去了。」

胡、林二人同聲問道：「她將我們的頭盔藏起來做什麼用呢？」

蘇比笑道：「你們三位，大師婆的用意，她想將你們留在她的府中懺悔七天，所以設法子挽留你們，才將頭盔藏起來的。」

林英大笑道：「這不是奇談麼？修行也要人家情願呢！豈能來強迫的？」

大家談了一會，便各自去安寢。

停了數日，林英、胡明在館驛裡沒有事可做，悶得心慌。兩個人私下裡商議道：「如今一點事情也沒有，何不動員閒逛閒逛？」

他二人打定了主意，順館驛的這條街一直向北走去。

不到半里之遙，瞥見有一大空地方，有多少人聚集在一處，拍手歡呼。二人不知道是什麼玩意兒，便挨著身子擠了進去。

只見有兩個人在那裡舞刀弄槍的，林英便對胡明笑道：「不料這裡也有人喜歡耍刀槍的呢？」

胡明正要回話，瞥見人叢中有四個大漢，跳了出來，手執兵刃，直撲那兩個站在場內的人。

那兩個見他們進來，面上現出怒容，揮著兵刃，便來迎敵，這時又跳進四個大漢，幫著方才那四個大漢，圍著那二人拚命相撲。

林英勃然大怒，一個箭步縱身到場心，一腿將那個使鞭的大漢打倒，奪過鞭子，耍動如飛，將那幾個大漢打得落花流水的東逃西散。他正要轉身，瞥見白光一道，直奔他的太陽穴而來。他一讓，仔細一看，原來是一方手帕。

第八十六回　喜星高照

林英見那八個大漢如狼似虎地闖進場，各揮兵刃，將那兩個人圍住，各施兵刃，大殺起來。林英起初不知道究竟是一回什麼事，所以不敢冒昧，後來見他們拚命相撲地認真殺了。

他只見那兩個被他們圍住的人，殺得汗流如雨，只有招架之功，並無還手之能。

這時林英那一股無名之火，直衝三千丈，按捺不下，一個箭步衝進圈子，一腿將那個使鞭的大漢打倒，將鞭奪了過來，奮起神威，一陣鞭將那幾個大漢打得鼻塌嘴歪，一哄而散。

他正要回身，瞥見一道白光直向他的太陽穴打來，他知道有人暗算，趕緊將頭一偏，那東西翻翻越越地落在地上，他定睛一看，原來是塊雪白的手帕。他倒很覺奇怪，一彎腰將那塊手帕拾了起來。

這時四面的人一齊攏了近來。七張八嘴的嘰咕道：「亞克亞克，立特阿羅。」

那兩個被困的人也湊近身子，抱拳念道：「薩哩哇羅。」

林英一句不懂，料著他們一定誇讚和佩服罷了。他被眾人纏得急了，忙向眾人只是搖手。那些人也不解破他的用意，向四散分開，林英走到胡明跟前笑道：「可恨那幾個牛子，竟敢以多欺人。」

胡明笑道：「可不是麼，不是你去動手，我也要去了。」

林英笑道：「這些牛子真禁不起打，只消一頓鞭，就打得東逃西散了。」

胡明笑道：「真的，要是我前去，定要將那幾個牛子的狗頭揪了下來。」

林英笑著，將那一塊拾著的手帕拿出來，對胡明笑道：「我將那幾個牛子打敗了，卻不知從何處突然飛來一塊手帕，你道奇怪麼？」

胡明跌腳大笑道：「你還未看見麼？」

林英搖頭說道：「未曾看見。」

胡明用手朝西南一指道：「看那樓上不是站著一個女子麼？這手帕就是她摔下來的。」

林英抬頭一看，只見西南角上有一座樓閣，高聳入雲，樓窗半啟，露出一個人來，生得柳眉杏眼，梨面櫻唇，比花花解語，比玉玉生香，說不盡千般嫵媚，萬種風情，把林英看呆了，見那個女子手扶雕欄，斜凝秋水，卻也出神了。

他兩個四目相接，飽看了好久，全場的人不期而然地朝著他們注視。

胡明輕輕地向林英笑道：「你覺得難為情麼，全場的人，誰不朝著你望呢？」

他也未曾聽見。胡明用手在他的肩頭一拍，大聲笑道：「林兄弟，魂靈兒不要被人家攝去呀！」

這一句，才將他飛出的魂靈驚了入竅，低下頭，滿面緋紅，一言不發。

胡明又笑道：「這真奇了，到處有人看中你，為什麼沒一個人看中我老胡呢？」

林英正要回答，猛可聽得東北角上喊聲大起，擁進一個人來，手執刀槍棍棒，直撲林英、胡明二人而來。胡明便對林英笑道：「你看這些牛子，還來討死呢！」

林英道：「來得正好，正要使個厲害給他們瞧瞧呢。」

一轉眼，那些人擁到面前，為首一人，手執一把鐵槳，身高九尺，虎頭環眼，喊聲如雷。林英空著手搶了上去。那大漢大吼一聲，劈面就是一槳。

林英往旁邊一跳，讓過他一槳，他順手又是一槳，從下面翻起來。林英往後面一縮，又讓過他一槳。那大漢兩槳落空，怒吼如雷，舉起鐵槳迎頭打下。林英趕緊又往旁邊一躥，恰巧那大漢的鐵槳，正打中一塊大石頭，砰然一聲，那一塊石頭竟被他打得粉碎，林英暗自吃驚不小。

這時那些番人一齊擁上前來，刀棒齊施。林英趁著一個空子，奪了一把刀，和眾人惡鬥起來。胡明急切沒有兵器，搶過來一腳踢倒兩個，就將這兩個從地上抓起來，當著兵器，飛也似地打進重圍。那些番人被他打得五分四散，可是林英卻被那大漢逼得團團亂轉，急切跳不出圈子。

那大漢越殺越勇，跟見林英要走下風了。胡明又被這些番兵纏著，不能過來幫助，正

在這危急之時，瞥見一人，騎著白馬，腰掛雙刀，纖手執著馬鞭子，唰地打了一下子，那馬穿雲價地衝了進來，只聽她一聲吆喝，那個大漢回頭一看，連忙放下兵刃，往她馬前一跪，嘴裡不知說些什麼。

那馬上的女子，用手一揮，從後面跑過來許多的女子，一式短衣打紮，每人手裡執著一張刀，一捆繩，走了出來，將這大漢緊緊地縛個結實。

還有那些人一齊拋下兵刃，直挺挺地跪下，這時林英也不懂是怎麼一回事，再朝那馬上的女子定睛一看，這女子正是方才在樓上擲手帕的。

林英倒怔住了，但見朱唇一動，那些黑衣女子將那些跪下來的人，一個個完全縛了起來。那女子臨走時候，斜飄媚眼，向林英嫣然一笑，放著轡環，緩緩地走出人叢去了。

林英呆了半晌，正要和胡明回去，瞥見蘇比喘氣急急地跑來，向他們問道：「剛才這裡有人打架，你們動手不曾？」

林英便道：「不錯，因為氣不過，才動手的。」

蘇比頓足說道：「這卻怎麼得了？」

林英見他這樣的驚慌，忙問：「什麼緣故？」

蘇比道：「還問什麼，你們準是死也！」

林英大吃一驚問道：「難道這裡人家打不得抱不平麼？」

蘇比搖頭說道：「不是這樣說。你們初到此地，哪裡知道這裡的內幕。那兩個執刀棒的漢子，他們本來和我們國裡江湖賣藝的一樣，但是他們這裡有一個規矩，就是賣藝的專門供給人家試驗的，不僅是他們自己耍幾路刀棒，就可以向人家開口索錢了，只要有本領的，誰都可以去比試的。要是將賣藝的打敗了，馬上就趕賣藝的動身，不准在國裡逗留；如果打不過賣藝的，那末不但給錢與賣藝的，還要按月供給他們的糧草呢。方才我在館驛裡聽見他們說，拉阿場上有兩個野人，幫助賣藝的將四蒙利耶王子府裡的八個家將打敗；我當時問他們一個情形，便知你們闖下大禍了。這卻怎麼了？」

林英聽他這番話，方才明白，忙又問他道：「最後一個虎頭狷眼的大漢，他難道就是四蒙利耶麼？」

蘇比道：「那個大漢也來和你們動手的麼？」

林英道：「我將那八個大漢子打敗之後，沒有一會，他就帶著許多人來和我動手了。」

蘇比將屁股一拍，連珠價響地直說道：「怎了怎了？」

林英見他這樣，料知事出非常，也覺得費了躊躇。

胡明大笑道：「怕什麼！這幾個鳥男女，已經被那個女子捉走了。」

蘇比聽了這話，不禁詫異地問道：「你這是什麼話？」

林英搶著將以上的事情說了一遍，蘇比聽罷，說道：「慚愧，你們的運氣真好，可巧碰見她，但不知她何故幫著你們，倒是令人不解呢！」

胡明哈哈大笑道：「還問什麼，林兄弟命帶桃花，到處有人憐愛，究竟是生得漂亮的

好。」

蘇比連聲問道：「什麼緣故？」

胡明道：「他將那八個大將打敗之後，那個女子在樓上看見，突然擲下一塊手帕來。後來那大漢帶了許多人前來和我們為難，正殺得萬分危急之際，不想她就憑空的來了，你道不是看中我們林兄弟了麼？」

蘇比聽了，便對林英笑道：「恭喜你，恭喜你！三天之內，包管你得到一個公主，和你成就了百年的眷屬了。」

林英漲紅了臉，忙對蘇比說道：「道引不要盡來開心，你不要聽胡大哥撒謊，哪裡有這些事呢。」

胡明笑道：「這不是冤枉麼？我從來不喜和人家說謊話，蘇道引你如不信，我立刻給你個見證。」他說罷，一伸手在林英的懷裡，摸出一樣東西來，向蘇比笑道：「這個玩意兒，是哪裡來的呢？」

蘇比接了過來，正在展開細看。林英一縱身便伸手來搶。蘇比忙向懷裡一縮。胡明忙過來一把將他抱住，口中說道：「還做什麼趣呢，好好地讓人家看看，究竟是個什麼東西？」

蘇比展開一看，只見裡面繡著一尊佛，兩個和合神，在下角上還留著一個名字，蘇比仔細一看，原來是瑪麗兩個字。他看罷，對林英笑道：「這可無疑是她了，恭喜你，喜星高照。」他說罷，便將手帳交與林英。
林英接過來，不提防他嗤嗤嗤地一連撕了幾瓣。
胡明、蘇比忙用手來奪，卻已被他撕壞了。
蘇比忙道：「林將軍動怒，敢是我們看得不好麼？」
林英笑道：「這是什麼話？在小弟的意思，不過因為女子的東西，斷不能存留我們男子身邊的，不獨損失我們的威嚴，而且對於她也覺有些不恭之處咧。」
蘇比忙道：「你可錯極了，她莫說是個堂堂國王的妹子，就是平常一個女子，人家看中你，憐愛你，你卻不能將人家一番好意拂掉了呢。」
林英笑道：「蘇道引這話，真是奇怪了！你怎麼知道她看中我的？」
蘇比道：「人家有意將手帕擲給你，顯見就是撩撥你的。」
林英道：「怎能這樣說法，人家在樓上或許是失手被風飄下來的，也未可知。」
蘇比大笑道：「照你這樣看來，越是天緣湊合了，試想這場內無數的人，皆未落到他們的身上，恰巧就碰著了你，不是天緣麼？」
林英正色對他說道：「道引休要取笑罷！不要說我林英已經有了妻室，縱使沒有，我林英堂堂七尺之軀，難道就和這番邦的女子配合了麼？請你不要講吧，我們也好回去了。」
蘇比見他動怒，不便再說，便和他們回到館驛之內。

蘇比便將以上的事情告訴與蔡諳。蔡諳問道：「這女子果然是國王的令妹麼？」

蘇比道：「怎麼不是呢？這國王有三個妹子：大妹子嫁與白脫司；二妹子嫁與馬咸司；惟有這三妹子瑪麗生性高傲，而且武藝精通，刀馬嫺熟，有生以來，從未遇見過敵手，所以她目空一切，藐視天下英雄，今年已經十九歲了，還是待字深宮，國王幾次要替她擇婿，無奈她執意不從，國王不敢十分相強，只得由她自主。她雖然這樣倨傲，卻是一個性如烈火的女子，她向來和人家是不苟言笑的，我想既然將手帕擲與林將軍，我敢斷定是已經看中林將軍了。」

蔡諳笑道：「如果真的，這樣倒是千秋佳話了。」

林英脫口說道：「中郎你也糊塗了，我難道真去和她配合不成？」

蔡諳道：「這也不算什麼羞恥的事情。」

林英道：「中郎這是什麼話呢？我休說已有前妻，即使沒有家室，又何能和番婆子不知禮義的東西結合呢？不要說千古佳話，只怕要遺臭萬年了。」

蔡諳說道：「林將軍請不要動怒，這不過是我們私下裡談論的意思，至於那個公主是否看中了你，還未知道呢！」

他們正在說話之間，國王那邊果然著人來請蘇比和蔡諳。他二人連忙上朝。

那國王對蘇比說：「道引，你知道麼，現在我們三公主看中了那個姓林的漢將了。」

蘇比連忙打了一個稽首答道：「微臣已經知道。」

白爾部達笑嘻嘻對蘇比道：「孤家今天請你來，非為別事，要想請你做個月老呢！」

蘇比忙答道：「我主的命令，怎敢不依，無奈那個姓林的已經有了妻子。」

白爾部達大笑道：「你這是什麼話，一個人娶兩個妻子，難道多麼？」

蘇比正要回言，瞥見一個使臣形色倉皇地跑了進來，大聲呼道：「比保國興兵來犯邊境了，請我主定奪。」

白爾部達聽說，便命將四蒙利耶放下來，叫他趕緊帶兵去抵敵。

原來這四蒙利耶是眾皇子之中最驍勇的一個。他天不怕，地不怕，見了瑪麗便骨軟筋酥的沒了主意了。方才被瑪麗傳進殿來，說他在外邊闖禍，得罪了漢家的大將，所以將他縛來。

她又爽爽快快地將林英的本領告訴國王，言語之中，流露一種佩服的口吻。國王點頭會意，便令將四蒙利耶鎖了起來。這時四蒙利耶放了出來，聽說是要他帶兵出陣，心中大喜，忙到國王面前謝了恩，點齊十萬精兵，前去抵敵。

未到三天，早有探馬飛報道：「四蒙利耶陣亡，十萬兵死亡投降殆盡，比保的兵馬已經經闖進邊境了。」

國王聞報大驚失色，無計可施。蘇比便上殿奏道：「微臣保舉一人，包管旗開得勝，馬到成功。」

國王忙問何人，蘇比道：「大師婆哈達摩法力無邊，何不請她前去迎敵呢？」

國王大喜道：「我倒忘了。」

連忙著人去將哈達摩請來，命她前去迎敵。哈達摩也不敢推辭，帶著她的兩個徒弟，並一眾沙彌前去破敵，未到半日，又有探馬來報道：「大師婆與沙彌完全被比保國的兵殺了。」

國王聽得這句話，宛似憑空打了一個炸雷一樣，口呆目瞪，不知所措。

這時蔡諳等見這樣的急，恐怕城門失火，殃及池魚，連忙與林、胡商議退避之計。林英慨然說道：「到這裡承人家賓禮相待，現在人家到了這危急之時，焉有坐視之理，何不去助他一陣呢？」

胡明也是這樣說法。蔡諳忙對他們說道：「你們可聽見麼？那大師婆那樣的法力廣大，尚且被他們殺了呢，你們為何要去冒險呢？」

林英冷笑道：「中郎你也未免忒糊塗了。那大師婆不過是個騙人的妖婦罷了，她有什麼法力呢？」

蔡諳見他們執意要去，也不好過於阻攔。二人便對蘇比說明，蘇比自是贊同，忙去告訴國王。國王當下又派兵十五萬，請林英帶兵五萬為第一隊，胡明領兵五萬為第二隊，瑪麗領兵五萬為第三隊，又命蘇比隨著林英去做參贊。當日林英等點齊兵馬，浩浩蕩蕩直向芥利子城殺來。

他們還未到芥利子城，猛見前面旌旗蔽天，矛戈耀日。那比保的頭隊，已到色生河口。林英忙下令紮營，埋鍋造飯。這時還未安排齊整，猛可裡比保的營中，金鼓大震，一哨兵馬衝殺出來。

為首一將，面如重棗，執鎦金大钂，怪叫如雷。林英大怒，火速持槍上馬，帶隊出陣。林英一馬當先，也不打話，兩個人接上手，奮勇大殺起來，戰了一百餘合，可是那賊將來得十分厲害，力大無窮。林英到了一百合之後，力氣不加，槍法散亂，虛晃一槍，便想逃走，無奈那個賊將，將钂舞得風雨不透，緊緊地逼住，不肯放鬆一著。

林英沒法，只得勉強打起精神，和他又戰了三十多合，可是只得招架，不能還手了。這時胡明的第二隊已到。聽說林英已經出陣，胡明提出雙錘，躍馬出陣。只見林英被那番將逼得汗流氣喘，漸漸地不支了。胡明舞動雙錘，拍馬飛到垓心，大聲喝道：「番狗休要逞能，看咱老子來取你的首級！」

他雙錘齊下，那番將忙將雙钂蕩開雙錘，接上手，又與胡明大殺了五十餘合。林英趁著這個空子兒，兜馬跳出圈子，休息了片時，只見他兩個翻翻滾滾地殺到八十多回。胡明雖勇，可是那員番將兀自轉戰不衰。

林英飛身上馬，搖槍重行搶到垓心，雙戰那員番將。這時番兵陣內，突然又跳出一個番將來，也不騎馬，跑到林英的馬前，舉起鬼頭刀便來刺林英的馬腿。林英趕緊將馬一帶，那馬憑空一躍，將他這一刀讓過。林英便不敢怠慢，連忙丟下那個用钂的番將，來應付這個步戰的番將。

一馬一步戰了四十餘合。那個番將馬前縱到馬後，躍躍如飛，捉摸不定。林英倒有些應付不了。大戰了多時，瑪麗的第三隊已經到了。蘇比忙令她出陣助戰。她倒提大砍刀，領了一隊黑衣番女兵，闖到垓心。

此時胡明已殺得錘法散亂，支持不住了。瑪麗長嘯一聲，飛馬前來助戰。胡明騰下身子，便兜馬回陣。瑪麗那口刀舞得神出鬼沒，飛花滾雪價地將那番將殺得招架不住。未到三十合，那員番將丟去一個架子，回馬就走。

瑪麗隨後追去。那番將在馬上用手一招，登時萬弩齊發。瑪麗一毫不怯，攪開箭雨，穿雲閃電價地追了進去。胡明在後面望見，忙道：「啊嘎！今番這個女子好道休矣！」

話還未了，瞥見林英被那員番將將馬腿搠傷，那馬大吼一聲，壁立起來，將林英掀翻在地，霎時被那員賊將生擒過去。胡明大驚，正要上馬去救，只見番兵陣裡喊聲四起，紛紛大亂。

霎時瑪麗從陣內重新殺了出來，她的嘴裡咬著一顆血淋淋的人頭，到了蘇比的面前，將那顆人頭往地上一擲。蘇比忙對她嘰咕了兩句。她連忙掉刀回馬，重新殺進陣去。

第八十七回　古寺奇聲

瑪麗重新殺入陣去，但見她在番兵陣裡東衝西突，如入無人之境。馬到處，屍血飛，刀來時，肢骸重疊。將那些番兵殺得膽裂魂飛，只恨爹娘將腿生得短一節，沒命地四散奔逃。她在馬上，一面殺，一面留神向四下裡觀察。

瞥見一個賊將，手執鬼頭刀，押著林英，吆吆喝喝地直向大營而去。她把馬一拍，趕了過來，大喝一聲。那番將措手不及，被她一刀砍死在地下。

她趕散了番兵，正要來替林英解縛，猛聽得金鼓大震，一隊番兵從斜次裡衝了出來。她恐將林英傷了，趕快飛身下馬，將林英就地抓起，也不及解捆帶上了馬。

這時一聲呼哨，萬箭如雨，她連忙將刀舉起來隔箭。說時遲那時快，粉臂上早已著了三箭。她咬一咬銀牙，飛馬來取那為首的番將，那番將嚇得回頭飛也似地逃走了。

她也不去追趕，回到自己的營中，將林英放下來，親手替他解去捆縛。林英這時又是羞愧，又是感激，偷眼見她咬著牙關，將粉臂上的三支箭拔了下來，那一股鮮血殷殷地淌個不止。

林英到這時也顧不得什麼羞恥了，情不自禁地拔出寶劍來，將自己的袍襟割下一塊，走到她的身邊，替她重重地裹起。這時胡明、蘇比見她衝入番陣，隨後揮動大兵，掩殺過來。這一陣殺得番兵屍橫遍野，血流成渠，大吃敗仗。

胡明等殺到分際，才收兵回營，見林英好好地回來，好不歡喜。她從後帳裡出來，因為血淌得太多了，臉上雪白，星眼少神。蘇比等問了個究竟，才知道臂中三箭，大家不勝嘆服。

再說那比保的營中兩個首領，均被瑪麗一陣殺了，不禁人人膽戰，個個心寒，不由得四散逃竄。有兩個小酋長，料知也約束不住，無法可施，只得引兵來歸降。蘇比便將他們發放了，回來將失去的土地收了轉來，這才奏凱而還。

國王見他們得勝回國，喜不自禁，忙命人擺駕迎出波斯城外。蔡諳見胡、林二將安安穩穩地回來，真個是舉手向天，深自慶慰。

蘇比便將戰事大概情形告訴與白爾部達。白爾部達滿口誇讚，瑪麗便對國王嘰咕兩句，國王哈哈大笑道：「好好好！就是這樣辦法。」他說罷，掉過頭來又朝蘇比說道：「道引，前天孤家托你的那件事，可曾替我轉達到麼？」

蘇比道：「前天因為軍事匆忙，未曾有空來提起這事，微臣極力撮合便了。」

國王大喜，又賞了胡、林二將兩尊金佛，一串菩提子，三百斤白金。林、胡忙將金佛收下，其餘一概不收，蘇比和他們回到館驛之內，便對蔡諳說道：「如今公主瑪麗非要嫁給林將軍不可，你看這事怎樣呢？」

蔡諳皺眉道：「這事委實太難，一來他已有了妻子，二來他的性子和霹靂一樣，別人不能多一句話，我卻不好再去開口了。」

胡明笑道：「此番你們一說，就得成功的。」

蔡諳不解他是什麼用意，蘇比聽得他這話，猛的省悟道：「不錯，不錯。他此番不虧她將他從萬軍陣中救出來，恐怕早就送了性命咧！我們就去說。」

他們便一齊走到林英的房裡。蘇比首先開口向林英說道：「林將軍，我此番卻認真來討媒做了，方才國王令我和將軍說起將瑪麗公主許於將軍，未知將軍究竟是允許與否呢？」

林英此番因為她冒險將他救了出來，情意實在令人佩服。所愁的言語不通，縱然她貌美如仙，結合之後，鎮日價不能交通一語，有什麼樂趣呢？他躊躇不決的只是發愣。

蘇比見他默默的一聲不作，倒不像前番那樣的一百二十個不要了，便料到已經有八分認可了。

蘇比連珠似地催道：「將軍你素來不是一個最爽直的麼，今天為何竟自這樣吞吞吐吐的呢？答應與否，請快點回我們一聲，是是否否，我們也好就去覆命了。」

催了半天，林英才說道：「公主的盛情，我林英也不是個不解事的，焉能不知呢？但是我生長東土，她偏生西域，言語不通，這是一個難題，再則我已早有妻室，公主此番

定要和我配合，還算是嫡，還算是庶呢？」

蘇比哈哈大笑道：「我當是什麼難解的事呢，原來是這兩樁啊！容易容易，請不要猶豫。她既然和你成了夫婦之後，食同桌，寢同床，不消兩個月，言語包管懂了。至於她是第二個嫁給你的，名目上當不能僭居嫡位，不過應付敷衍，完全在你的手段罷了。只要她們兩個能安安逸逸地隨你度日子就得了，管她娘什麼嫡的庶的。」

蔡諳也插口勸解他一回，他也就承認了。

蘇比忙去告訴國王，國王不勝欣喜，忙命人安排結婚的儀節，擇了一個吉日，便行結婚禮。屆時一番熱鬧，自不必說。

這瑪麗自從和他結婚之後，百依百順的，而且她天生的聰明，不上半月，漢家的言語不獨完全懂得，並且能朗朗地脫口說出來，沒一些番音，林英好不歡喜。

光陰似箭，轉眼又過了一個月。蔡諳日日盼望潛于大師，一直等了兩個多月，一些音訊也沒有，心中好不焦急。那一天，正在館驛中發愁，只見蘇比跑進來，對他笑道：「恭喜恭喜！潛于大師已經到了。」

蔡諳聽了，喜出望外，忙和蘇比一同迎了出來。只見門外兩匹白馬，背上完全馱著真經。潛于大師見了蔡諳，打了一個問詢。蔡諳連忙答禮。蘇比又與他握手道苦。潛于大師父便對蘇比說道：「我此番卻不能隨諸位到上國去觀光了。」

蘇比忙問：「怎的？」

他道：「我的師父現在正著作《迦楞真經》，要我參劾，故沒有機會去了。」

蘇比點頭稱是，便命人淨手齋戒，將真經搬了進來。潛于與蘇比、蔡諳等上殿參拜國王，白爾部達又向他頂禮問勞。

潛于大師便對國王說道：「貧僧師命在身，不敢久於逗留，有緣再會吧。」他說罷，打了一個稽首，飄然而去。蔡諳慌忙頂禮相送。

潛于走後，蔡諳便對蘇比說道：「我們出國已稽延有八月之久，萬不能再為耽擱了。難得潛于大師發慈悲，替不才等將真經取來，現在也好回去了。」

蘇比忙道：「是極是極，我就替你翻譯。」他說著，便回過頭來對著國王，將他的一番話翻譯明白，國王稱是。蘇比忙去到館驛裡替他點查真經，放開黃包袱一看，只見裡面放著《大乘經》五千部，《小乘經》八千部，《金剛經》三千部，《觀音經》五千部，《彌陀經》五千部，《嚴楞經》三千部，《寶藏真經》三千部，八佛像百楨，共打了八個黃包袱。

蘇比又將他們的馬匹行李收拾停當。林英便向瑪麗道：「公主還是隨某回漢，還是留在本國，一切均由公主自行裁奪，某不敢擅自作主。」

瑪麗忙答道：「郎君哪裡話來，奴家不嫁給你便罷，既然嫁給了你，當然是你的人了，焉有留在本國的道理？」

林英道：「公主既然情願隨小子一同回漢，那是再好沒有了。」他說罷，便對蔡諳說

個明白。

蔡諳聽說她隨林英歸漢，自是歡喜，忙用胡明等一齊上朝告別。

國王見他的妹子也跟隨他們歸漢，也不好阻攔，免不得又多一番叮囑。臨走的時候，不無生離死別，都有些傷感的。瑪麗卻一毫沒有惜別的樣子，歡歡喜喜地到各處去告辭。最後國王向她問道：「賢妹，此番歸漢，幾時才能回國來敘敘呢？」

瑪麗很爽地忙答道：「多在三年，少則二載，總要回來探望的。」

國王領著眾大臣，一直將他們送出東門。蔡諳屢次請他轉駕，國王才轉道回宮。惟有蘇比又將他們送了一程。

蔡諳再三阻止，向他問道：「蘇兄仁義過天，小弟此番到這裡多蒙照拂，銘感難忘，不知何時才能酬報大德哩。但是久客異鄉，終非長策，未卜幾時倦遊而返呢？」

蘇比聽了他這番話，不禁觸動思鄉之感，眼眶一紅，流下淚來，默默的半晌，才答道：「回鄉這層，不過隨遇機緣罷了，豈能註定呢？而且千山萬水，實非易事。」

蔡諳聽他這番話，便知道他不願回去了，卻也不便再說，只得請他回去。蘇比才放馬怏怏地回去。

蔡諳等馬上加鞭，歸心似箭，在路行程已非一日。韶光逝水，不知不覺地又到一個多月了。那天蔡諳用鞭梢向前一指，問道：「林將軍，那前邊黑暗暗的不是一座山頭麼？」

林英抬頭一望，忙道：「是的，我看這座山好像崑崙山的樣子。」

蔡諳驚喜著說道：「照這樣說來，馬上就進了中原的境界了。」

林英道：「如果的確是崑崙山山腳下，自然是中原的境界了。」

他們一面談著，一面策馬，飛也似地趕了過來。不多一時，已離崑崙山只有半里之遙了，只見道旁有許多人在那裡驅逐駱駝。林英笑道：「有八成是崑崙山了，我常聽人家說，崑崙山下產生野駝，專吃田間的五穀，那邊不是許多人在那裡趕逐駱駝麼？」

蔡諳抬頭一看，不禁大喜說道：「可不是麼？不要講別的，你看那些人，誰不是穿著中原的衣服呢？」

大家說著，已到山根腳下，只見那些牛皮的帳篷，搭得一個靠住一個。

胡明嚷道：「自從上路以來，晦他娘的一氣，一頓飽飯也沒有吃過。」

林英笑道：「用不著埋怨了，瞎子磨刀，望見亮了，快要到家了，頂多再挨一個月餓罷了。」

他說著，下了馬，尋了一家酒店，大家吃了一個飽，安息一宵。

次日清晨，用了些點心，便又登程。

這時正當五月裡的時候，只見這崑崙山上樹木連雲，蟬聲雜噪，野花含笑，怪石點頭。蔡諳在馬上不禁心暢神怡，回頭說道：「究竟還是我們中原的景致來得美麗，不似那國外的景致，黑水白山，到處現出一種可怖的形象來。」

林英道：「怎麼不是，我們在波斯國裡足足住了兩個多月，絕不高興出去閒逛，因為

見了異鄉的風景，反而觸起思鄉之念，不如不見為佳。」

他們在馬背上，談談說說，不覺已經進了山麓。蔡諳見兩邊的山崖峻險，忙對他們說道：「此地非常孤險，大家千萬要小心防備！」

這句話還未說完，猛可裡一陣鑼聲，從深林裡擁出一隊強徒，一式的紅巾抹額，各執刀槍，攔住去路。把個蔡諳嚇得面如土色，險些兒撞下馬來。

林英忙拔寶劍對蔡諳道：「中郎休要驚怕，諒這幾個小毛賊，何足為患？」

話聲未了，胡明早已拍馬懸錘，飛也似地衝到那一隊強徒的面前，揚聲問道：「你們這幾個牛子，在這裡攔住老子的去路，意欲何為？」

那些強徒一齊高聲大叫道：「怕死的趕緊丟下買路錢來！」

胡明聽得這話，不由得哈哈大笑道：「好賊崽子，你們要向老子討買路錢麼？我倒肯，就是有兩個夥計不肯。」

那些強盜聽他這話，連忙問道：「你的夥計在什麼地方？叫他出來，和我們較量較量。」

胡林將大錘一揮，向他們笑道：「你看，這就是我的夥計。你們如果不服氣，先送個榜樣與你們看看。」

他說罷，盪起大錘，向右邊一塊磕頭石上就是一下子。這時猛聽得砰然一聲，那塊石頭被他擊得火星四射，登時粉碎。

那幾個強盜見了，只嚇得倒抽了一口冷氣，抱著頭，沒命地逃去了。胡明也不來追趕，帶轉馬頭，徑向蔡諳這裡而來。

走到蔡諳的面前，笑道：「方才那幾個牛子只消一錘，就嚇得膽裂魂飛地逃了。這樣的膿包，還要來做劫路的，豈不笑倒人麼？」

林英道：「你不要這樣說，還防他們有大批的羽黨呢？」

胡明笑道：「用不著你們過慮了，我說他們不敢再來尋死的了。」

林英搖頭答道：「不見得，不見得。」

說著又走了一程，漸漸地到了山崖之上，一片平坡，一眼望去足有數十里之遙。

林英笑道：「到了這裡，可用不著再來顧慮了，憑他是千軍萬馬，也好突進去殺個暢快。」

蔡諳定了一定神，對林英道：「還是小心一點為佳，不要碰見了大批強盜，人眾我寡，倒不能就說沒有顧慮呢。」

他剛剛將這句話說完了，猛聽得後面喊聲大起。蔡諳好像驚弓之鳥一樣的，無處可藏身體。林英回頭一看，只見一大隊紅頭巾的強盜，為首兩個騎著高頭大馬，頭抹紅巾，一個操槍，一個提著獨腳銅人，穿雲閃電般追了近來。

林英忙向胡明說道：「你保著中郎先自前行，這裡有我和她呢。」

瑪麗勒馬橫刀等候廝殺，胡明保住蔡諳先向東而去。

霎時那一大隊強盜，趕到面前，那個虬髯大眼的強盜一舉獨腳銅人，闖了過來，厲聲罵道：「不怕死的牛子，膽敢從我們山上經過，還敢口出浪言，可知道咱家的厲害麼？識時務的，趕緊留下買路錢來，如有半字不肯，咱老子銅人一動，管教你立刻到閻王那裡去交帳！」

瑪麗把馬一夾，飛入垓心，也不打話，揮刀就砍，那強盜舉起銅人接住。他兩個一衝一撞，大戰了八十多回合。

那個使槍的，長嘯一聲，搶到垓心，擺動長槍，正要助戰，林英見此情形，更不能耐，將馬一拍，那馬雙耳一豎直衝過來，接住那使槍的賊將四個翻翻滾滾地大戰了一百餘合，不見勝負。

瑪麗殺得性起，將刀一橫，霍地平砍過來。那使銅人的大漢，趕緊將頭一低，讓過她一刀。說時遲，那時快，頭上的紅巾已經被她削去了半截。

那個賊將嚇得魂落膽飛，一轉馬頭，就想逃走。她哪裡肯捨，拍馬追上，長嘯一聲，刀光飛處，那賊將的首級骨碌骨碌地向草地上滾去。一眾的強盜嚇得回頭就走。那個使槍的賊將，見那個使銅人的被她斬去，心中一慌，被林英一槍刺下馬來。

瑪麗還要去趕殺賊兵，林英忙喊道：「賢妻，窮寇莫追，由他們去罷。」

瑪麗才收馬回來。二人並馬來趕胡、蔡二人，不多時已經趕上。

只見蔡諳面無人色，在馬身上只是亂顫。林英忙對他喊道：「中郎，請不要怕了，那兩個賊崽子已經被我們結果了。」

蔡諳見他們好好地趕來，心中才將一塊石頭推去，滿臉堆下笑容來，問道：「那兩個凶神似的強盜，果然被你們殺了麼？」

林英笑道：「不將他們殺了，我們能好好地麼？」

四人又攆了一程，看看天色已晚。林英道：「這可失算了，在這山上，到何處去尋息宿之處呢？」

蔡諳道：「我們且走去看，如有人家更好，實在沒有，我們就行了一夜，也不妨事的。」

林英點頭道好。

正是說話之時，猛聽鐘聲噹噹，鼓聲咚咚。胡明道：「好了，這不是鐘鼓的聲音麼？一定有什麼寺院在此，我們且去尋尋看。」四人趁著這鐘聲，一路尋來，不多時，到了一座古廟的門口。

蔡諳迎著月光，細細地一看，只見上面有三個大金字，亮灼灼的，乃是「停雲寺」三個字。胡明便下馬上前敲門。不多時門開了，走出一個小喇嘛來，向他們一看，縮頭就要關門。

被胡明一把將他扯住。那小喇嘛嚇得撲通往下一跪，滿口哀告道：「大王爺爺，你們請到別處去發財罷！我們這裡是座窮廟，收入幾個錢，還不夠吃飯的呢。」

胡明聽他這話，不禁嗤地笑道：「扯你娘的什麼淡，咱老子又不是劫路的大王，是來

向你們這裡借宿的。」

那個小喇嘛聽說這話，一骨碌從地上爬起來，沒口地答應道：「有有有，請爹爹放手，讓我進去問一問我家師父。」

胡明便將他放了。小喇嘛狗顛屁股地跑了進去。不多一刻，他又從裡面跳了出來，忙道：「不行，不行，我家師父說的，我們這裡是清靜的佛地，不能供往來過客住宿的。」

蔡諳道：「小和尚，煩你再進去與你家師父說，我們是漢帝駕下的大臣，從天竺國剛剛將真經求回來的，走到這裡，向他借宿一夜。」

那小喇嘛趕著又跑了進去，沒多時，從裡面對他們說道：「請你們進來罷，我們師父已經答應了。」

蔡諳等稱謝不盡，隨著那個小和尚進了中殿。那小和尚用手向東邊的耳房一指道：「我家師父吩咐的，請你們就到耳房去安息罷。」

蔡諳等進了耳房，只見裡面陳設著不少的床鋪。他四人各尋一個床鋪，安身睡下。林英睡的一張床，貼著北邊的牆，他正要入夢，猛聽得一陣陣奇怪的聲音，傳到他的耳朵裡。

第八十八回　打草驚蛇

林英剛要上床睡覺，突然有一縷尖而且銳的聲音從隔壁傳來，細聽起來真個是如怨如訴。他不禁暗暗地納罕道：「這可奇怪了！這裡是個清淨的佛地，哪裡來的這種悲傷的啼哭聲音呢？」

他回轉來一想，自己對自己說道：「這也許是小和尚讀經不用心，被大和尚打了，在暗地裡啼哭的，也未可知，管他娘的，咱且去尋好夢去。」

他說罷，和衣倒下。可是那奇怪的聲音，總是在他耳鼓裡纏個不住。他三番兩次地要想去入夢，但是那一種疑惑的心理，只是不肯除掉，耳邊似乎有人對他說道：「你去看看，究竟是一回什麼事情？」他身不由己地重又坐了起來，便要下床看看究竟。猛的忽又轉過念頭：「自家只掃門前雪，休問他人瓦上霜。睡休睡休！」

他又倒下，停了一會子，滿想安魂定魄地睡去。誰知任他怎樣想睡，總是睡不著。那一對眼睛，兀的不肯合起來，白灼灼地四下亂望，不多時將心血攪了上來，渾身煩躁，好不難過。

他無奈只得重新坐起來，側著耳朵，貼牆細細地聽了一會。他可是狐疑滿腹，暗道：「這聲音斷不是哭聲，而且又不是嘆息聲音，簡直說不出是一種什麼聲音。」

他到了此時，耳朵邊喊他的聲音，比較從前又厲害些，似乎有人在那裡催他道：「為什麼兀的遲疑著不肯去呢？」

他被這狐疑的心理驅使得太厲害了，便下了床，輕手輕腳地從房裡走了出來。只見外面的燭燈俱已熄盡了，黑黝黝的只聽見眾人鼻息的聲音。他躡足潛蹤地走出耳房門外。那天上的殘月，只有一線掛在屋角，幾十個星在旁邊擁聚著，放出絲絲的慘淡光芒。那天井裡一個大黑影子，足有一丈多高，似乎張開一副可怕的面孔，在那裡向他獰笑的樣子。他定一定心神，蹲下身子，仔細一看，原來是一個七級的寶塔式的鐵香爐。

他放開步慢慢地走到天井裡，四下裡一打量，無奈月色迷糊，一切都不能辨別明白。他向這中間的大殿走來，進了大殿，只見神臺前還有一支半明半暗的殘燭在那裡點著。他借著燭光，四下裡一看，那兩旁的泥像，有的坐著，有的站著，綠眉花臉，牛頭馬面，赤髮獠牙的，不一而足。

他猛的一看，不禁倒退數步，自己對自己笑道：「你可太癡呆了！這都是些泥塑木雕的偶像，他們的體質都是死僵的，怕他怎的？」

想到這裡，膽子漸漸地也隨著壯了起來。他鼓足了勇氣，到各號的神像面前，仔細望了一個暢快。但是他們真是溫存著臉，一任他在那裡窺看，也不出聲。他在四周走了一轉，覺得陰風颯颯，鬼氣森森，耐不住打了一個寒噤。

他便想回去，正從那東邊轉了出來，猛可裡只聽得呀的一聲。他一愣，連忙朝著發出聲音的地方望去，瞥見那東北角上一個木偶像，移了離出原位三尺多遠。他不禁大吃一驚，暗道：「不好了，敢是這木像成了精了麼？」

再來仔細對著木像跳開的地方一望，只見現出一個門來。他不禁暗暗納罕道：「這真奇了！我倒要來看他一個究竟呢。」

正自疑念間，又聽得吱呀一聲，他定睛一瞧。那門裡走出一個女子，渾身縞素，手裡拖著一條一丈多長的白綃，從門裡面慢慢地走了出來。他趕緊往一個泥判官身後面一掩，屏著氣。

只見那個女子輕移蓮步，婷婷嫋嫋地走到神前，向一個大蒲團上往下一跪，深深地拜了四拜，坐在蒲團上。他迎著燭光望去，但見這女子生得十分嬌俏，真個是秋水為神，玉為骨，芙蓉如面，柳如眉，一雙杏眼睡得紅光灼灼的。那裙子下面一雙小足，瘦削得不滿三寸。她坐在蒲團上，微微地吁了一口氣，伸出右邊一隻玉手，到頭上整一整鬢。

這時林英暗道：「怪不得我在耳房裡聽見有人哭泣啊！原來還是她呢。我想這寺裡，一定藏著不少歹人，今天碰著我，管教他皆作無頭之鬼了。」

他想到這裡，便想立起來去問那個女子的究竟。轉身一想，暗道：「不對不對，我冒冒失失地出來去問她，她一定是很驚疑的，不肯告訴我，不如在這裡再耐一會子，且看她

在這裡做些什麼。」

他正在那裡打算，瞥見神龕後面，又現出一個中年的婦人來，兩隻眼睛突出眼眶，舌頭也拖在唇外，披著一頭的黃髮，一瘸一跛地走到神前，往下一跪，只是磕頭不止。最可怪的，就是那蠟臺上的半支殘燭，自從這散髮的婦人走出，忽然變了顏色，從前是白灼灼的光彩，現在卻改了一種碧綠的顏色了。

林英不禁大吃一驚，暗自說道：「不好了，這個婦人，莫非是鬼麼？」他想到這裡，渾身的汗毛一根一根的都直豎起來。

那個散髮的婦人在神前磕了一陣頭，便轉過來，又朝著那個坐在蒲團上的女子，不住地叩頭。那個女子似乎沒有看見的樣子，微睜杏眼，嘆了一口氣道：「天哪！不想我方綠睛竟在這陷人的坑裡，老鷹拴在腿上，飛也飛不起，爬也爬不走，娘啊！你老人家可知你的女兒在這裡受罪麼？」

她說罷，淚如雨下，玉容憔悴，可愛可憐。

可是那個散髮的婦人，仍在地下叩個不住。停了半天，她才立了起來，咬一咬銀牙，潑開櫻口，悄悄地哭著罵道：「惡和尚！奴家被你玷污了，你不要逞著淫威，我就是死了，也要變著厲鬼來追你的魂靈的。」

她說罷，重複坐下癡呆呆地對著那慘綠的燈光，直是流淚。

那散髮的婦人在地下頭越叩越緊，隱隱地聽見得得得的有了聲音，那女子便再也坐不住了，重新站了起來，理一理手中的白綃，將尖尖的小腳在地上一蹬，嚶嚶地哭道：「娘呀！女兒和你今天永別了。你的女兒死了，可憐你不知道在什麼地方死的呢？娘呀，你的女兒死了之後，你老人家不要常常牽腸掛肚的，只當少生一個女兒罷。」她說了一會子，恨恨地便走到神龕之前，將白綃往上面一拴，在下面做了一個扣子，這時那個散髮的婦人，叩得竟像敲木魚的一樣，得得得的不住。

林英看到此時，再也不能忍耐，忙向腰間來拔寶劍。誰知伸手在腰間一摸，奇怪極了，寶劍早已不知去向，他發急忙道：「不好不好，眼見這個女子也不能去救她了！我的寶劍也不見了，難道被鬼攝了去麼？」

他猛的想出一個主意來，便輕輕地伸手將這判官手裡捧著的泥元寶，約摸有碗來粗細，他取到手中，閃了出來，照定那個散髮的婦人頭著力擲去，猛聽得殼禿一聲，那個婦人不知去向。

猛見那神前陡然現出無數磷火，綠陰陰地閃著，霎時漸漸地連了起來，共成一個極大的火球，一炸之後，就沒有一些影跡了。

那神前的殘燭依舊復了光明，林英這時更不怠慢，飛步便來救那個上吊的女子。他還未走到她的身邊，叭達一聲，那白綃忽然斷了。那女子落在地下。

林英好不奇異，走到她的跟前，低頭一看，那頭上的白綃扣子早已不知去向。但見她星眸緊閉，粉臉無光，林英到了這時，也顧不得什麼男女授受不親了，蹲下身

子，慢慢地將她從地上扶到自己的腿上，用手在她的櫻口上一摸，不禁說了一聲慚愧，幸喜還有些氣，連忙替她在柳腰上摩弄了幾摩，她才爽爽快快地蘇了一口出氣，微睜杏眼，朝林英一望，不禁詫異，連忙掙出他的懷中向他問道：「你是什麼人？為什麼要來救我的性命呢？」

林英道：「隨便什麼人，難道人家見死不救麼？恐怕天下也沒有這樣的人吧。你這女子究竟有什麼冤枉，不妨對我說明，我可設法救你。」

那女子聽他這話，又朝他上下打量了一回，只見他滿臉英雄氣概，便知是個非常的人物，連忙深深地拜了下去。

林英忙道：「你有什麼委屈的事，儘管說來，不用客氣罷。」

那女子悄悄地說道：「客官！此地不是談話處所，恐怕被惡人聽見。」

林英忙道：「既如此，找一個僻靜的地方去。」他說罷，便對那個女子招招手，自己先走出了大殿，她也隨後跟了出來。

不多時，到了東邊的耳房裡，林英在身邊取出火種，將蠟燭點起，順手將門緊緊地閉起，便對那女子說道：「你且坐下，有什麼冤情，慢慢地告訴我罷！」

她羞羞答答地坐了下來，哽哽咽咽地問道：「你這個客官，尊姓大名？」

林英見她問話，便答應道：「我姓林名英，乃是大漢皇帝駕下明顯大將軍是也。」

她連忙改口說道：「將軍，今天蒙你將奴家救了活過來，承你問，我怎能不訴真情呢！奴家本是山北面合子崗的人氏，奴家姓方名喚綠睛。上月十二日，我的父親死了，我家到這裡來請僧超度，不想這裡的和尚起下不良之心，半夜將奴家盜了出來，囚在他們的一個幽房裡。有個住持和尚，生得十分兇惡，三番兩次來到幽室裡要行非禮，奴家抵死不從，他想了一個方法來，吩咐另外兩個賊婆娘，有意用酒將奴家勸醉，可憐我吃醉了之後，就不曉得什麼了，那個天殺的惡和尚，就來硬行。」

她說到這裡，嗚嗚咽咽地哭個不住。

林英忙問道：「你豈不可逃了出去呢？」

那女子道：「將軍，你只知其一，不知其二。這裡牆高門緊，奴家又是個弱小的女子，怎樣逃法？而且他們又一步一防。」

林英問道：「他們用什麼東西將你盜出來？」

她道：「還記得我家父親死了，將他們請來念經超誦，那時我在孝帳裡守孝，到了三更之後，不知不覺地昏昏睡去，一夢醒來，卻不知怎樣就到這裡來了。」

林英又問道：「這裡共有多少和尚呢？」

她道：「大大小小差不多有五十多個。」

林英便對她說道：「馬上我們去尋他們，卻不知道路，要煩你帶一帶路。」

她點頭答應。

林英便走到胡明的房中，將燈點起，用手將他一推，口中喊道：「胡大哥，快快醒來！」

只聽他酣沉沉，鼻息如雷，再也不會醒的，並且說起夢話道：「快點拿飯來！咱老子吃飽了好走路。」

林英不禁好笑，忙又用手將他極力地一推，他冒冒失失地一骨碌坐了起來，一伸手將林英揪住，閉著眼睛罵道：「賊崽子，你可逃不了。」

林英忙悄悄地喊道：「是我，我是林英。」

他聽見他的聲音，才放下了手，揉開睡眼笑道：「原來是你，我還當是一個竊賊呢。」

林英笑道：「你這樣的睡法，只怕連人被人家竊去，還不曉得呢。」

他笑道：「林兄弟，你半夜三更的不睡覺，到我這裡做什麼的？」

林英便將以上的事情，細細地對他說了。他翻身下了床，提起大錘，往外就走。

林英忙扯住他問道：「你現在哪裡去？」

他翻起白眼朝林英說道：「事不宜遲，就去動手。」

林英跌腳道：「你又來亂動了，打草驚蛇的不好。」

他道：「依你怎麼樣子幹呢？」

林英道：「你不用心急，我自有道理。」

胡明只得止住腳步。林英又去將瑪麗喊醒，教她保住蔡諳，不要聲張。瑪麗連連地答應。林英便教那個女子前面帶路，一直走到大殿東北角上。那女子對林英說道：「將軍們，從這個角門進去，每一個房裡，都有一個關捩子設在門後面的牆上。你將那關捩子一按，馬上就會現出來了。」

林英點頭會意，正要進去，胡明對他笑道：「你空著一雙手，就想去捉盜了麼？」

林英才曉得自己沒有帶兵器，忙對那女子說道：「這裡用不著你了，你可隨我去罷。」

他說罷，將她帶到耳房之內，自己到房間裡，取出弓彈寶劍，走到大殿裡面。

到了胡明的跟前說道：「胡大哥，你就在這裡守著，我進去，如果有人從裡面逃了出來，你切不要放他過去。」

胡明點頭答應，擎著大錘，目不轉睛地向門裡候著。林英進了角門，便到門後面的牆上，用火種一照，果然有一個關捩子嵌在上面。

他用手一按，瞥見帳子後面露出一個門來，他屏著氣，走進門去，只見裡面一點聲息也沒有。他復用火種一耀，只見這房間裡一個人也沒有。他又走去尋著關捩子一按，有一面經櫥忽然移了過去，也現出一個門來。

只見裡面有燈光從門隙中露了出來，林英便知裡面一定是他們的藏春之所在了。他拔出寶劍來，輕輕地將門一撬，那門不用推，自然開了，林英伸頭一瞧，只見裡面擺著三張床，帳子一齊放下。

他走到床前，一手將帳子一揭，只見一個和尚摟著一個女子正自睡著，他一劍兩個，不一刻，三張床上六道魂靈一齊到巫山十二峰去了。

林英正要去尋關捩子，猛聽得隔壁有呻吟的聲音，他回頭一看，那屏風後面又是一個

暗門。他走到門口，側耳聽著裡面有人說道：「超凡，你還未足性麼，由晚上一直弄到這會，人家怎生吃得住？」

這時又有一個人聲音，喘吁吁地答道：「心肝，這個玩意兒，只有我們男子弄疲倦的，卻不曾聽見個女子回嘴不幹的，我這樣的用力，不是正合你的胃口麼？」

他說罷，便大動起來，那張木架床只是咯吱咯吱去和那女人呻吟的聲音。列位，林英在定更的時候，聽見是哪裡的聲音呢？卻原來就是這裡的聲浪。他這暗房卻緊貼林英睡的耳房，所以一切動靜，林英都能聽見的。

林英聽罷，一腿將門打開，一個箭步跳到床前，舉起寶劍，正待發作，瞥見一樣東西從帳裡飛了出來，林英曉得是暗器，趕緊將頭一偏。那東西到對面的牆上，撞個來回，原來是一塊飛蝗石。

林英一手將帳子一揭，冷不提防，那第二塊石子又從帳子裡發出來，躲讓不及，右手腕著了一下，幸虧他的刀握得緊，否則連刀都被震掉。他咬一咬牙齒，一劍劈去。那和尚將身往床裡邊一滾，一劍正著那個下面的女子。

林英趕著又是一劍，照定那個和尚的肚皮刺去。那和尚何等的厲害，趁勢往床下一滾。林英正要再來尋他，不提防他從帳子西頭鑽了出來，在壁上取下一把截頭刀，霍的一聲，向林英面上劈下。

林英將劍往上一迎，只聽得嗆啷一聲，早將他的刀削去了半截。那和尚不敢戀戰，回頭出門就走。林英隨後追來，一連過了三道暗門。

林英從後面吆吆喝喝地趕了出來，胡明聽得裡面喊殺聲音，心裡早已癢癢得要去動手了，無奈又恐有人從這門裡逃出，他只得耐著性子守候著。猛聽得有腳步聲音，從裡面奔了出來，胡明擎著大錘，身子往旁邊一掩。霎時那和尚赤身露體地從裡面奔了出來。胡明手起一錘，正中那個禿頭，𣪊禿一聲，腦漿迸裂，那一個萬惡淫僧，早登極樂了。

林英聽見，連忙在裡喊道：「胡大哥！不要將這禿頭放走，要緊！」

胡明笑道：「用不著你關照了，這禿頭早送他到老娘家去了。」

林英走出來一看，只見那和尚倒在地上，頭打得和稀爛西瓜一樣，忙喚胡明重復進去尋了一遍，另外也沒有暗室了。

胡、林二人才回到耳房，這時蔡諳已經醒了，提心吊膽地等了半天，見他們來了，連忙問個究竟。他二人將方才的事情說了一遍，那方綠睛感謝不盡。不多時，天色大亮。林英便將寺內所有的和尚一齊趕了出去，點起一把火來，燒得煙焰障天。

林英正想打算將方綠睛送回家去，不意她家裡的人已經尋來，聽說這樣的原因，千恩萬謝地將她帶了回去。

林英等上馬就走。又走了三四天，那天到了寧白村口，早有人進去報於富平。富平喜不自勝，忙到後面，對她的女兒說道：「孩兒！用不著再在這裡愁眉淚眼的了，林將軍已由天竺國回來了。」

她聽說這話，趕緊站起來問道：「果真嗎？」

富平道：「誰騙你呢！」

她連忙出來。富平也跟著出來。父女二人剛出大門，瞥見蔡諳等三人，另外又多一個美麗的女子，渾身上下一式俱是番邦的打扮。

第八十九回　洩露天機

富淑兒和她的父親，出了大門，就見蔡諳等三人，另外還有一個年輕貌美的女子。她不禁疑惑道：「這莫非是天竺國隨來的法婆麼，看她這樣的打扮，煞是奇怪，究竟是個什麼人呢？」

不說她在那裡狐疑不決，再說林英一進了村口，遠遠地就望見淑兒在門口，倚在她的父親身邊，在那裡遙遙地盼望。

他不禁勾起了一層心事，暗道：「她的本領品貌，論起來還不在瑪麗之下，如果她要責問我重娶，我卻拿什麼話去應付她呢？她如果是個溫柔和藹的女子，還不會發生什麼笑話，萬一她是個嫉妒成性，免不得各生意見，爭寵奪夕，那就要糟糕了。」

他越想越愁，不禁臉上現出一種不可思議的面容來。

胡明對瑪麗說道：「妹妹！你可知道這裡就到林兄弟第一個夫人的府上了。」

瑪麗忙道：「果然到了麼？」

胡明點頭笑道：「到了到了。」

瑪麗聽說，心裡也起了一種感想，暗道：「還不知他的前妻究竟是個什麼樣子的人物，醜的美的，都休去問。但是她的性格與我相合，固然是不生問題，萬一性格不合，小覷了我，卻怎生應付呢？到了那時，她一定笑我是個番女不知禮義，我倒沒有話好去和她抵抗呢。」

不說她暗自打算，這時已經到了門口。蔡諳等翻身下馬過來和富平見禮。

胡明忙對瑪麗道：「妹妹，站在西邊的那個女子，就是林兄弟的夫人。」

瑪麗輕移蓮步，走到淑兒的面前，操著漢邦的言語說道：「姐姐在上，小妹這裡施禮了。」她說罷，便折花枝地拜了下去。

淑兒倒莫名其所以，急忙地也拜了下去。二人互相謙虛了一會子。

胡明大笑道：「不是一家人，不進一家門，你看她們第一次見面，就這樣的親熱起來。林兄弟！你站在這裡發什麼愣，還不快一點來替她們介紹一介紹麼？」

富平聽見他的話，倒有幾分明白，便向林英問道：「這位小姐是誰？」

林英見他一問，不禁滿面緋紅，半晌答不出一句話來。

胡明大笑道：「富老丈，還問什麼，這位是林兄弟的第二個夫人。」

蔡諳又和淑兒見過了禮。富平忙將他們請進大廳，一面令家人擺酒侍候。

淑兒聽見瑪麗是林英的第二個夫人，猛的心中灰了半截，暗道：「不想這個薄幸郎，竟做下這樣的負心事來，好好好！現在暫且耐著一刻，等你到後面，再和你講話。」

她想到這裡，不禁星眼向林英一瞅，一張粉臉上不由得現出一種含嗔帶怒的情形來。林英見她這樣，暗道：「不好不好，果然中了我的話了，不要講別樣，一見面就這樣的鬧醋勁了，可見日後永無安寧之日了。」

他想到這裡，不由得愁上眉梢，癡呆呆地望著杯中的酒，默默地一聲不作。

富平還未解透其中的情形，舉起杯子向林英說道：「今天老夫特備一桌酒，替你們洗塵，將軍何故這樣的怏怏不樂呢？莫非老夫有什麼不到之處嗎？」

林英忙立起來答道：「泰山哪裡話來，小婿因為沿途受了一點風寒，所以到現在身上還有些不大適意，承你老人家這樣厚待，小婿感激還沒有感激處，哪裡還敢見怪呢。」

胡明插口笑道：「林兄弟的毛病我曉得，就是因為……」

他說到這裡，蔡諳忙向胡明使了一個眼色，胡明便不開口，富平忙道：「既是賢婿身體不適，一路上鞍馬勞頓，先到後面歇一會去。」

林英忙道：「用不著，用不著。」

淑兒也不言語。倒是瑪麗問長問短的十分親熱。淑兒懶懶的和她去敷衍。後來富平問起林英如何與瑪麗結婚的話來。蔡諳便一五一十地將林英如何陷入番營，瑪麗如何冒死救他出來的一番話，說了清楚，富平這才明白。

淑兒聽了蔡諳的這番話，便將那一片妒疑的念頭登時打消，粉臉上現出笑容來，向瑪麗離席謝道：「拙夫身陷番營，多承姐姐大力救了出來，愚妹妹感謝不盡了。」

瑪麗趕緊答禮道：「姐姐哪裡話來，自家的姐妹，何須客氣呢！」她說罷，連忙一把將她扯了坐下來。

二人談到武藝一層，說刀論棒，十分投契，只恨相見太晚。林英到了這時，才將那顆突突不寧的心放了下來。不多一會子，大家散了席。林英便到後面去拜望岳母。

到了晚間，富平命人收拾幾間空房間來，讓蔡諳等去休憩。又在淑兒的臥房對面，收拾出了一間空房來，請瑪麗安息。

再說林英到了這時，當然是先到淑兒的房間裡去。一則是久別重逢，急於要敘一敘舊情，再則自己娶了瑪麗，本是一樁虧理的事情，趁此去籠絡籠絡她。他走到淑兒的房中一看，卻不知她到哪裡去了。只見一個丫頭名叫小碧的，坐在梳粧檯旁邊，在那裡打盹。

林英便咳嗽一聲，那個丫頭驚醒了，揉著睡眼見他進來，忙站起來說道：「姑老爺請坐！」

林英道：「你們家小姐到哪裡去了？」

那個小丫頭忙道：「小姐在對過那位番小姐那裡談著呢。」

林英聽了，就回轉身忙向對過的房裡而來，走到房門口，偷眼往裡一望，只見她兩個正在談得高興。林英一腳跨入她們的房間，才將她們的話頭打斷。

林英笑道：「你們談得倒好，將我都不理了。」

她們見他進來，忙著一齊立起，叫他坐下來。淑兒笑道：「人家正在談得高興，誰讓你撞了進來？」

林英對淑兒笑道：「現在天不早了，也好回去睡了。」

淑兒笑道：「我睡與不睡，與你有什麼相干！要你在這裡嚕蘇什麼呢。」

林英笑道：「你不著急，我倒有些著急了。」

她聽說這話，不禁滿面通紅，用星眼向他一瞅道：「啐！誰和你說混話？」

林英笑道：「我倒是實在的話，良宵苦短，有話明天也好談的。」

瑪麗也跟著勸道：「姐姐，天不早了，請回去安息罷。」

她玉體橫陳的往瑪麗的床上一躺，笑道：「誰和你去胡纏呢，快點走罷，讓我與妹妹在一起睡一夜安穩覺罷。」

林英又說了半天。她響也不響。林英沒法，突然想出一個主意來，忙向瑪麗丟了一個眼色，她便會意，托故出了房門，逕到淑兒的房中去睡覺了。

林英將房門一關，走到床前，便替她寬衣解帶，同入羅幃。一度春風，沾盡人間豔福。俗語有一句話，說新婚不如久別，個中滋味，又非筆墨所能形容於萬一的。

到第二天，林英帶了淑兒、瑪麗一齊到後面去告別，免不得又是一番叮嚀難捨，說也不盡。蔡諳等辭了富平，出了寧白村，竟往東方而來，一路無話。

一直到七月十三日，才抵長安的西門，早見受經臺築得高入雲霄，彩畫得十分莊嚴富麗。蔡諳等還未到臺前，早有十里亭亭長飛馬進城報告蔡諳回來的消息。

明帝聞得黃門官奏道：「蔡中郎現已將真經取了回來了，現在已經到了城外的受經臺了。」

明帝聞奏大喜，忙命侍臣大排鑾駕，帶了眾文武一齊出城迎接。蔡諳遠遠地望見羽葆儀仗，曉得聖駕出城，慌得滾鞍下馬，伏在路旁。林英等也就跟著下馬，俯伏蔡諳的後面。

不一會，明帝的鑾駕到了，蔡諳等三呼萬歲。明帝連忙下輦，將蔡諳攙了起來，口中說道：「卿家們一路上車馬勞頓，無須拘禮了。」說著，便命林、胡等一律平身。蔡諳等舞蹈謝恩。這時內侍臣捧出金壺玉漿，明帝親手挨次敬了三杯。蔡諳等又謝龍恩。

一會子，各種儀式俱已做過。那御駕前面的校尉，一隊一隊的向受經臺上開發。早有內侍臣將白馬背上馱的真經搬了下來，恭恭敬敬地捧上臺去。

明帝領著眾臣上了臺，當有司儀官喝著禮典。明帝昭告四方，擎著香對四方拜了四拜，緩步正位。蔡諳將真經一袱一袱地捧到案前。眾大臣從未見真經是個什麼樣子，所以大家一齊聚攏來觀看。

只見明帝慢慢地將黃袱放開，一一查點，與蔡諳所報之數，實相符合，便先將《大乘經》第一卷展開，與諸大臣一併觀看，只見裡面奇字滿紙，怪言充幅，一點也不能瞭解，不禁十分納悶。有幾個明達的大臣，見了這經滿紙荒唐，不禁互相暗笑。

蔡諳曉得眾人不懂，忙俯伏奏道：「我主容奏：佛經旨意玄深，一時不易懂得，請靜心研習，當不難徹悟也。」
明帝聞奏稱是，便命守臺官將真經藏好，擺駕回殿，加封蔡諳為大司空，胡明為寧遠侯，林英為白度侯，兩個夫人也有極品的官誥，按下不表。
明帝自從得了真經之後，便下詔大赦天下，死囚俱釋放出獄，到處建築庵觀寺院，容納僧道之流，一面又命將取來的真經命人刻版重印，以期普及。不到三月，果然風聞全國，家家吃素，戶戶念經。
這時單表一人姓劉名英，這人本與明帝是介兄弟，乃是光武帝第十一個殿下。他乃是許美人所生的。當明帝即位時，便封他為楚王，土地極小，而且又窮弱不堪。
明帝本來是個寬宏大量的主子，見他的範圍又小又窮，倒也可憐他，常常有些賞賜。不想這個楚王劉英卻是一個豺狼，面子上倒還不敢出明帝的範圍，暗地裡卻反對得極其厲害。他在漁陽、上谷一帶，真是為所欲為，收吸民財，怨聲載道。家裡藏著無數的美妻嬌妾，常常有謀為不軌的念頭，無奈兵力又少，不敢公然起事。
他聽說明帝取來真經，他不禁生了歹心，一面著人到長安去請僧道，一面在漁陽城內建築一座極大的元雲寺，命一群百姓俱來燒香祈福，自己也鎮日價的在寺裡混著。
這元雲寺裡的住持僧，名叫道慧，年紀差不多還沒有二十歲，生得滑頭滑腦的，極其刁鑽。他曉得劉英的心思，便造了許多無稽的瞎話，把個劉英弄得天花亂墜，言聽計從。將這道慧便像菩薩一般的看待，常常將這道慧帶到府中，請齋陪席的百樣殷勤。

這道慧到他的府中，看見滿眼都是些美婢嬌妾，不禁食指大動。無奈侯門深似海，無從下手，倒是一件憾事。他每每借著一個名目，常要到劉英的府中，指東畫西的一陣子。

有一天，他正在寺中發悶，瞥見楚王府中的一個家將跑進來，向他道：「大和尚，我家王爺請你，有一件要事相商。」

他聽說這話，如同得聖旨一樣的，連聲答應道：「是是是，就去就去。」說著走入禪房，換了件新鮮觸目的袈裟，隨著那個家將出得門來，徑到了楚王的府內。

到了會客廳上，往椅子上一坐，閃開那一對賊眼，四下一望，不見有一個人在這裡，心中好不疑惑，只聽那家將對他說道：「大和尚，煩你在這裡稍坐一會，等我進去通報王爺一聲。」

他連聲稱是。那家將便進去。不一會，出來一個十七八歲的小丫頭來，塗脂抹粉的倒有幾分動人之處，走到道慧的面前，先拿眼將他上下一打量，然後笑道：「你這位師父，敢就是大和尚麼？」

道慧見她問話，不禁滿臉堆下笑容來答道：「承姐姐的下問，小僧便是。」

那丫頭掩著嘴向他嗤地一笑，說道：「我家王爺現在曹貴人的房裡，請你去談心呢！」

道慧聽了，諾諾連聲地答應著，站起身來，跟著那丫頭一同向後面轉了多少遊廊，進了一個極富麗的房間裡面。

他進了門，就見劉英懷裡擁著一個千嬌百媚的妙人兒。他估量著這個人一定是曹貴人了。

劉英見他走進來，連忙將她推開，迎上來笑道：「不知師父的駕到，有失遠迎，望乞恕罪！」

他連忙答道：「王爺哪裡話來，小僧伺候不周，還要請王爺原諒才是。」他嘴裡說，眼睛早和曹貴人打了一個招呼，但見她對著道慧斜飄秋水，嫣然一笑，這一笑，倒不打緊，可是將一個道慧身子酥了半截。

劉英只是謙讓著道：「豈敢豈敢，師父請坐下來再談罷。」

他便一屁股送到劉英對過的一張椅子上，往下一坐。劉英對他笑道：「孤家今天請師父，非為別事，因為各處的兵馬皆已調好，預備克日起兵，未知尊意如何？」

道慧聽得，暗自歡喜機會到了，便隨口答道：「小僧今天清晨在佛前祈禱過了，老佛爺曾發下一個籤詞。」

楚王劉英忙道：「是什麼籤詞？」

他道：「『漢家天下，惟英為王；欲祈大福，須在閨房。』我想這四句的意思，無非說是王爺一定是九五之尊，不過還有一點過失，須要閨房中人到寺裡去祈禱七日七夜，再求發兵的日期，那就萬無一失了。」

劉英大喜說道：「是極是極，師父對於孤家，真是無一處不用心，事成之後，一定封你做個大國師，掌管天下的佛教，如何？」

道慧忙假意謝恩。

劉英又問道：「閨房中孤家的夫人、貴人極多，哪一個最好呢？」

他道：「最好是王爺心愛的一個，她去祈禱起來，能夠真心實意的。」

劉英聽得這話，便回頭向曹貴人笑道：「心肝，你可要吃點辛苦了。」

她聽說這話，正中心懷，故意說道：「那可不能！羞人答答，誰情願去呢？」

劉英正色說道：「這是一件光明正大的事情，別人我全不叫她去，獨要你去，足見還是我疼愛你的。好人！你現在吃點辛苦，將來正宮娘娘不是你，還有誰呢？」

她不禁乜斜著眼睛笑道：「王爺不要將我折殺罷，我哪裡有這樣大的福氣呢！」

劉英笑道：「你沒有福，孤家有福，就將你帶了福來了。」

她向道慧問道：「師父，我幾時去祈禱呢？」

道慧笑道：「這個我卻不能作主，要隨王爺自便了。」

劉英忙道：「事不宜遲，遲則生變，愈早愈妙，最好今天晚上就去罷。」

道慧道：「既是這樣，我便回去命人安排了。」

劉英點頭笑道：「那就煩師父的精神了。」

道慧又向劉英說道：「不過還有一件事，我要對王爺說明。」

劉英忙道：「你說你說。」

他道：「老佛爺既判明要女子祈禱，千萬不要遣那些五葷六雜的男人跟去，以致洩露天機要緊！」
劉英忙道：「是極是極！就這樣的辦。」
道慧便告辭出來，到了元雲寺，像煞熱鍋上的螞蟻一樣，一頭無著處，好容易耐著性子，等到天晚。到了亥牌的時候，她才帶著四個丫頭前來。道慧將她請進大殿，一面吩咐一切的人等不准亂走，今天是王爺的貴人降香，只命他的四個小徒弟進來念佛。
另外的和尚因為佛事太忙，成日價地沒有睡過一回足覺，聽得這話，巴不得的各去尋他們的好夢了。
他將大殿前面的錦幔緊緊地拉起，念到三更時分，他便命四個小和尚，四個丫頭，一齊退出去，揚言娘娘求籤，閒人不能在此。他們退出去之後，道慧便對她笑道：「娘娘請去求籤罷！」
曹貴人隨著他一徑走到大佛像後面的軟墊子上，一把將她往懷中一摟，就接了一個吻，她也不聲張。
道慧悄悄說道：「娘娘，可憐小僧罷！」她嗤地一笑，也沒答話。他大膽將她一抱，往墊子上面一按，解了下衣，上面做了一個呂字，下面便狂浪起來。他兩個各遂心願，如魚得水，一直弄到東方既白，才算雲收雨散。
道慧緊緊地將她抱住說道：「心肝，我為你費盡了心思，今天方才到手，但不知你究竟對我同情嗎？」

她笑道：「不知怎樣，我自從看見你之後，就像魂靈不在身上的一樣，鎮日價的就將你橫在心裡，這也許是天緣巧合吧！」

道慧下死勁在她的粉臉上吻了又吻說道：「你在這裡，一轉眼七天過去，下次恐怕沒有機會再來圖樂了。」

她笑道：「那個糊塗蟲，懂得什麼，我要來就來了。」

二人一直到紅日已升，才從裡面出來，便將丫頭們喊了進來。道慧說道：「娘娘的籤已經求過了，現在身體困倦，你們服侍娘娘到東邊的靜室裡去安息罷。」

丫頭連忙答應，扶著她竟向東邊靜室裡去休息了。暫按不表。

此番劉英謀為不軌，早被一個人看破情形。你道是誰，就是行城縣令燕廣。他知道劉英就要發兵，鎮日價長嗟短嘆，無計可施。他的夫人谷琦向他問道：「你這兩天為著什麼事，這樣的悶悶不樂？」

他便將劉英謀反的情形，對她說了一遍。她不禁勃然大怒，便對燕廣道：「我去修書與你詣闕告變去。」

第九十回　借劍殺人

燕廣聽得他的夫人的話，滿心歡喜道：「賢妻能助我一臂之力，那就好極了！」谷琦忙道：「亂臣賊子，人人得而誅之，何況此等謀為不軌的逆臣呢？」她說罷，磨墨拂几，鋪下雪浪箋，不一刻，洋洋灑灑立成千言。她用外套封好，對燕廣說道：「我們既去告發他們，料想他和我們必不甘休的。此地也難住了，不如妾身和你一同長安去罷！」

燕廣大喜道：「是極是極！我也是這樣的想，事不宜遲，今晚就走。」谷琦道：「我們就是晚上動身，也不能明顯形跡的。」

他兩個打定了主意，等到天晚，收拾細軟，騰雲價地直向長安而來，一路無話。到了長安，即行詣闕告變，彈劾楚王劉英，說他與王平、顏忠等，造作圖書，謀為不軌等語。明帝得書，發交有司查復。有司派員查明，當即覆奏上去，略稱楚王劉英招集奸猾，捏造圖讖，擅置諸侯王公二千石，大逆不道，應處死刑。明帝總算格外施恩，只將劉英的王爵奪去，徙居丹陽涇縣，又賜湯沐邑五百戶，遣大鴻臚持節護送，使樂人奴婢妓士鼓吹送行。

劉英仍得高車怒馬，帶領衛士，遷到丹陽涇縣。不過那個心愛的人兒卻隨道慧逃得不知去向了。至於那一班同謀的王平、顏忠等，均先後入獄，且待慢表。

再說劉英到涇縣之後，那一種野心仍然一分沒有改去，還是聚眾造謠，妄想吞奪漢室的江山。不料事機不密，早有人去報與大司徒虞延。誰知虞延以為劉英係天潢宮戚，未敢遽爾上疏。隔了數日，仍是燕廣上奏。明帝大怒，便召虞延上朝，切實申斥。虞延惶恐無地，深怕明帝誅及九族，不如自盡了罷。

他回到府中，吞金自盡。這事傳到劉英的耳朵裡，驚懼萬分，暗想：「大司徒尚且這樣，我還想活麼？」他也服毒而亡。

明帝聞報，一面命將劉英按禮葬祭，一面抄查。錦衣尉奉命前往，隔了一月，回來交旨，獻上劉英親筆寫的一本冊子。明帝細細一看，不禁天顏震怒，忙交與軍馬司，命昭冊拘拿。原來那本冊子是劉英在時親自寫的，上面俱有名人巨卿的名字。

但是他寫這本冊子，究竟是什麼用意呢，小子的鄙見，他不過欽慕眾人巨卿，想他們扶助，成其大事罷了。可是這班名人巨卿是否認得劉英，與劉英究竟有往來沒有，我可說一句，連認得還不認得呢。

軍馬司得了聖旨，便按著冊子去挨次拘拿下獄。未到三天，竟拘禁有五千餘人。三臺嚴加詢問，可憐他們名人巨卿，無辜的陡然蒙此不白之冤，誰也不肯承認和劉英通同作弊。淹留日久，審問得毫無頭緒，三臺官也未免著了慌，慘毒的五刑只好拿來施用了。這樣的一來，將那些無辜的貴卿，害得皮膚潰爛，大半致死。有些未曾死的，奄奄一息，終無異詞。

日又一日，仍然毫無頭緒，將京都內外的大小官員弄得人人自危，如坐針氈上一樣，這事馬皇后知道了，便勸明帝從寬發落。明帝說道：「梓童，你只知其一，不知其二，須知這些俱是劉英的黨羽，若不趁此將他們剷除，將來為害定然不小呢！」

馬皇后對明帝又勸道：「妾幼閱經史，殊未見有五千餘人同時入獄的，縱有一二不肖之徒，與劉英謀為不軌，也是意中事，但是如有許名人貴卿，萬歲久知肝膽，難道他們一個個俱變了心麼？依妾的愚見，請萬歲親幸洛陽，理直一趟，方可令無辜的得見天日，便是死了也就瞑目了。」

明帝聽馬娘娘這番話，不禁大動惻隱之心，便於次日親幸洛陽，開獄大審，理出未死者一千八百餘人。那時正當天旱，誰知連夜即遍降甘霖。明帝大為動容，便越發從寬發落，於是多半赦免復職。只有王平、顏忠二人，鐵案已定，而且為謀叛的渠魁，罪無可逭，命斬首示眾。明帝將獄事理直清楚，便轉駕回京。這一來，萬民的信仰登時又增加幾倍了，從此風調雨順，國泰民康。

略眨眨眼已到永平十八年的八月間了。有一日上朝以後，明帝忽然患病不起。未到十天，竟在東宮前殿御駕告崩。群臣以馬娘娘沒有生育，只得將賈貴人所生的劉炟扶登正

位，是為章帝。奉葬先帝於節陵，廟名顯宗，謚曰孝明皇帝，尊馬娘娘為太后，遷太尉趙熹為太傅，司空牟融為太尉，調蜀郡太守第五倫升補司空。到了建初二年，將泚陽公主所生二女選入宮中，冊封為貴人。

原來這泚陽公主乃東海王劉彊的女兒，嫁與安豐侯竇勳。所以小子向後就要稱為大竇、小竇了。但是她們姐妹兩個，生得本來是傾國傾城，風鬟霧鬢，又兼那一雙攝魂的秋水，舉動可人。不要說章帝是個風流天子，見了愛得不可形容，即是隨便何人見了這種的天生尤物，都要說一句我見猶憐呢。

但是自從她們姐妹入宮以後，真個是品冠群芳，百花無色，誰知她們雖然得寵專夕，可是秀而不實，卻未宜男，倒是宋貴人反得一子，取名為慶。章帝急欲立儲，遂將慶立為太子。

這事大竇、小竇心中大不滿意，暗自商議道：「如今萬歲已經將那宋貴人的兒子立為太子，眼見這正宮的一把交椅，還不是那個賤人穩坐了去麼？」

小竇說：「可不是麼？如今急急要想出一條妙計來，籠絡萬歲的心，將這皇后的位置先奪了過來，以後再慢慢地施展手段，將這條孽根剷除，你道如何？」

大竇點頭稱是。至此她們各展媚惑手腕來迷溺章帝。尤其是大竇極意逢迎，百般溫存，將一個章帝顛倒得神昏志迷，百依百順。

到了第二年的三月間，不幸馬太后也駕崩了，章帝越發放蕩無忌，鎮日與大小二竇胡纏瞎混，一些兒也不問政事。大竇見機會已到，便在章帝面前撒嬌撒癡的一回。章帝哪知就裡，便毅然冊立大竇為萬民之母了。

小竇留在靜穆宮同樣的受寵，不過名目上稍欠一點罷。這時六宮專寵的竇娘娘大權到手，真是如虎添翼，為所欲為了。

有一天，趁章帝早朝的時候，便將小竇召進宮來，共同商議剷除宋貴人母子的方法。小竇首先說道：「現在你的大權已經到手，要怎麼，便怎麼，還愁什麼呢？」

竇娘娘搖手說道：「賢妹，這句話太沒有見地，須知萬歲既然冊立她的兒子為太子，可見與她的感情諒非淺鮮了，如今我忽然在他的面前說她的壞話，萬歲一定是不肯相信的，不獨不能剷除她，恐怕與自己也有些不利呢。」

小竇聽得這番話，沉吟了半晌，然後說道：「我想要剷除，就要剷除，千萬不能再緩了！萬一那賤人在萬歲的面前進了我們的讒言，那就不對了。我們失了寵，你這皇后的位置恐怕也要發生變化了。」

竇娘娘聽罷，蛾眉緊蹙，一籌莫展，停了一會，開口說道：「你的話何曾不是？無奈那個賤人無疵可尋，這倒是第一層不容易下手之處。」

小竇笑道：「只要將良心昧起來，欲加之罪，何患無辭呢？」

竇娘娘點頭道是。

小竇又道：「要想去尋她的短處，非要先派一個人，在她那裡刺探究竟，一得憑證，

便好下手了。」

竇娘娘答道：「現在的人心難測，除了你我姐妹，更有誰人是我們的心腹呢？若是派錯了人，走漏風聲，如何是好？」

小竇聽了，也費躊躇，又停了半天，猛的跳起來，對竇娘娘笑道：「有了有了，我這條計包管百發百中，叫她死無葬身之地！」

竇娘娘忙問道：「是什麼妙計？」

她不慌不忙地對她說道：「現在那賤人不是病了嗎？」

竇娘娘點頭笑道：「是的。」

她道：「京裡不是有許多太醫麼？明天假傳一道旨意，將那吳化召來，教兩個小宮女將他引到她的宮中，一面教萬歲去探探她的病勢，那時碰了頭，豈不是要起疑惑麼？只要萬歲起了疑心，這事便好著手辦了。」

竇娘娘拍手道：「絕好，就是這樣的辦法。但是召太醫，還是在晚上的好，容易惹起萬歲疑心。」

小竇道：「當然是晚上。」

她兩個正自商議，忽然有個宮女來報道：「萬歲回來了！」

竇娘娘帶著小竇一齊出來迎接，章帝見她們一對姐妹雙雙出來接駕，不禁滿面春風，忙一彎腰伸出兩手，將她們姐妹兩個從地下攙了起來，笑道：「下次見孤，用不著這些俗禮了，一概可以從免。」

竇娘娘謝恩答道：「這雖是萬歲的天恩，但是宮闈之內，如果不按禮施行，何能壓服眾人呢？」

章帝笑道：「娘娘這話，十分有理，但是孤家的意思，並不是要一律免禮的。」說著，她們忙將章帝扶進宮中，分位就坐。

章帝笑嘻嘻地向小竇說道：「愛卿！今天什麼風吹到這裡來的？你的姐姐常常要到你那邊去，怎奈宮內的閒事太多，所以總未能得一些空子。孤家前天已經對你說過了。這幾天孤家身體不大好，所以也沒有到你那裡，心中很是抱歉，正要過去向你告罪，不想你竟來了。孤王順便對你說明，省得你又要誤會。」

小竇聽得這番話，雙頰緋紅，斜乜著星眼向章帝一瞟，展開宮袖，掩口笑道：「萬歲爺不用這樣的客氣罷，我們這些人，哪裡能當得你去告罪，不要折殺賤妾了，我今天聽說萬歲的龍體欠安，特地前來拜望的。」

章帝聽了，便情不自禁地將她摟到懷中，捧著粉頰，吻了幾吻，笑道：「想不到愛妃竟有這樣的好心，無怪孤王將你當著心肝兒看待了。」

她微微地笑道：「萬歲爺，請尊重一些！被宮女們看見，像個什麼樣子呢。」

章帝笑道：「夫婦恩愛，人之大倫，誰敢來說孤家的不是呢？」

這時，竇娘娘早將宮袖一展，一班宮女早就退出去了，她對章帝笑道：「萬歲，你用

不著去聽她花言巧語的了，你知道她今天來做什麼呢？」

章帝笑道：「還問怎的？她方才不是說過了嗎？她今天來拜望孤家的。」

她笑道：「不是不是，她見萬歲這幾天沒有到她那裡，她今天是來尋萬歲責問的，請萬歲就去罷，不然她的性子嘔起，大興問罪之師，那樣一來，連我還不得過身呢！」

小竇倒在章帝懷中，仰起粉脖對章帝笑道：「萬歲聽見麼？還虧她是一位皇皇的國母呢！這兩句話就像她說的麼？你不問，我卻要和她交涉了。」

章帝笑道：「好在你們是姐妹，她拿你開心取笑，也不要緊，你拿她開心取笑，也沒有關係，自古道，清官難斷家裡事。我雖然是個九五之尊，但是你們的事情，我卻不敢干預的。」

小竇笑道：「我曉得了，用不著萬歲爺再說了，這無非是萬歲爺怕她。」說到這裡，掩著嘴，眼看著大竇，只是吃吃地笑個不止。

竇娘娘笑著問道：「怕什麼？快些說出來！」

她笑道：「用不著說了，萬歲爺是個明白人，說出來反覺不大好聽，不如不說罷。」

竇后一迭迭地催道：「他明白，我不明白，務要你說出來！如果不說，光向萬歲爺說，我可將我的威風擺出來了。」

章帝笑道：「那可使不得，孤王替她說了罷，千怕萬怕，大不過怕老婆罷了。」

大家戲謔了一陣子，小竇便告辭走了。

到了第二天的晚上，小竇便命兩個心腹的內監去請吳化。不一會，果然請到宮中。小竇便命兩個小宮女將他送到宋貴人的宮中。

宋貴人的病已經好了，正坐在窗前觀看經史，瞥見外面一個宮女進來報道：「吳太醫來了。」

宋貴人只當是萬歲的旨意教他來的呢，忙命宮女請他進來。宋貴人便向他說道：「太醫，今天來有什麼事的？」

吳化被她這一問，倒弄得不知其所以，訕訕地答道：「萬歲的旨意，著微臣來替娘娘診視的。」

宋貴人不覺詫異地說道：「我不過前天偶然感著一點風寒，原沒有什麼要緊，昨天就好了，現在用不著診視了。」

吳化聽了答道：「這是萬歲的旨意，教微臣來的，但是娘娘貴恙之後，也要加些調理才是。」

宋貴人接著說道：「好好的一個人，又何苦去尋藥石來吃，做什麼呢？」

不表他們在這裡談話，再說小竇將吳化送去之後，又著人去到竇娘娘那裡報信，她得著這個消息，趕緊對章帝說道：「萬歲，前天臣妾聽說宋妹妹的身體欠安，現在不知好一些麼？」

章帝忙問道：「她難道生病了麼？」

竇娘娘答道：「正是呀，我請萬歲還是去望望她，究竟是什麼病？也該去請一個太醫來診視診視才好呢。」

章帝忙道：「是極是極，還是娘娘想得到，我倒將她忘記了。前天有一個宮女曾對我說起，不料孤家竟未留心，今天難得你提起，我便望望她罷。」他說罷，便起身徑向淑德宮而來。

他一個人走進去，瞥見宋貴人的對面坐著一個男子，不禁一怔。忙走進來仔細一看，原來是吳化，不禁頓起疑雲。

宋貴人見他進來，慌忙站起接駕，吳化隨後俯伏地下，奏道：「微臣奉旨前來，娘娘的玉體已經大安了，不須再用藥石了，請旨定奪！」

章帝聽了這話，不禁十分詫異，暗道：「這話從何說起，我幾時有旨意傳他呢！」

章帝想到這裡，猛的省悟了，暗道：「這個賤人，竟做出這樣的事來，好好好！」他想到這裡，也不答話，忙喚道：「武士何在？」

話猶未了，早擁進許多武士，章帝忙命將吳化拿下。

一群武士如虎撲羊羔般地就地將吳化抓起來。慌得吳化滿口呼冤向章帝呼道：「萬歲爺！臣有何罪，請示明白，微臣就是死也瞑目了。」

章帝忙命掌嘴。不由分說，他的兩頰上劈劈拍拍地早打了幾下。章帝又命將宋貴人囚入冷宮，聽候發落。眾內監不敢怠慢，登時將宋貴人禁入冷宮，可憐一位極賢德的宋貴人，到了現在，還不知道究竟是為著怎麼一回事將她囚入冷宮呢，但是一點也不怨恨章帝昏暴，自嘆自己命苦罷了。

目下暫且將她擱起，再說吳化囚入天牢，約在明日午時三刻，就要處以極刑了，這個消息傳到眾大臣的耳朵裡，沒有一個不大為駭異，均眾口異詞，莫衷一是。

到了第二天的早朝，眾大臣挨次上本保奏。章帝一概不准。這時卻惱動了大司空第五倫越班出來，俯伏金階奏道：「臣聞盜賊處以極刑，當亦有證據，今天太醫吳化身犯何罪，陛下未曾宣布，便欲施以極刑，豈不令天下之士有異議麼？微臣冒死上瀆天顏，無論如何，總請萬歲將吳化的罪狀先行露布，然後殺之未晚。」

章帝忙道：「這事孤家自有道理，請卿家不要多問。」

第五倫又俯伏奏道：「這並非是微臣多事，不過先帝曾有遺言：賞罰務明，功罪必布。現在萬歲這樣的做法，豈不令朝中人人自危，而且失萬民的崇仰麼？」

章帝也沒話可說，停了半天，才開口說道：「他未得孤家的旨意，擅自進宮，這罪還可赦麼？」

第五倫奏道：「吳化乃是先帝的遺臣，一舉一動未曾稍失禮儀，難道他未曾奉旨，竟敢擅自闖入內宮了麼？我想這事定有冤情，還請陛下詳察究竟，然後再治罪不遲。」

章帝聽得，便覺這話也很有理，便將賜死的旨意收回。

不想竇娘娘在簾後聽第五倫這番辯論，竟將吳化的死罪赦掉，她不禁暗暗地懷恨道：

「頗耐這個匹夫，他竟來和我作對了。好好！管教你認得我的手段便了。」

不說她暗自發恨，再說章帝龍袖一拂，捲簾退朝，和竇娘娘一同向坤儀宮而來。

半路上有人報道：「宋貴人服毒身亡。」

章帝聽說這話，一點也不悲戚，氣衝衝說道：「她死了便死了，要你們這班狗頭來大驚小怪的做什麼呢？」

那些內侍臣嚇得俯伏地上，頭也不敢抬，等聖駕走過去，才從地上爬起來，抱頭鼠竄地走了。可是竇娘娘聽說宋貴人已死，真個是化子拾黃金，說不出來的歡喜。

到了晚上，章帝自然是在她的宮裡，晚膳已畢，章帝因為多吃了幾杯酒，又因為病後，那個老調兒許多時未弄了，便來不及地和她同入羅帳，一場鏖戰。

等到雲收雨散之後。她便偎著粉臉，對章帝勸啟朱唇，說了一番話來。

請續看《新大漢二十八皇朝》（四）換日偷天

新大漢二十八皇朝（三）宮闈恩仇

作者：徐哲身
發行人：陳曉林
出版所：風雲時代出版股份有限公司
地址：10576台北市民生東路五段178號7樓之3
電話：(02) 2756-0949
傳真：(02) 2765-3799
執行主編：朱墨菲
美術設計：吳宗潔
業務總監：張瑋鳳

新版一刷：2024年10月
ISBN：978-626-7510-06-3

風雲書網：http://www.eastbooks.com.tw
官方部落格：http://eastbooks.pixnet.net/blog
Facebook：http://www.facebook.com/h7560949
E-mail：h7560949@ms15.hinet.net
劃撥帳號：12043291
戶名：風雲時代出版股份有限公司

風雲發行所：33373桃園市龜山區公西村2鄰復興街304巷96號
電話：(03) 318-1378
傳真：(03) 318-1378
法律顧問：永然法律事務所 李永然律師
北辰著作權事務所 蕭雄淋律師

行政院新聞局局版台業字第3595號 營利事業統一編號22759935

定價：380元

國家圖書館出版品預行編目資料

新大漢二十八皇朝 / 徐哲身著. -- 初版. -- 臺北市：風雲時代出版股份有限公司, 2024.08 冊； 公分

ISBN 978-626-7510-06-3 (第3冊：平裝). --

857.452 113010005